U0827569

阿尔谢尼与安德烈

Вселенная Тарковские

Арсений
и
Андрей

Максим Гуреев

塔可夫斯基父子

阿尔谢尼与安德烈

（俄）马克西姆·古列耶夫 著　　张晓东 译

广西师范大学出版社
·桂林·

图书在版编目(CIP)数据

塔可夫斯基父子/(俄)马克西姆·古列耶夫著;张晓东译. —桂林:广西师范大学出版社,2021.6
(文学纪念碑)
ISBN 978 - 7 - 5598 - 3596 - 3

Ⅰ.①塔… Ⅱ.①马… ②张… Ⅲ.①传记文学-俄罗斯-现代 Ⅳ.①I512.55

中国版本图书馆 CIP 数据核字(2021)第 025318 号

出 品 人:刘广汉　　策　　划:魏　东　　责任编辑:魏　东
特约编辑:糜绪洋　　装帧设计:李婷婷

广西师范大学出版社出版发行
(广西桂林市五里店路 9 号　　邮政编码:541004
网址:http://www.bbtpress.com)
出版人:黄轩庄
全国新华书店经销
销售热线:021 - 65200318　021 - 31260822 - 898
山东韵杰文化科技有限公司印刷
(山东省淄博市桓台县桓台大道西首　邮政编码:256401)
开本:787mm × 1 092mm　1/32
印张:15　　字数:210 千字
2021 年 6 月第 1 版　　2021 年 6 月第 1 次印刷
定价:98.00 元

目 录

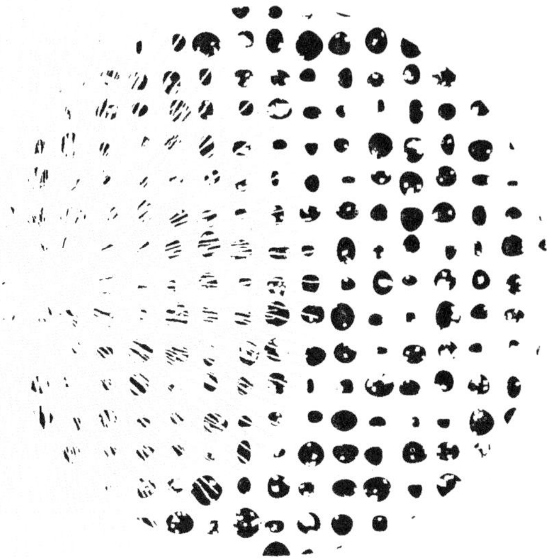

序　幕

克里斯缓缓走向封冻的池塘。

他在冰面最边缘处停住了，一动不动地站了一会儿，然后转过身去。

他看到自己在岸边行走的身影掠过被冰封缄的树叶。

他看着不久前还从水中杵出的弯曲枝丫，如今被云母般透明的冰束缚了起来。

克里斯爬上一座小山丘，来到一座木头房子前。

每次来到这儿，克里斯·凯尔文都有一些奇怪的、矛盾的感觉。他觉得好像从来没来过这儿似的，尽管他的童年就是在这儿度过的。刚好相反，他熟悉这里的每棵树木，每条道路的转折，可不知为何他就是认不出它们，他竭力回想，却想不起来。

有一条狗向他跑来。

显然，它很开心凯尔文的到来。

它摇晃着尾巴，好笑地转动着脑袋。

房子旁用旧报纸和落叶生起的一堆篝火正在逐渐燃尽。

烟在地面弥漫。

克里斯放慢了脚步。

他走向一扇窗子，视线越来越聚焦在某个地方，越来越紧张。

终于他停下了脚步，用手掌侧缘抵住窗户玻璃，好像他是为了遮挡刺眼的阳光似的。

可是一点阳光都没有，街上阴郁，房子里阴暗。

克里斯试图看清楚，房间的深处有什么。

更准确地说，他当然知道房间的深处有谁。

而现在，当他见到这个须发斑白，在桌上整理书籍的老人时，努力不让自己的眼泪掉下来。

热水自天花板泻在老人的肩膀上，溅到桌子、玻璃、窗台上，但老人仿佛因为专注于书籍而没觉察到这些。

就这样过了一会儿,直到老人终于转向窗户。

他脸上的表情顿时不一样了,他的嘴唇开始颤抖,眼睛微笑。透过玻璃窗他看到了克里斯,自己的儿子。

水流加急,但父与子无法将目光从对方身上移开。

显然是一阵突如其来的风让篝火熊熊燃烧起来。

火光照亮了老人的脸。

克里斯蓦地从窗边走开,冲到台阶旁,他的父亲已经站在那儿了。

狗也已然蹲坐在那里,它一直若有所思地观察着刚才发生的一切。

克里斯走上几步台阶迎向父亲,可然后又在他面前双膝跪下,抱着他的腿。

父亲将手搭在他的双肩,他们就这样静止不动。

烟雾逐渐笼罩了冰封的池塘、房子前的庭院,还有房子本身。

一切仿佛如在雾中,但很快就清楚了,这已既不是烟也不是雾,而是浓厚的白云,确切地说,是大地上空飞驰的零散的云团。

响起了巴赫的 F 小调众赞歌前奏曲《主啊,我向你呼告》,以及克里斯的声音。他喃喃自语地重复着《路加福音》中的句子："于是起来，往他父亲那里去。相离还远，他父亲看见，就动了慈心，跑去抱着他的颈项，连连与他亲嘴。儿子说：'父亲！我得罪了天，又得罪了你，从今以后，我不配称为你的儿子。'"①

电影《索拉里斯》在距兹韦尼哥罗德不远的地方拍完最后一场戏后，木头房子被拆下来运回了莫斯科。看起来相当怪异的是，这座"带三个小窗户的房子"被扔上了一辆"吉尔"卡车的车斗厢。汽车车门上用白颜料画着工人和集体农庄女庄员②，以及"莫斯科电影制片厂"字样。

克里斯的父亲住的这所房子是从哪来的呢？

或许，它来自某段过往的生活，来自有关伏尔加河小城扎夫拉日耶、图奇科沃、希波克，或是伏尔加河畔尤里耶韦茨的回忆。

几年后，阿尔谢尼·塔可夫斯基这样写道：

有一座带三个小窗户的房子

---

① 此处引文见《新约·路加福音》15：20–21。"序幕"这一部分是《索拉里斯》剧本的片段。

② 雕塑家薇拉·穆欣娜（1889–1953）的著名作品，同时也是莫斯科电影制片厂的厂标。

它被粉刷成那种
连太阳光谱
都没有的色彩。
它比光谱更像光谱。
绿色是如此地纯正，
以至于我朝卧室的窗边
向它祈祷。
我相信，它来自天堂，
如同最美的梦，
虽然移动了位置，
但丝毫不改变色调。
这座美好的房子
神奇又惊异，
绿色的，祖母绿的房子
至今立在我的面前。
它的百叶窗紧闭，
但有时候就连白天
里面也有人在弹某种乐器，
又跟着唱什么歌，
夜晚在台阶上

人们于黑暗中告别，
在纸糊的灯笼里，
把蜡烛根根点燃。

当安德烈和母亲、妹妹住在希波克[1]街上那座房子里的时候，父亲间或来看他们，他们便一起下棋。有一些存留下来的照片，是诗人列夫·霍尔农一九四八年拍的。有一张，父子俩直视着相机镜头，另一张，他们已经在弯着腰下象棋，棋盘则摆在床上。床架是镀镍金属的，床上铺着毛纺军用被褥。同样的一张床铺后来出现在图奇科沃为拍摄《镜子》而搭建的另一座房子中。

母亲将被悬浮在这张床的上方。

在一九七四年的这部影片中将会响起父亲的声音。关于这一点，儿子意图很明白："现在我的父亲阿尔谢尼·亚历山德罗维奇·塔可夫斯基有资格被视作在世的最优秀的俄罗斯诗人。我认为，他的基因在我的志趣的形成中发挥了不小的作用。"

这部影片中还会响起巴赫的《马太受难曲》，当出自

① 莫斯科的一条老街。

福音书的唱词“殿里的幔子从上到下裂为两半，地也震动，磐石也崩裂，坟墓也开了，已睡圣徒的身体，多有起来的。到耶稣复活以后，他们从坟墓里出来，进了圣城，向很多人显现”[①]唱响时，三十六岁的近卫军上尉[②]，红星勋章获得者，拥抱着自己的一双儿女，然后是灌木、草丛、树枝、窗帘、门和书页开始运动。

莫斯科灯泡厂出品的闪光灯在起鼓的条纹墙纸（看上去是墙翘起来了）上一闪，又从安德烈的脑袋那儿在他们身上投过去一个反差很大的阴影。

父子下的那局棋结果如何，我们不得而知，就连相机快门按下后发生了什么，我们也只能猜测。

很可能，父亲母亲去厨房抽烟，打开了通风窗……

九年后阿尔谢尼·塔可夫斯基将写下诗歌《相片》：

心里刮起一阵疾风，
你疾速地飞啊飞，
而摄影胶片上的爱
从遗忘的手中抓住

---

① 《新约·马太福音》27：52。

② 即电影《镜子》中的父亲。

心灵的袖子,就像一只鸟
在偷谷子——那又如何?
它不让一切烟消云散,
就算死了,你还是活着——
不是拼尽全力,而只有百分之一,
在消音器下,在梦中,
犹如在一个超越极限的方位,
在某处漫步田野。
那些甜蜜的、历历在目的、活生生的一切,
会一再飞回来,
假如镜头的天使
用翅膀庇护了你的世界。

安德烈的镜头里只有母亲,没有父亲,只是保留了他的声轨。也就是说,在电影中我们看不到父亲,只有他的假定影像,也就是说,儿子想见到的父亲的样子——年轻力壮,穿着军装,一副英勇的样子,抑或须发斑白,面带良善安详的微笑,兀自任由从天花板倾泻到房间的水流流淌过他的面庞。

当然,这是老家。

去全苏国立电影学院读书后，安德烈才懂得了，影像的真实是通过表现手法，通过起鼓的墙纸、墙上的裂痕、饱经沧桑的面容，通过古老的圣像画、没洗没熨的内衣，通过混浊的水流、水草和人在发热中的涔涔汗水，通过脱落的灰泥，通过发黄的书页以及带污点的镜子来揭示的。

那样，家就活起来了。

作为一个父亲到来之地的家。

他并不常来，他就像卡夫卡小说《城堡》里的克拉姆先生，只能通过门上的小洞眼看见他："克拉姆先生坐在屋子中央书桌旁的一张方便的圆背圈椅上，一盏挂在他头上的灯将他照得雪亮。"

《星》杂志一九六八年八月号刊登了由叶·卡采娃翻译的卡夫卡《给父亲的信》。作为狂热的书蠹、新刊作品的追踪者，阿尔谢尼·亚历山德罗维奇无疑是读过它的。值得注意的是，虽然时髦一词用在这里并不那么恰当，但当时卡夫卡的确很时髦。尤其是一九六五年"进步"出版社出版了选集《弗朗茨·卡夫卡：长篇小说，短篇小说，寓言》之后。

卡夫卡于一九一九年写下了《给父亲的信》，对方最终也没有收到。作家请母亲转交，但她并不敢这么做，而是把信退还给儿子，“连同几句安慰的话”。

信的开头是这样的：

亲爱的父亲：

你不久前问我，为什么说我怕你。像往常一样我无法回答你，部分是因为我在你面前感到恐惧，部分是因为要解释这种恐惧感，需要太多的、难以在谈话中启齿的细节。即便我现在尝试以书面形式写给你，答案依然是不完整的，因为即便到现在，我在写信的时候，对你的恐惧感及其后遗症依然会影响我，还因为素材的力量压过了我自己的记忆与理性的能力上限。

当然，这里说的并不是在亚历山大·卡尔洛维奇·塔可夫斯基①面前的恐惧。他是一个果敢、不屈的人，民粹派；他在沃罗涅日、伊丽莎白格勒②、敖德萨和莫斯科坐过三年牢，流放到东西伯利亚五年；他是新闻记者，社会

① 即安德烈·塔可夫斯基的爷爷。

② 乌克兰中部城市，现名克罗佩夫尼茨基。

活动家，认识弗拉基米尔·列宁、伊戈尔·谢韦里亚宁[1]、约瑟夫·毕苏斯基[2]、康斯坦丁·巴尔蒙特、伊万·卡尔片科–卡雷[3]，以及费奥多尔·索洛古勃。这最多是一种尊敬和距离感。

我觉得对于诗人塔可夫斯基而言，信里最关键的是有关记忆和理性不能够存留所有细节的论述。只有言语，确切地说，只有诗的言语才能传达真实，这也正是他的儿子，已经拍摄了《伊万的童年》和《安德烈·鲁布廖夫》的安德烈做过很多思考的真实。

安德烈·阿尔谢尼耶维奇·塔可夫斯基在采访中这样说："也可以这么讲，电影最重要的假定性之一在于，电影形象只能通过生活中我们看到的、听到的事实性的、自然的形式来实现。影像务必要是自然主义的。提到自然主义的特性，我指的不是那种流行的、文艺学意义上的自然主义，而是想强调电影形象的形式在感性上可以被接受的特点。"

可见，这里说的是当万物都获得了多样的意义和状

---

① 俄罗斯白银时代诗人。

② 波兰政治家、军人。

③ 乌克兰剧作家。

态时，能感性地体验到逝去的时光那活生生的呼吸。

因此，阿尔谢尼·亚历山德罗维奇在《物件》一诗中写道：

我童年时生活在其中的那些物件
留在世上的越来越少了。
“闪电”灯在哪里？黑火药在哪里？
井底的黑水在哪里？
颓废派画框里的《死亡之岛》在哪里？
长毛绒红色沙发在哪里？
小胡子男人们的照片在哪里？
芦苇秆扎的飞机在哪里？
纳德松[①]的肺痨三重音份额诗在哪里？
穿在美男子律师身上的短常礼服，
气味浓烈的“三角牌”橡胶套鞋，
斜垫肩的鸵鸟般的悠闲？
醉醺醺的象征主义者的鬈发在哪里？
魁梧的未来主义者的粗布衣服在哪里？

---

① 谢·雅·纳德松(1862–1887)，俄罗斯诗人，其创作在十九世纪末到二十世纪初很受大众欢迎，但之后就被渐渐遗忘。

椴树和栗子树上贴的标语，
强盗们疯狂的短筒枪在哪里？
硬音符号、字母“亚季”和“菲塔”在哪里？①
一个已经消失，另一个改头换面，
没有被困难所隔离的
也会被困难和死亡隔离。
我为即将到来的做得太少，
但我只想念那即将到来的，
并且不想从头开始：
或许，我并不会徒劳无功。
新的同行者的保证在哪里，
担保他们有理由属于我？
我正在侵害孙子的玩具，
重孙的面包，玄孙的名誉。

这些物件在近卫军上尉、红星勋章获得者、拥抱着一双儿女的父亲的思绪中一一经过，他忍不住流泪。他转过身，不想让妻子，即孩子们的母亲看见他的孱弱。

---

① 在十月革命后进行的俄语正字法改革中，字母 Ъ（硬音符号，或“叶尔”）被大量废除，Ѣ（“亚季”）和 Ѳ（“菲塔”）这两个字母则被完全废除。

但是她看见了。

儿子被吓到了。

他埋头在父亲的手掌里，感受着他陌生的军便服的气味——父亲从前线带回来的火药、帆布、烟草、生鞣皮革的气息。

母亲对他和妹妹说过那么多关于父亲的事儿，现在他们相聚了。

儿子将视线转向光秃秃的深秋的林子，转向林子里的家。

风翻动着放在树下桌子上的书的书页。

显然父亲累了，已是在几年后，他这样说道："最近几年我不知为何老了很多。我觉得，我已经在人世活了上千年，我对自己感到非常厌倦……我很难和自己……和自己生活在一起……"

玛丽娜·阿尔谢尼耶夫娜·塔可夫斯卡娅是这样描述这段情节的："那是一九四三年十月初，爸爸受伤前两个月。我现在想，爸爸是十月三号到佩列杰尔金诺看我们的，这一天是我的生日。很可能正是因为生日，妈妈要擦地板，把我和安德烈赶到外面去以免碍事。妈妈吩咐我折些云杉枝放在门槛上，是擦脚用的。我小心地拔云杉的刺儿，但突然抬起头望着不远处，看见绿色的棚子旁有一个身材匀称的穿军装的男人。他正在望着我。我怎么也没料到会看见爸爸却认不出他来……我就这样跟爸爸一起回了家。一开始是快乐然而杂乱无章的寒暄，随后开始问我们的生活，问学校，问外婆。然后爸爸解开包，把小礼物掏出来……妈妈是一直在场的——这也是她的节日。但是她的脸上依然留有苦涩以及略带嘲讽的隔膜的表情——'是啊，幸福，阿尔谢尼来了，孩子们很快活，因为这是他们的爸爸。他们的爸爸，但不是我的丈夫……'爸爸准备到莫斯科去，说明了想带我到莫斯科去。就带我一个，不带安德烈。这很可怕。为什么妈妈没有要求他都带上？或许她羞于启齿，因为他要到另一个妻子那里。或许她觉得，对于安德烈来说这正是磨炼意志力和忍耐力的好时机……爸爸抱着我，安德烈走在后面送我们。在爸爸的肩头，我看见他泪流满面，要知道，他可是从不哭的。”

“您知道吗，我妈妈当时极力反对。您或许已经了解了，他是个圣愚。周围所有的人都嘲笑他，他笨手笨脚的，那么可怜。可妈妈说，他可是个潜行者，是个必死之徒，是永远坐牢的人……并且孩子，想想吧，潜行者都有些啥样的孩子。而我甚至都没争论，我自己也知道这一切，什么必死之徒啊，永远坐牢的人啊，孩子啊……我当时惟一能做的，就是深信和他在一起我会幸福。我知道，会吃很多苦，只是苦的幸福要好过灰色的凄惨的生活。也可能，这都是后来我自己想出来的吧。当时他走到我面前只是说了句——跟我走吧，我就跟他走了，并且从没后悔过。从来没有……有很多的苦，有恐惧，有羞辱，但我从不后悔，也从没有嫉妒过别人。这就是命，这就是生活。我们就是如此……假如我们的生活里没有苦难，这样的生活不如不要。只会更坏。因为那样的话连幸福也不会有。也不会有希望。就这样……”女人不再说什么，垂下眼帘，耸耸肩。

潜行者用肩膀扛着“小猴子”。

狗在一旁跑着。

雪在下。

他们往下向露天矿场走去，那里从第 20 号热电站一直漫延到卡先科精神病院的围墙。

走在肩头扛着不会走路女儿的父亲后面的，是潜行者的妻子，“小猴子”的母亲。

女人掉队了，她把女儿的拐杖靠在埋在土里的木头电缆轴盘上，抽起烟，看着潜行者和坐在他肩头的孩子。①

或许，和她一起看着“小猴子”的还有十一岁的安德烈。

一行人在佩列杰尔金诺的火车站台停下了。

父亲将玛丽娜从肩上放下，改为牵手。

母亲让安德烈靠向自己。

火车进站了，在铁轨接缝处无情地敲打出阵阵轰鸣。黄昏中，看得见列车连接处的长明红灯重复着月台被切断的线条，乘客们已经朝那里跑去了。

开始手忙脚乱了。

母亲和安德烈后退一步。

父亲和玛丽娜向喷蒸气的火车前进一步。

有人在叫喊，有人在挥手，有人不慎掉落了钢纸手提箱，秋天的苹果从中滚到月台上，但没有人注意它们，奔向火车的人们踏到苹果上，一脚踩下去，纷纷绊跤。

眼泪已经全干了。

父亲试图让声音压过嘶哑的汽笛声，但他的话已经

① 《潜行者》剧本的片段。

听不清了。

安德烈转过脸，看见母亲已经从月台上下来，沿着铁路路基慢慢走着。

蒸汽车头小心地拉动列车，向着莫斯科的方向驶去。

但母亲并没有看到这一切，她离开了。

儿子跟在母亲身后跑着。

他没有那么快赶上母亲，因为她没有放慢离开的步伐。赶上的时候，她正停下来抽根烟。

他们便一起走，一路无话。

在玛丽娜·阿尔谢尼耶夫娜·塔可夫斯卡娅的回忆录中，“妈妈是金发女子，头发又长又密，她有双宁静的、灰色的眼睛，皮肤细腻……年轻的时候妈妈有着一张‘仿佛被太阳照耀的脸庞’。但是这种照耀很快就熄灭了……她搞不定自己的生活，好像偏偏给自己选择了最难的路……仿佛她在生活中也不需要什么，除了一杯茶、一块面包和几根香烟。她的全部生活就是为了让我和安德烈过得好一些。但是她并不溺爱我们，相反，有时候她过于严厉。在安德烈的教育方面她很可能失误了——努力让他屈服，逼他听话，但这是不可能的”。

自制力和意志力，在这背后是谜一般共存的不自信和完美主义。自制力和意志力，唉，直到今天也没有被巩固，每一个今天都被他过得像是末日。或许正因为如此，对于导演来说，自传体的《镜子》成了一部最痛苦的影片。

据安德烈·塔可夫斯基回忆："《镜子》的剪辑工作困难重重：有二十多种剪辑方案。我说的还不是个别接合的变化，而是涉及结构、场景顺序本身的各种根本性变化。电影无法成立，不想被撑起来，放眼望去就四分五裂，影片没有任何完整性，没有任何的内在必然性和联系，没有任何逻辑。突然，在一个美好的日子，当我们发现了一个可能，能做出又一种，且是最后一种让人绝望的重排时，电影在我们面前诞生了。之后我久久不能够相信这个奇迹。"

不，奇迹并没有发生，父亲没有回来。连他的位置也由母亲替代了。

走过谢通河的桥，走向曾经属于作家布鲁诺·亚先斯基的别墅，他们在佩列杰尔金诺就住在挨着这幢别墅增建的厢房里。

天已经黑了。

母亲让儿子进门时在玛丽娜铺好的枞树枝上把脚擦

干净，但安德烈直接进屋了，没注意她的要求。

他走过长长的、半阴暗的走廊，那里堆满了书架、自行车框架和看院子人的用具，然后就会来到一个很大的带镜子的柜子前，这是外婆带到莫斯科来的。

男孩在它面前停下来。

他看着镜中的自己。

多年以后，他的妹妹玛丽娜这样描述这个看着镜中影的人："他盲目地寻找着自己那非同寻常的精力的出口。他非要揍妹妹，对母亲和奶奶粗暴无礼……安德烈在很多方面都有异于同龄人——无论气质、天分还是学识。可他想跟所有人一样。这就是他打架、说脏话、结交狐朋狗友的原因。"

照相机快门又响了一下——阿尔谢尼·亚历山德罗维奇穿着带皮毛领子的皮大衣，戴着便帽和连指手套，拿着烟斗站在镜子前面。是的，他收藏烟斗！

安德烈抱着猫站在镜子前，里面又一次映出他们在希波克头道巷房子里的同一些起鼓的条纹墙纸。

二〇〇四年，这座房子被拆除了，父亲早在一九五八年就预言般地写下了《对面的房子》一诗。

老木屋被拆除了。
住户们带着所有的家什离开——
沙发、锅具、鲜花、
歪斜的镜子和猫。
老人从卡车上看了一眼老房子，
时光就一把抓住了老人，
于是一切就永远留驻，如同既往。
可是屋架这时裸露出来，
干燥的灰尘在没有玻璃的窗孔上
闪着光，尘雾飞扬。
房子里留下了梦和回忆，
被忘却的希冀和愿望。
屋架拆了，梁木被抽走。
然而过往的魂灵与他们亲爱的土地
寸步不离，
又唱起关于花楸树的歌曲，
在婚礼上品饮白葡萄酒，
去上班，去看电影，
用毛巾衬着把棺材抬出，
互相之间问对方借钱，

成双成对睡在绒毛褥子上，
怀里抱着头生子，
只要机器的铁牙床
没有咬破它们长癞疮的黏土，
只要它们头上的吊车，还没像字母Γ那样
单腿撑着翻转过来。

这完全不是因为阿尔谢尼·亚历山德罗维奇是什么预言家。而是因为他知道《传道书》里说过："一代过去，一代又来，地却永远长存。日头出来，日头落下，急归所出之地……已有的事，后必再有；已行的事，后必再行。日光之下，并无新事。"①

---

① 《旧约·传道书》1：4–5，9。

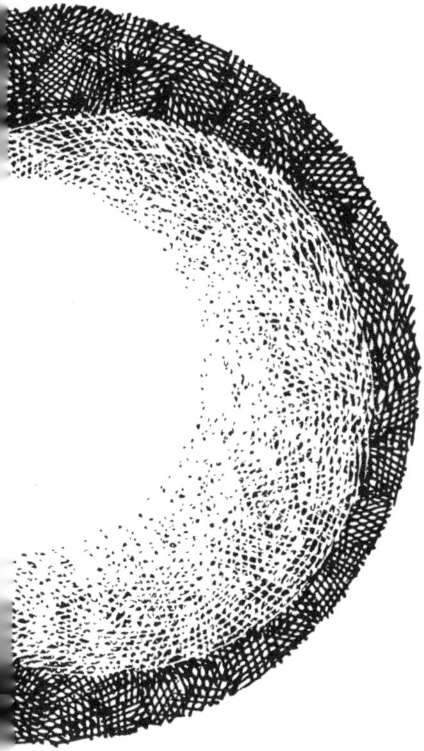

第一章　牺　牲

一九二五年，莫斯科。小市民头道街。[①]

鲍里斯格列布巷。[②]

塔甘卡。[③]

猎户商行。[④]

又是鲍里斯格列布巷。

阿尔谢尼·塔可夫斯基从季诺维也夫斯克（伊丽莎白格勒）过来后，走遍了首都，也没找到自己的位置。他

---

① 莫斯科东北的一条主要街道，1957 年由于举办世界青年联欢节更名为和平大街。

② 莫斯科市中心的一条街道，在阿尔巴特街附近。

③ 莫斯科的一个地名，位于城市东南角。

④ 莫斯科市中心地名，也是地铁的一站。

尝试写诗，不成，尝试卖书，也不成，于是又回头努力写诗，但是只听到离家前妈妈对他说的意味深长的话——“你要全力以赴试着考进一所高校”。

他总是听妈妈的话。

终于，尝试获得了成功。塔可夫斯基被莫斯科职业技术教育局下属的国立高等文学培训班一年级录取。瓦·雅·勃留索夫①去世前一直是该校校长（瓦列里·雅科夫列维奇·勃留索夫一九二四年死于大叶性肺炎，亚历山大·卡尔洛维奇·塔可夫斯基同年死于脑溢血）。得知儿子完成了自己的嘱托后，母亲玛丽亚·丹尼洛夫娜开始寄给他自己的部分退休金，以免这个不幸的孩子在首都挨太多饿。

在所谓的“勃留索夫培训班”度过的四年，对于阿尔谢尼（身边的朋友称他为阿辛卡、阿尔西克）来说，意义在于让他去领会，诗歌对他来说意味着什么。而假如说，之前他想想这个都觉得可怕，那么如今塔可夫斯基很清楚地知道，诗歌对他来说意味着一切。

重要的是马上明白了这一点！并且不在琐事上耗费

① 俄罗斯白银时代著名诗人。

精力！

持如此看法的不只他一个人。他的同学——丹尼尔·安德烈耶夫、尤里·多姆布罗夫斯基、罗伯特·施蒂尔马克、玛丽亚·彼得罗维赫都认为文学创作即生活的惟一意义，为了它可以不顾一切。诗人玛丽亚·彼得罗维赫（1908–1979）回忆："我没有往各个出版社投稿。不用说也明白，这不是他们所理解的诗歌。我的朋友们也完全没想出版自己的诗。重要的只是：写。"

多年后，塔可夫斯基形成了这样的人生信念："如果有人在我临死前问：你为何活在大地上，实现了什么，想要什么，寻找什么，渴望什么，我会毫不犹豫地回答：'我梦想让诗歌回归本源，让书籍回归其生于斯的、很久以前诞生过全部早期人类的大地母亲的怀抱。'"

据同级同学，尤其是女同学回忆，阿尔谢尼·亚历山德罗维奇长得极其迷人——高挑个儿，身材匀称，薄薄的红唇上总有一抹神秘的微笑。

"塔可夫斯基，您用口红啦？"

"瞧！瞧！"阿尔谢尼用衬衣袖子擦擦嘴唇，"没有！"

可是他的嘴唇因此更红了。

诗人尤利娅·奈曼（1907–1994）写道："这种黑白分

明之美的独特性我是后来才渐渐意识到的。第一眼只不过注意到任何一个英俊的黑发男子都会有的东西：洁白前额上黑色的剑眉。还有红唇。”

可这只是第一印象！

塔可夫斯基精致文雅，有一种高傲的柔弱，一副“乐天的倒霉蛋”，然而知道自己斤两的样子，喜欢故弄玄虚，又和所有人保持伸手可及的距离。他完全有可能在某场索洛古勃、库兹明或巴尔蒙特风格的例行诗歌即兴朗诵会上，放肆地朗读某些荒谬绝伦的东西：

今天妈妈来看我：
“阿尔希克，你怎么这个样子！”
但是，我怎样用简单的话告诉她，
我什么毛病都没有？

应当认为，生病是稍晚时候的事，是在玛丽亚·伊万诺夫娜·维什尼亚科娃进了国立高等文学培训班预科班之后。很快大家就开始叫她玛鲁夏①，因为她的确像个小

① 玛丽亚的昵称。

姑娘玛鲁夏——体态苗条，齐腰的亚麻色的辫子，不可思议地文静，不慌不忙，是个真正的俄罗斯美人儿。然而，她的目光里有某种神秘的忧伤……

后来才知道，玛鲁夏的父母——来自老莫斯科大贵族之家的薇拉·尼古拉耶夫娜·杜巴索娃和卡卢加人伊万·伊万诺维奇·维什尼亚科夫离婚了，姑娘因此非常痛苦。父母离异后玛鲁夏跟了父亲，他是个性格强硬的人。比如，他起初拒绝让前妻来看孩子。后来冲突解决了，但关于当时的记忆永远留在了玛丽亚·伊万诺夫娜的心里。

考国立高等文学培训班对于这个姑娘来说，很可能成了某种对自己的声音，而且正是自己女性的内在声音的独特追寻，与父亲在一起时，这种声音实际上是没有听到过的，就连玛鲁夏自己也没有。

她的同学纳塔利娅·巴兰斯卡娅回忆道："玛鲁夏·维什尼亚科娃是一个清秀的俄罗斯美人儿：圆形的脸蛋线条柔和，小麦色的发辫，灰色的眼睛。她肩上总是披着印有大玫瑰花的头巾。她很文静，声音轻柔。她那文静的美迷住了和她一点儿都不像的阿尔谢尼·塔可夫斯基。他的脸和外形很像是东方童话里的人物……上帝才知道这段爱情是什么时候开始的——我的天：我们在培训班的第一年就看见他们在一起了。”

我们相会的每一个瞬间
都当作主显节来庆祝，
全世界只剩你和我。你比
鸟儿的羽翼更勇敢更轻盈，
令人头晕目眩地一步两级奔下楼梯，
拉着我穿过潮湿的丁香丛
来到你的领地，
从镜子玻璃的另一边……

多年以后，我们得知，塔可夫斯基这些写于一九六二年的诗句，根本不是写给玛鲁夏·维什尼亚科娃的，它是献给另一个女人——玛丽亚·古斯塔沃夫娜·法尔茨的，阿尔谢尼·亚历山德罗维奇对她的感情终其一生。

玛丽亚·伊万诺夫娜当然知道这一点，但是她也懂得，阿辛卡首先是个诗人，对他而言，爱情完全不意味着要专属于某个人，从而给自己套上不自由的枷锁，而是相反，若是有了爱，就要把爱当作上帝的赐予，和众人分享。

一九二八年，玛鲁夏和阿尔谢尼结婚了。塔可夫斯基家的朋友，诗人、文学家、摄影师列夫·霍尔农回忆："塔可夫斯基夫妻彼此相爱，也爱他们的朋友，爱工作，爱文学，过着二十年代的大学生那种沸腾的生活。塔可夫斯基两口子是文学培训班的学生……他们是一个班的。他们一起准备考试，一起为如何通过考试而忧虑。不过，尽管玛鲁夏的母亲反对这桩婚事，它毕竟成了，于是小两口的日子以自己的方式发展下去，有点不成样子，漂泊动荡，但是有爱。"

反对这桩婚事的不仅是玛鲁夏·维什尼亚科娃的母亲。塔可夫斯基的母亲玛丽亚·丹尼洛夫娜惊闻这件事，她让儿子放弃这个"超前的和疯狂的举动"。但他和她都没有退缩！

一摞书、绗缝棉被、枕头——阿辛卡带着这寒酸的行囊搬到了玛鲁夏在戈罗霍夫巷21号的团结户的小房间。房间狭窄得如同文具盒，有一扇威尼斯式的、朝向花园的窗户。这个荒废的旧花园很可能是老莫斯科的城市庄园在巴斯曼区的一部分，正是在这里，他们可以散步、写诗，与此同时一遍遍欢喜地复述使徒圣保罗在《哥林多前书》中的话。

《哥林多前书》第十三章中说：

> 我若能说万人的方言，并天使的话语，却没有爱，我就成了鸣的锣、响的钹一般。
>
> 我若有先知讲道之能，也明白各样的奥秘、各样的知识，而且有全备的信，叫我能够移山，却没有爱，我就算不得什么。
>
> 我若将所有的周济穷人，又舍己身叫人焚烧，却没有爱，仍然与我无益。
>
> 爱是恒久忍耐，又有恩慈；爱是不嫉妒，爱是不自夸，不张狂，不作害羞的事，不求自己的益处，不轻易发怒。不计算人的恶，不喜欢不义，只喜欢真理；凡事包容，凡事相信，凡事盼望，凡事忍耐。
>
> 爱是永不止息。先知讲道之能终必归于无有，说方言之能终必停止，知识也终必归于无有。[①]

诚然，在一九二八年的莫斯科，“万人的方言”已经沉寂，“各样的知识”变得无足轻重，“先知讲道”开始成真。

---

① 《新约·哥林多前书》13：1–8。

当说出来、发表出来的每句话已不能完全属于艺术家，而是不可避免地成为"革命群众"的所有物（如果用不那么华丽的话说，就是党的所有物，因为得由它来决定什么能说，什么能出版，而什么不能）的时候，文学进程终于成了政治进程的一部分。

俄罗斯无产阶级作家协会（拉普）成立于一九二五年，其机关刊物《在文学岗位上》以自由讨论的形式发起了关于新的无产阶级革命的讨论，但到了二十年代末最终选择了一种指令式的，乃至最后通牒式的语调，容不下任何异见或争议。拉普运动的关键人物是文学批评家、记者利奥波德·列昂尼多维奇·阿韦尔巴赫，他与全俄中央执委会主席雅·米·斯维尔德洛夫、苏俄人民委员会办公厅主任邦契-布鲁耶维奇、内务人民委员亨·格·雅戈达都有亲戚关系。

"谁改造谁——是群众将旧文化拆成砖瓦，还是这一整座旧文化的大厦比无产阶级文化运动更坚固？"阿韦尔巴赫提出的这个雄辩术式的问题（如今我们知道这只是个反问句），成了拥有超过四千名会员的拉普派的基本问题（拉普领导层包括德米特里·富尔曼诺夫、亚历山大·法捷耶夫、尤里·李别进斯基、弗拉基米尔·斯塔夫斯基、弗拉基米尔·叶尔米洛夫)。

对作家的“改造”如火如荼。

关于文学中的阶级斗争尖锐化的命题,是一九二六年由《布尔什维克》杂志提出的。米·布尔加科夫、弗·马雅可夫斯基、阿·托尔斯泰、马·高尔基都成了拉普从这个命题出发开火的对象。“口径”比他们小得多的作家和诗人们,还有刚起步的文学家们也不可能不知道,既然连这些苏联文学的巨人都被排挤,那么等着他们的将会是什么!到二十年代末,实际上苏联所有的文学团体都被击溃了。其中包括“谢拉皮翁兄弟”(米·左琴科,韦·卡维林,康·费定,弗·伊万诺夫),“锻冶场”(费·革拉特科夫,亚·诺维科夫-普里博伊),“列夫”(尼·阿谢耶夫,弗·马雅可夫斯基,鲍·帕斯捷尔纳克,亚·罗琴科),“构成主义者文学中心”(伊·谢利温斯基,维·英蓓尔,爱·巴格里茨基),“青年近卫军”(米·肖洛霍夫,米·斯韦特洛夫,亚·别济缅茨基)等。

在这个社会主义已经取得胜利的国家,对文学问题的“最终解决”被简化成了对文学创作(物质上和精神上的)开支的节省,而创作本身从那以后完全以拉普的口号为准则——“打倒同路人作家!”“向经典作家学习”“展现五年计划的英雄人物”“让突击队员进入文学!”“文学要有党性!”“和文学中的托派斗争”。完全合乎情理的是,进入文学圈的年轻人,不可能感觉不到这种严酷的意识形态压力和对创作目的孜孜不倦的(已处在常识的边缘)指示,什么是苏联读者需要的,什么是绝对不能写的。

然而,从另一方面来看——这也是那个时代不可避免的悖论——未来的文学家(诗人、小说家、剧作家、文学研究者)却在跟随革命前学院派优秀的教师学习。所以,在国立高等文学培训班授课的有文学史家尤·尼·韦尔霍夫斯基教授,语文学博士、普希金专家姆·亚·齐亚夫洛夫斯基,院士、古罗斯文学研究专家亚·谢·奥尔洛夫教授,语文学博士、语言学家维·弗·维诺格拉多夫。毫无疑问,这些人都是本该被“拆成砖瓦”的“整座旧文化的大厦”的一部分,但由于种种客观原因正是这些人在培养未来的苏联作家。顺便说一句,不仅仅是作家,还有数学家、物理学家、生物学家、化学家、历史学家。

毫无疑问,那些新生活的建设者刚开始着手拆毁的古典教育学派是游离于意识形态的疯狂之外的。当然这只是暂时的,因为再过几年,就连这些老教授们也会开始歌颂那位“所有运动员的朋友”[①]的智慧，然后得到当局的温柔对待。

而目前，二十一岁的阿尔谢尼·亚历山德罗维奇·塔可夫斯基还不由自主地享受着纯学院派知识，而传授这些知识的教授们尚是帝俄大学的产物。

塔可夫斯基和他同学那一代人的世界观是在时代的断裂处形成的，形成于俄罗斯史无前例的地质构造大断裂的边缘。他们在一个国度出生、受教育，却已经要在另一个国度生活、工作、创作、成家。

应当说，阿尔谢尼在那个狂暴而不断变化的二十年代中后期是非常积极、非常活跃的，他顽强地、有目的性地为自己的职业文学家生涯铺路。所以，他和《探照灯》杂志以及《汽笛》报合作，写诗体讽刺小品、寓言、法庭观察。从一九二九年起，塔可夫斯基每个月可以从国立出版社下属的青年作家援助基金会领取补助，一九三一年他开始在全苏广播电台的文艺广播编辑部工作，他领了任务写关于吹制玻璃劳动英雄的剧本《玻璃》。不过塔可夫斯基没能够合乎规范地响应拉普的反映五年计划突

---

① 指斯大林。

击队员的号召。事情坏在俄罗斯玻璃之父米哈伊尔·瓦西里耶维奇·罗蒙诺索夫①身上，他出人意料地出现在剧末，并向后人发表了一通教诲的台词。于是阿尔西克因为资产阶级神秘主义思想被解雇了，这在当时算是从轻发落的。

事件的整个过程，对体裁、形式、风格和手法的探寻（照例最终被归结为对工资的探寻），让阿尔谢尼的信念越来越坚定，即只有诗歌才是他惟一的使命，要为它奉献整个自己。多年后塔可夫斯基说："人类的精神有机地转化为艺术思想，转化为诗的节奏和形象运动，转化为诗的可塑表现力——这种人类精神就是诗歌之盐，核心与本质。诗人最大的罪过，在于他将诗歌变成了'文学'。如此就不可避免地令富足的、靠清爽汁液给养的诗歌之根枯死。心灵需要诗歌，就像需要面包、空气、大地和苍穹。在自己最优秀的模范中，诗歌等同于精神的积极自我认知，它的意义和种子正是寓于此。"

可见，有"文学"和文学。

有各种作家的集会、讨论会，上百万的印数，政府的

---

① 十八世纪俄罗斯百科全书式学者、诗人、作家。

奖金和奖项。也有窄小如同文具盒一般的房间，有一扇威尼斯风格的、朝向花园的窗户，有一张桌子，桌子上有一个烟灰缸，还有一扇一年四季都开着的气窗，因为阿尔谢尼的肺不好，总是需要呼吸新鲜空气。

可是，当示威的吼声越来越大，利奥波德·阿韦尔巴赫及其同伙关于将试图游离于伟大事业的同路人，也就是那些试图置身于列宁、斯大林伟大事业之外的人清除出苏联作家队伍的呼声甚嚣尘上的时候，又能拿这后一种、另一种文学怎么办呢？

问题无解。

更准确地说，答案是有的，但当时刚起步的诗人还在为找寻出路，更确切地说，为找寻入门之路而折腾，他在这条路上已经迈开了第一步，甚至为此购买了打字机，这在那个时期算非常特殊的大事件。

总之，阿尔西克当时刻不容缓地需要帮助，需要一个懂得、理解、热爱诗歌，在文学领导层有较高地位的官员的帮助。这样的帮助可以来自任何地方，来自最出人意料的方向，发生在最想不到的邂逅时。而这种实际上甚为稀有的邂逅发生了，因为即便是布尔什维克也无法取消近似心灵之间的那种亲切吸引。

格奥尔吉·阿尔卡季耶维奇·申格利——诗人、翻译家、语文学家。全俄诗协主席。国立出版社苏联各民族文学翻译编辑部主任。他比阿尔谢尼大十三岁。毫无疑问,申格利和塔可夫斯基是在培训班认识的。

阿尔谢尼这样描述他们第一次会面:“他穿着教授常礼服,还有一条正在经历第二次生命的短及膝盖的黑裤子:它从前曾是长裤,被人穿坏了,后来截短了,并且用裁下来的部分修补好了坐久磨坏的地方……他扎着士兵的绑腿,鼻梁上精巧地架着一副契诃夫式的夹鼻眼镜。”

这个不紧不慢的、审慎的人有一种敏锐的、仿佛可以洞悉对话者内在的目光,他身上有着某种来自旧生活的东西,某种不可捉摸、听不清楚,但同时又极为可靠、响亮和阳光的东西。或许,这是因为格奥尔吉·阿尔卡季耶维奇早年是在塔曼半岛和克里米亚度过的缘故。他经常去“过客皆别离”①的沃洛申②别墅,认识很多“蠢材”③,

① 克里米亚南部小镇科克捷别利(Коктебель)的谐音。

② 马·亚·沃洛申(1877–1932),俄罗斯白银时代诗人、翻译家、画家、批评家,著名沙龙男主人。

③ 沃洛申将来他家聚会的文人朋友们谑称为“蠢材”,甚至为他们设立了“蠢材勋章”。

没有他们的话马克西米利安·亚历山德罗维奇①的宅子将是不可思议的，他和格林是朋友，他清楚地找到了自己在时代文学进程中的定位，能从内部观察它，阿尔谢尼不可能对此无感。

实际上，申格利是塔可夫斯基诗歌习作的第一个专业批评家。作为诗律研究专家，《俄语诗律论》和《应用诗律学》的作者，他以惊人的分寸感和不屈不挠的坚持，要求自己年轻的朋友清楚地追随自己选择的道路。“您的诗律很差劲，年轻人，但不要灰心，写吧，你或许会写出些什么的。”费奥多尔·索洛古勃写给尚在诗歌生涯开端的塔可夫斯基的这些话不可能被忘记。毫无疑问，申格利也知道这事儿，但他认为，自己年轻的朋友对这位德高望重的俄罗斯象征主义者的抱怨没有意义且无益。

“格奥尔吉·阿尔卡季耶维奇接济我，并逼着我写诗。”阿尔谢尼·亚历山德罗维奇后来回忆。而这是惟一正确的决定——不顾一切地工作。这种品质后来对塔可夫斯基非常有益。第一批发在《汽笛》上的诗歌也有申格利的安排。也正是因为格奥尔吉·阿尔卡季耶维奇明

① 即沃洛申。

白，要让阿尔谢尼与他那个时代的宣传鼓动文学相协调，会是件多么困难的事，他才邀请他加入了国家出版社附属的诗歌翻译协会。

而一九二九年，国立高等文学培训班被关了……

有那么几个原因。

根据一种说法，培训班被关是因为，如塔可夫斯基在给母亲的信中所写的那样，“学生的出身成分不符合最近对各高校所要求的：工人、农民、党员”。

据另一种信源，对文学培训班作出这种判决是由于一个女生，某高级军官的女儿，用父亲的制式装备自杀了，因为她被几个喝醉的同学强奸了。可想而知，这个说法给开展“与波西米亚作风和性领域反革命活动进行无情战斗”以理由。

悲剧又一次被拉普分子所利用，给这个不幸的姑娘的自杀强加上意识形态的动机——不能让小资产阶级庸俗文人和他们出身旧社会的老师们在无产阶级作家整齐的队伍中有位置！

不过所有的学生被允许参加莫斯科大学的毕业考试。阿尔谢尼拒绝参加。显然，他认为自己受的教育已经足够，已经是个成型的艺术家了。而玛鲁夏相反，她认真地准备着毕业考试。

在讲述阿尔谢尼·塔可夫斯基创作之路开端时，如我们所见，他那年轻的伴侣——玛丽亚·维什尼亚科娃被完全遮蔽了。

这既可以理解又不能理解，既可以谅解又不可以谅解，但终究对于这个极有天分、独具一格的女性来说是不公平的。但是笼罩玛鲁夏这段人生时期的沉默是完全可以解释的。这要归结于种种客观原因，以及塔可夫斯基与维什尼亚科娃所做的一个客观选择。

所以，让我们按顺序讲述这一切。

同学们在提起玛鲁夏的时候，都认为她是一个有意思的、独特的文学工作者。她写很多的诗歌和散文，经常参加诗歌晚会，在培训班学得醉心而努力。她的梦想——找到一种自己的声音，说出那隐藏的、让她在童年和少年时期被迫对之沉默的东西——开始实现了。与此同时，发生了一件对于真正的创作者来说都应该发生的事情——在进行文学创作的过程中，维什尼亚科娃对自己的认知越来越深入，发现了（首先是为自己）自己的优点和弱点，而这些特征并非浮于表面，且会让人感到恐惧。

玛丽亚·维什尼亚科娃在日记中写道："我现在明白了一切噩梦究竟在哪里：我是一种创作'天性'，也就是说，我具备创作型的人该有的全部特质——对环境的态度，概括的能力，过滤的能力，还有最可怕的一点：对生活的要求，就像一个'造物者'那样。只有一样不足——天赋，于是整个大厦倒栽葱飞了下来，砸在我的头顶上，而我的各种要求永远不会被满足，因为它们超出了我的能力。T.（这里指安东宁娜·亚历山德罗夫娜·博霍诺娃，阿尔谢尼·塔可夫斯基的第二任夫人。——作者注）曾对我说过，她想成为随便某个大人物的朋友，或左膀右臂，而我很吃惊，因为我自己想成为创造者……依附于别人的才华！那得有自我放弃的天赋。在生命和日常生活中我是多么具备这种天赋啊——因为对那种能轻松放弃的东西，我总是彻底冷漠，而我又是多么渴望自己的内心世界，试着让我成圣吧！因为我无法成为任何人的保姆，这也是我为什么完全无法改变自己生活的原因。"

玛鲁夏显然被一些原则问题所困扰——使命与天赋、自由与创作、改变自己生活的可能或不可能之间的关系。不过，玛鲁夏深爱的那个人也曾试图解决完全一样的问题。但是阿尔谢尼还有一个能帮助和支持他、帮他参谋、给他修正的人(格奥尔吉·阿尔卡季耶维奇·申格利),可是玛丽亚·维什尼亚科娃没有。

她完全是孤立的。

她嫁给这个人,很可能是希望和伴侣一起去找到那“可恶的”创作问题的答案,但是这并没有给她带来缓解。更有可能是恰恰相反,它只是让内在的不协调更为加重。再者,塔可夫斯基在这种双人协作中完全视自己为一个需求牺牲的艺术家,而没有牺牲就没有他的诗歌,甚至没有他本人,这被视为一种普世意义上的悲剧。玛丽娜不可能不明白这一点,她在日记里所写的“依附于别人的才华”这句话一直萦绕在她的脑海中,令她不得安宁。

然而阿辛卡对于她来说不是外人,她爱他!这意味着,她这句话说的不是自我放弃,而是完整地、没有保留地渗入、进入他的生活,是过这种日子,将其接纳为自己生活的能力。

想必塔可夫斯基并没有敢做敢当地对玛鲁夏直说此事,但是他同时期的诗歌大声呼喊出了这一点。

所有人都散了。留下告别的只有
窗外黄叶的惊慌失措,

我的房子里只留下
最微弱的秋声。
夏天像一根冰冷的针
从寂静那喑哑的手掌中坠落，
消失在老鼠墙的灰泥后
架子后面的暗处。
如果要算账，甚至对
窗外的火灾我都没有资格。
想必，砂砾还在
她小心翼翼的鞋跟下撒落。
在那里，在窗外危险的宁静中，
在我的存在和住所之外，
我的记忆对她来说
在黄色，蓝色，和红色之中——她为何需要
我的记忆？我的记忆对她来说是什么？

从今以后，维什尼亚科娃不再有自己的记忆了。

正是在这期间，她销毁了自己在培训班上学时候写的所有东西。为什么？老天爷，我们没有这个问题的答案。

因为爱情而真诚地自我贬低，抑或就是像奥斯特洛夫斯基《大雷雨》里，当卡捷琳娜·卡巴诺娃突然发现一切都不容置疑地清晰起来，她“不会再像小鸟一样飞翔了”之后的姿态[①]——比这做得更少她是不会同意的。

或许就是如此。

我们只找到了她的日记片段，以及她写给丈夫的信。

---

① 《大雷雨》中，渴望自由的卡捷琳娜因不堪婆家压迫而自杀。

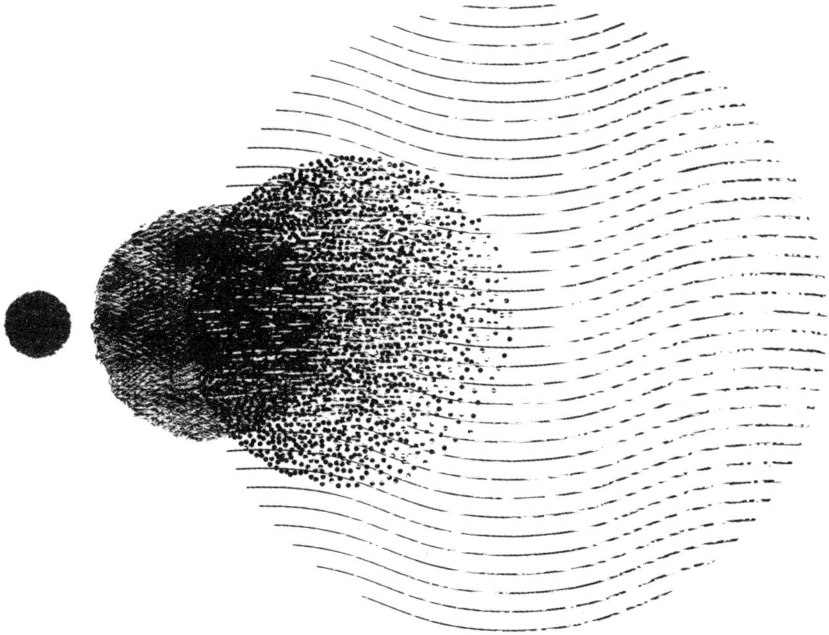

第二章　昨日的声音

母亲坐在凉台的桌旁写信。

穿堂风吹动着薄纱窗帘。

凉台的门开着，能看得到花园，那里在两棵树之间拴着根绳子，晾晒着内衣。

日落时阳光非常刺眼，母亲用手掌遮住脸。

一阵风吹得门掩合起来，太阳马上不见了，一缕光线拖曳到对面的墙上，那里挂着一张褪色的“吉内薇拉·达梅里戈的肖像”的复制品。

母亲停下笔，向这件复制品望了一会儿。

她困惑地耸耸肩，仿佛在和自己说：“不可能完整地表达出来这幅肖像画带给我们的感受。甚至无法确定地说，我们是否喜欢这个女子，她是迷人还是令人不愉快。她欲拒还迎。在她身上有某种无法表达的美好但同时又令人抗拒，仿佛有魔性的东西。然而这里的魔性绝非浪漫主义意义上吸引人的那种。它只是在善与恶的彼岸。这是一种带负号的魅力：其中有某种几乎可以说是退化的与……美好的东西。”①

伏尔加河上隐隐传来拖船遥远的汽笛声。悠长的声响久久地在水面回荡，然后逐渐消散在一直退向地平线的森林里。

安德烈·塔可夫斯基在《雕刻时光》中这样写道：

> 我认为，要想使一个电影形象发出真正饱满、立体的声音，那么不用音乐是合理的。因为如果严格来说，被电影所转化的世界，与被音乐所转化的世界是两个平行而且冲突的世界。电影中被真正组织过的、发出声音的世界就其本质而言是音乐性的——这才是真正的电影音乐。

① 这段话其实出自安德烈·塔可夫斯基的《雕刻时光》。

何谓自然主义意义上精确发出声音的世界？这在电影中甚至是无法想象的：这意味着，如果在镜头里被记录下来的东西还要在音轨中获得自己的声音表达，那么一切都应该混合起来。然而这种不和谐的声音就会意味着影片没有任何关于声音的想法……只需要将银幕所反映的可见世界的声音去掉，或者为这个世界配上并非全然只为该图像而存在的、各种无关的声音，或者以一种不匹配该图像的方式，将这些声音加以扭曲——电影立刻就会发出声音了。

例如，在列昂纳多·达·芬奇那个年代的女诗人吉内薇拉·达梅里戈·德·班琪的肖像中，我们听得见阿尔谢尼·塔可夫斯基的诗：

船坞里的轮船静寂了，
水色愈发浓黑，
白色暗成铅灰，
假使大地确实因我们而生病，
那她正在痊愈——

白雪上星光熠熠，
静谧如是来临，
还有——我的天！——从冰封中
微弱地传来最后一声汽笛。

拖船早就开走了。

汽笛早就沉寂了。

母亲拢了拢额前的头发，读了一遍写的内容，露出了微笑：

后来我们沿着一大片嫩绿的亚麻田中的一条狭长的小路进村子。小老鼠①走在前面，穿着一件蓝色的短连衣裙，光着褐色的脚，左手拎着个用一根小绸带捆着的罐子，里面装满了浆果，周围一切都是那么美，浆果红彤彤的，罐子在绿苗间一闪一闪的。我和安德留什卡走在后面，欣赏着我们的小老鼠，亚麻和浆果罐子，我对他说，要他好好记住这一天，以及在夕阳下的亚麻田里行走的小老鼠。他用某种直觉的

① 指玛丽娜。

方式理解了，对我们如此温柔，亲吻着我的手。昨天清晨我又回到了我们先前玩耍的那个林子。我本想趁着孩子们还睡着，再去采点浆果，然后干脆走到尤里耶韦茨。林子里很安静，孩子们的声音在这里已经永远沉寂了：在曾是“食堂”的树桩旁，乱扔着装蘑菇的小盘子，以及空火柴盒。我非常沮丧，然后非常害怕。这里昨天还是那么宜人，就好像在一座很好的小屋里，突然变得非常肃穆，好像葬礼之后一般。我朝浆果吐了一口，然后飞快地向孩子们跑去——他们还活生生的：死去的只是昨天和昨天的声音。

玛丽亚·维什尼亚科娃给丈夫阿尔谢尼·塔可夫斯基写这封信的时候，已经是两个孩子——安德烈和玛丽娜的母亲。给爱人写信是她惟一进行文本创作的可能，因为她有意识地终止了其他一切进行写作的可能……

夏去秋来。

十一月中旬就下雪了。

莫斯科。

关于在列宁去世周年纪念日前要拆掉西蒙诺夫修道院的消息很快就在城里传开了。

一九三〇年一月二十一日白天，在这座莫斯科最古老之一的修道院的墙下聚集了很多群众（主要是西蒙镇的工人），以及几排维持秩序的红军士兵。

参加者轮流爬上仓促搭就的木头演讲台。他们或摘下护耳帽和布琼尼帽，或把制服帽、大檐帽拿在手里，叫喊着什么，确切地说，是在朝严寒的空气中释放一个个撕破的气团。

要听清他们的话是不可能的。

天完全黑了，于是打开了探照灯。圣母安息大教堂的周围点燃了几堆巨大的篝火，给正在发生的事情增添了某种魔性和虚幻的感觉。

人们的喧哗声越来越大。

火光映红了集会的人们激动的面庞、红军的刺刀、教堂的穹顶、大教堂外立面上留存下的壁画。

工兵的出现引来了赞许的口哨声和欢笑。

他们的出场就像是小丑面对观众，撇着嘴，扮着鬼脸。

他们没有急着埋炸药。先用手持钻孔机在墙上打孔,然后用锤子敲大裂口,并在挖掉的空隙中放上炸药。

根据命令,红军开始疏散人群。响起了一片声嘶力竭的哀鸣,有人跌倒,有人被踩踏。贴着列宁像的演讲台马上就被推倒了,集会上带来的标语口号被扔在雪里。

工兵不慌不忙地做着自己的事情,彼此善意地吵骂着,一边冷笑,一边向围观人群点头示意,心想这真是群“蠢货”,连炸教堂都没见过。

一排骑警已经在修道院的门外等着群众。

到了半夜,放炸药的工作才完成。

但群众没有散。

为什么阿尔谢尼和玛鲁夏当晚会在那里,不好说。最大的可能是被朋友们拉去的,他们的朋友当中有很多是和报界合作的人,写简讯,靠当摄影记者赚钱。塔可夫斯基知道,在圣母安息大教堂的墙下有诗人韦涅维季诺夫的墓,十九世纪上半叶著名文学评论家谢·季·阿克萨科夫的墓地也在这里。据说,在移走修道院墓地的时候,人们打开了他的陵寝,发现一棵白桦树生根发芽,穿过作家的胸廓,穿过他的心脏。

或许,正是在那个疯狂的夜晚阿尔谢尼写下了:

当我见到具象化的一声巨响，
当白垩的双翅逐渐苏醒，
我豁然开朗：我超越了生命，
我的功勋还在隘口。
一座座大张的坟墓有如刀伤，
我应该把它们引去
白色颜料那圣经般的清晰，
并成为费奥凡的学徒。①
我凭爪子认出了他：他是一只狮子，
他和自己的旷野血肉相连②，
而我渴求，我做了几个梦，
已在慈悲的炽热炭块上腐烂。
六百年来我呼吸着它的火焰，
六百年里满怀嫉妒，伤痕累累。
“你会不会来，仁慈的撒玛利亚人，

① 费奥凡，绰号“希腊人”，十四世纪圣像画家，生于拜占庭，后前往罗斯作画。在安德烈·塔可夫斯基的影片《安德烈·鲁布廖夫》中是鲁布廖夫的老师。

② 带翅膀的旷野雄狮是福音书作者圣马可的象征图像。

用你那清凉的亚麻将我裹缠？”①

随后整夜都在传来一阵阵爆破声，西蒙镇附近的板棚房以及修道院僧舍的墙体都在震动，震破了玻璃窗，让人没法睡觉。

后来据《星火》杂志报道，莫斯科八千劳动群众前往拆卸反动黑暗势力和“垂死的宗教势力”老巢的废墟，原地上将建起最雄伟的由建筑师韦斯宁兄弟设计的利哈乔夫汽车制造厂文化宫。汽车厂文化宫将于一九三四年竣工。

在电影《镜子》的剧本中有拆教堂穹顶的片段，但没有用在成片中：

教堂的屋顶上，熟练地上来了几个男人，他们大声地交谈着什么。其中一个拖着根粗长的绳子。爬到屋顶上后，他们围着一个圆顶，往那狭窄的圆筒上绕绳子。我走近些，站到一棵多瘤的白桦树后

① 指的是福音书中仁慈撒玛利亚人的寓言，见《新约·路加福音》10：25-37。

面……我听到,附近有个女人在哭。我张望了一下,就是没有在人群中找到哭泣的女人。她的声音混杂在一个穿着绿色军装的老汉的喊叫中,他忙碌地挥舞着双手,沿着教堂围墙边走边指挥。

站在下面的工人接住从屋顶抛下来的绳索,将它捆在我旁边的白桦树底部。跑过来的老汉将我推到一边。缆绳之间插上了杠杆,并开始像螺旋桨一样全力旋转它。

说时迟那时快,绳索像一条蜿蜒的蛇一般,瞬间又打了第二个结。这条两股绞合的螺旋线缓慢而紧绷地延长着,这时我抬了下头,看见了高耸的、洁白的穹顶,以及上面的十字架,依旧岿然不动……

白桦树那边有个汉子喊了句什么,随即整个身体压在有弹性的绳索上面。其他人都跟着他这么做。他们都扑在嘎吱作响的绳子上,开始合着拍子在上面晃,直到穹顶的基座无法支撑。砖体崩解了,砖头脱落下来,十字架慢慢地歪到了一边。

于是,先是整个建筑倒塌在铁皮屋顶上,然后是随着震耳欲聋的巨响,砖块掉落在地,一团团尘烟飞扬,我来不及闭眼,被弄得迷了眼,几乎什么都看不见，只能咳嗽，喘不上气，用手掌抹眼泪。然后又有什么塌下来，折断了白桦那长长的枝条，随着重重的一声撞向地面……教堂的另一侧响起了恶狠狠的、刺耳的人声，砖石还在沉闷地掉落，不知什么在轰响，传来越来越大的噪音。

那些圆顶落在不成样子的白桦树下，破破烂烂，走样变形，连同沾满鸟粪的弯曲的十字架……妇人们站在教堂周围，悄悄画着十字，抹着眼泪。

当然，父亲告诉了儿子在西蒙镇发生的那些事，他和母亲是见证人。哎，像这样的事情在那个时期的莫斯科并不罕见。这样的事发生后，不仅城里空空如也，人的心灵也是空荡荡的。

阿尔谢尼与玛鲁夏在空旷的、冰冷的城里走着，手拉着手。

散发着木头和煤炭的气味，清洁工把雪扒拉在一起，睡眼惺忪的狗沿着歪歪斜斜的木栅栏游荡，不情愿地叫几声，主要是为了暖和暖和。

家里很冷。

锅炉在初冬的时候就停了。

临时的小铁皮炉子供不了多长时间的暖，而木柴也只够每天烧一次的。

但是可以煮茶，可以裹上厚毛毯、羊毛被，憧憬夏天的到来——回忆夏天一定会让人发暖。伏尔加河上将会隐隐约约传来拖船遥远的汽笛声，悠长的声响久久地在水面回荡，然后逐渐消散在一直退向地平线的森林里。

玛鲁夏将会急匆匆地从莫斯科赶往扎夫拉日耶，去她亲爱的阿尔西克那里，因为他请求妻子马上动身——他病了，他马上要过二十四岁生日，他感觉自己好比一个饱经摧残的老人，他累了，孤独让他极为痛苦。至于玛鲁夏本想参加毕业考试，拿到培训班的毕业证，关于这个问题的所有讨论都已经过去了。阿尔谢尼当然也并不反对，但他也没法一个人待着。

这就得选择了……

一九三〇年六月二十四日，就在毕业考试前夕，玛鲁夏离开了莫斯科。她的毕业文凭就这样泡汤了。

但是他们如今可以沿着伏尔加河峻峭的河岸漫步，谋划未来。阿尔谢尼给妻子读诗，并显然感到心情好多了。玛鲁夏在身边，也就是说，他可以安下心来，谨遵医嘱，“加强营养，喝热牛奶”。

大家知道，塔可夫斯基患有遗传性胆囊炎（他的脸色因此泛黄），他的肺很弱，何况他还不停地抽烟，再说他还“擅长连续两天不吃任何东西”，这不仅影响到他的身体，更影响到他的精神和心理健康。他的病态不仅仅是由于客观上肌体的各种不调和，也是阿尔西克的性格特点导致的。

据玛丽娜·阿尔谢尼耶夫娜·塔可夫斯卡娅回忆，阿尔谢尼从小就过度敏感，甚至到了疑神疑鬼的程度。一九一九年，阿尔谢尼的哥哥瓦列里去世后，父母，亚历山大·卡尔洛维奇和玛丽亚·达尼洛夫娜把所有时间都花在他身上，在他身上培养了一种惟我独尊情结。当后来阿尔谢尼感觉到缺乏这种关注时，他真的就会开始感觉疼痛。

这种不适感成为诗歌形象的一部分，即一个高贵的、绝非凡庸可理解的、注定受难的形象。这里面有某种毕巧林[①]式的东西。顺便说一下，这是可以理解的，因为父

① 莱蒙托夫小说《当代英雄》的主人公。

母在一九一三年送给少年阿尔休沙一本莱蒙托夫诗集,用他自己的话说,这改变了他的人生。

于是,一种对人与事,对人际关系的感性、极端不稳定甚至是臆想的接受态度自然成了这种极为私人的体验的一部分。在这种情感的波涛中,女性是作为一种理想中的、诗人为之毫不保留地献上自己心灵的形象被接受的。这种奉献伴随着狂热的激情。

的确,塔可夫斯基真的无法理解,如果玛丽亚·维什尼亚科娃的世界没有他的一席之地,那么这算是什么世界。她怎么可能会有除了他的志趣之外的个人兴趣,要知道她可是他的诗歌世界的一部分,是他的呼吸,他的灵感啊！他不能没有她。

然而,随着他们走近,有了更密切的交往,发生了恰恰相反的事——原来妻子完全不是那占据诗人火热的心灵,惊动其想象力的半神性神秘存在。她只是一个普通的鲜活的女性,有自己的兴趣和梦想(她想从事文学创作),有自己的陋习(她和阿尔谢尼一样抽烟很凶),日常生活中她过于朴素,简直到了禁欲的程度,她严厉,而且她身上也没有那种华丽、优雅,这是阿尔谢尼喜欢的女性气质,也是他深信作为人生伴侣—— 一个脸庞苍白消瘦、红唇炽热的拜伦式美人——所应具备的。

实质上这是现实与梦想、夜与昼、睁眼与闭眼之间的冲突。

正是在这几年，诗人写下了如下诗句：

你总是穿着黑裙。
夜晚将过去，你等待黎明，
总是在空旷的房子里夙夜不寐，
就像活在歌声中。
钟楼之风在深夜的
教堂穹顶中吹拂，
优柔的梦
飘过你的房间。
在空旷的房子里很好——
没有镜子，没有黑暗，
就这样你穿着黑裙子
把我忘却。
你将为我解开多少个梦，
只要说出名字，
你就会想起我——真切地

展露自己的双眼。
如果天使
在深夜的教堂穹顶中飞翔,
如果玫瑰
在你幽暗的房间盛放。

阿尔谢尼觉得,只要玛鲁夏沉默下来,沉浸在自己的世界里,她就是忘记他,移情别恋了。他在为自己的自我与为她的自我之间心惊肉跳,他害怕这两种不同的人格之间发生冲突,并且在这种冲突下隐藏着某种悲剧式的错误,某种谎言。

多年以后,安德烈·阿尔谢尼耶维奇·塔可夫斯基说:“我没法看人表白心迹。”或许,这种感受是儿子暗暗地从父亲那里继承下来的?一面,是刻意的感性,情绪的展示性表露;另一面,是深深的孤独,完全的封闭与沉默寡言。无论哪一种对阿尔谢尼来说都是折磨。他不相信自己,无论是这一面还是那一面。他的内在一直有这两种互相排斥的声音,但每一次他都将其视为**昨日之声**。

诗歌给了他自由,而玛鲁夏——没有,因为她自己不自由。然而已经形成了一个恶性循环,因为是他将她捆绑到自己身边，从而剥夺了她的自由。

以下摘自安德烈·塔可夫斯基的访谈：

> 自由这个概念在最高级的意义上，尤其是在艺术、在创作的意义上是不存在的。没错，自由的理念是存在的，这是社会和政治生活中的一个现实。人们生活在不同地域、不同国家，有的自由多一点，有的自由少一点；但是你们也熟知一些例子，表明有的人在最骇人听闻的条件下有着前所未闻的内在的自由，伟大的内心世界。我觉得，自由并不作为一种选择而存在：自由，这是一种心灵的状态。例如，有可能在社会、政治等方面完全“自由”，但依然由于感到易朽、感到孤僻、感到没有未来而毁灭。

对一个年轻诗人来说，有种恐惧是摆脱不了的苦闷——那就是怕自己会因孤僻、不被人所需、易朽且没有未来的感受而毁灭。他随时随地都会感受到这种恐惧，它寓于一切——它在西蒙修道院的拆毁时，在胆囊炎发作的病痛里，在与妻子的争执中，在最想看到付梓的文字不可能出版的境遇中。

尤其无法承受的是，拉普文学的声音将他包围，阿韦尔巴赫、法捷耶夫、斯塔夫斯基，他们居高临下地站在作家演讲台上向论敌开火。虽然更确切地说这不是文学，而是文学宣传，对于后者而言，艺术家内心的体验、心灵的状态根本是不存在的，就连艺术家本人也只被视为一台轰鸣的机器上的部件、装置或螺丝钉，这台机器的名字就是布尔什维克党。

长时间处于意识形态压力下，本就有着一种温和的，时而甚至有点女性化性格的阿尔谢尼总觉得自己完全无助，像一个失去了母亲的孩子。

因娜·利斯尼扬斯卡娅回忆道：

> 很多熟悉阿尔谢尼·亚历山德罗维奇的人都注意到他有小孩子脾气。但通常带着一种玫瑰色调……塔可夫斯基是一个孩子，有着孩子们特有的那种极为自我中心、狡猾的天性。并且，就像孩子一样，他也从不伪善。塔可夫斯基的孩子气也一直体现在他的人际交往中。例如，无论与谁争吵，他都会破口大骂。可是一旦跟人家和解——又会热烈地赞美、维护对方……塔可夫斯基的孩子气还体现在游

戏中。下棋的时候他根本不把对方放在眼里，下输了他就搞事情。有时候他很快就输了，就跳起来大喊大叫……还向四面八方挺起他那宽阔的胸脯。

再回忆一下列夫·霍尔农的照片，四十年代末，父子在希波克的家里下象棋的那张。

可以猜测，阿尔谢尼·亚历山德罗维奇当时输给了安德烈。他根本没想到，自己的儿子如此有战斗力，如此机敏，思维如此成熟。他本来深信，只要使点小机灵，与此同时一点都不要怀疑自己的实力，那么不用花多少力气就能很快拿下这一局。但是他错了。当他想从机灵调整为智慧和谨慎时，已经晚了——他被将军了。

自然，在这种情况下他大吃一惊，马上说话声音就高了八度，自然不乏恼羞成怒的成分，但是同时也不乏对自己儿子的骄傲，他会不停望着玛鲁夏，她总是在一旁看着这一切，脸上似笑非笑。在她看来这不是儿子和他的父亲、她的前夫，而是她的两个儿子——大儿子和小儿子。

她说要去厨房沏茶。

茶壶隆隆作响，她拿出香烟，打开气窗，抽起烟来。

火柴是“巴拉巴诺沃”牌的。

厨房和走廊楼梯上的“值日灯”一直亮着。

茶水烧开了。

他们楼上的格利克曼家响起了钢琴声——肖邦升C小调圆舞曲。

安德烈去他家练琴，他很不情愿，虽然他有绝对辨音力。

房子另一侧的宿舍区传来醉酒的喊叫，还有留声机里蹒跚的歌声，那是托尔查·埃文斯唱的《马德里的姑娘》。

后来阿尔谢尼也去了厨房，他们一起默默地抽烟。

然而这种沉默胜过千言万语，胜过长时间、拖到半夜的忧郁的交谈，胜过解释关系，胜过事后常会为之感到羞耻，结果其实什么都没说的鸡飞狗跳。

房顶的“值日灯”在闪烁，仿佛这意味着昨天的生活、昨天的声音已完全死去，而新的声音还听不出来。

第二天早上八点，母亲像往常一样，去土堤街[①]上的印刷厂上班。

电影《镜子》剧本里印刷厂的戏在成片中保留了下来：

---

① 莫斯科花园环线上的一条街。

她走向窗边，窗外大雨滂沱，喧闹的雨声混杂在占据了莫斯科河外区一整个街区的巨大印刷厂里机器整齐、沉重的轰鸣声中……

母亲：恐怕我得去洗个澡。我的梳子呢？

伊丽莎白·帕夫洛夫娜：我的天，你知道你现在看起来像谁吗？

母亲：像谁？

伊丽莎白·帕夫洛夫娜：像玛丽亚·季莫费耶夫娜。

母亲：哪个玛丽亚·季莫费耶夫娜？

伊丽莎白·帕夫洛夫娜：呐。

母亲：什么“呐”？

伊丽莎白·帕夫洛夫娜：你不是在找梳子吗？呐！

母亲（激动地）：听着，能告诉我是哪个玛丽亚·季莫费耶夫娜吗？

伊丽莎白·帕夫洛夫娜：有过一个玛丽亚·季莫费耶夫娜·列比亚德金娜，列比亚德金大尉的妹妹，尼古拉·弗谢沃洛多维奇·斯塔夫罗金的妻子。

母亲：你这是想说什么？

伊丽莎白·帕夫洛夫娜：没什么，我就是想说，你太像这位列比亚德金娜了。

母亲（生气地）：那好，就算是吧。那就说说我怎么像她了？

伊丽莎白·帕夫洛夫娜（开始叫喊）："列比亚德金，给我打水！列比亚德金，给我拿鞋子！"区别只不过在于，她的哥哥没有给她打水，而是往死里揍她。可她还以为所有事情都能按她的指示完成。

母亲（眼含泪水）：你别引经据典了，解释一下。我听不明白。

伊丽莎白·帕夫洛夫娜（勃然大怒）：你的整个生活就是："给我提水来！""给我拿鞋子！"这能有什么结果？让你表面上看起来很独立?！可是你根本就是手无缚鸡之力……

假如什么东西不称你心，你要么就假装它不存在，要么就不理不睬。你这个洁癖！

母亲（流泪）：谁会打我？你到底在胡说八道什么？

伊丽莎白·帕夫洛夫娜：不，我只不过是佩服你前夫的忍耐力！在我看来，他早就该逃离你了！越快越好！

母亲（惊慌地环顾四周）：我不明白，她到底想要我怎样？

伊丽莎白·帕夫洛夫娜：可你难道什么时候认过错吗，就算那是你自己的不对？一辈子都没有！不，这简直太惊人了。这种情况完全是你自己一手造成的。老天爷！如果你没能把自己那口子弄成你这种毫无意义的解放状态，那么我们就得认为，是他及时逃走得救了！至于孩子们，你肯定会让他们变得不幸！（哭泣）

母亲（镇定了下来）：别装疯卖傻了！

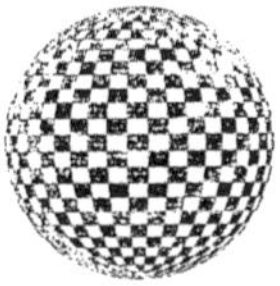

第三章　独立的人

“在扎夫拉日耶，从四月三日周日到四日周一的凌晨，生下一个儿子……五日上了户口，起名安德烈，领到了‘身份证’。他的眼睛是幽暗的，是灰蓝色、蓝灰色、灰绿色的，是狭长的，像个小鞑靼人。他看起来一副生气的样子。鼻子随我，但搞不懂……嘴巴很好看，很漂亮。”一九三二年四月七日，阿尔谢尼·亚历山德罗维奇·塔可夫斯基在日记中写道，它后来将被称作《德里尔卡日记》。[1]

到扎夫拉日耶路途可不近。要半夜从莫斯科坐火

① 德里尔卡是安德烈的昵称。

车，次日九点到基涅什马。然后必须坐雪橇到尤里耶韦茨，还得穿过冰封的伏尔加河才能到达。

玛丽亚·伊万诺夫娜的母亲，薇拉·尼古拉耶夫娜坚持让女儿来尤里耶韦茨生孩子。她的第二任丈夫尼古拉·马特维耶维奇·彼得罗夫是当地医院的院长。不过，没来得及去医院，生产日期比预想的提前了，不得不在家里的饭桌上生。

十一年后，阿尔谢尼·亚历山德罗维奇写道："后来你生下来了，我见到了你，然后我一个人出去了，四周非常喧闹：涅姆达河（伏尔加河在扎夫拉日耶的支流——作者注）在破冰。天色渐暗，玉宇澄清，我看见了第一颗星星。远处传来手风琴的声音。"

男孩在当地的圣诞教堂受洗。

四年后教堂会关闭，它会被改建为粮仓，一九五五年在修建高尔基水电站的过程中，普列契斯坚斯基乡村墓地和扎夫拉日耶村的一部分将被淹没。一九三二年安德烈·塔可夫斯基出生的那座房子也沉没在水底。

房间淹了一半，水没到窗台。

地板上横陈着一些生锈的金属制品，注射器、剪刀、钟表、餐具之类。高锰酸钾溶液从若干开着的试管里流出来，让人想起水藻，像蛇一样蜿蜒着。

水在走廊里，在紧挨着的两间屋子的墙间翻滚，最后滚入地下室。

房间里漂浮着书籍，泡涨了的家具，电灯的玻璃灯罩和空烧瓶。

这一切都是昨日的时光，那种逝水年华的象征。

安德烈·塔可夫斯基在《雕刻时光》中写道：

> 哪怕只是一瞥你过往的生活，回忆起过往甚至并非你最高光的时刻，你依然都会为你所参与的那些事件的独特性、你所遭遇的那些性格之不可重复的特点而震惊。独特者的声调主导着存在的每一个瞬间——生活本身的准则就是独一无二的，艺术家每一次都试图重新构思、表现，每次都徒劳地指望表现关于人类存在的真理与真实的一个无所不包的形象。美——在于生活的真实本身，假如艺术家以其全部的真诚和独创又能够把握住它、呈现它的话。不管是否足够敏锐，人们都能够分辨真实与虚构，真诚与虚伪，行为的天性与造作。有某种源自生活经

验的过滤器，会阻止人们去信任关系结构受损的各种现象……形象是某种不可拆分、抟之不得的东西，有赖于它致力于体现的物质世界，以及我们的意识。假如世界是个谜，那么形象也会是个谜。形象——这是某个表明真实、真理和我们限于欧几里得空间的意识之间关系的方程式。尽管我们不能理解整个宇宙，形象却能够表达这种完整性。形象是对真理——我们被允许用自己的盲眼看一看的真理——的印象。

一个人躺在没有尽头的、被水淹没的走廊里。
他闭着双眼。
他的脑海中响起了诗句：

我出生得那么早，
以至于有时候会听到
冰冷的水
如何在我头上流过。
而我躺在河底，
假如唱起歌儿——

我们从水草开始唱起，舀一点沙
唱到张不开嘴。
我出生得那么早，
以至于不会说话，
我梦见石岸上的
一座城市。
而我躺在河底，
从水中看见
远处的光、高耸的楼房，
星星的绿光。
我出生得那么早，
以至于如果你过来
用一只手蒙上我的双眼，
那么这将是一个谎言，
而我无法确证你，
而如果你离开，
我又没有像盲人一般跟着你，
那么这将是一个谎言。

安德烈·塔可夫斯基在《雕刻时光》中写道："有一种

没有能力说谎的人。另一种人的谎言则张口就来，令人信服。还有一种人不善于撒谎，却又不得不撒谎。他们的谎言毫无天赋，令人绝望。在我们提出的这些情形下——亦即在尤为严格遵循生活逻辑的条件下——只有第二种人才能够感知真实的脉动，并且能够用一种几乎是几何学的精确与生活真实的种种顽皮变形相协调。”

潜行者睁开眼睛，蓦地站起来。

他的身上在滴水。

现在能看到他在哭：

这是——谎言！谎言！你们……你们都错了！潜行者不能进密室！潜行者……是完全不能够带着私利心进禁区的！不能；想一想豪猪吧！没错，你们说得对，我只是个虫豸，我对这个世界没有什么贡献，在这里我也做不了什么……我甚至都没东西能给妻子！就连朋友我都没有，也不可能有朋友，但你们不要从我这里夺取我的东西！我所有的一切本来也都被夺走了——那里，在那铁丝网的后面。我所有的都在这里。明白吗！这里！在禁区里！我的幸福，我的自由，尊严——都在这里！要知道我带来这里的，是那些像我一样不幸、痛苦的人。他们……他们什么都不再希望了！而我能！明白吗，我能帮助他们！谁都帮不了他们，而我——一个虫豸（大喊），我，一个虫豸——我能！我能帮助他们，这让我幸福得想哭。就是这些！我别的什么都不要。①

潜行者在走廊里来回走了一会儿，但后来停下了。似乎他不知道该往哪里走了……

儿子的出生对塔可夫斯基来说是一种鼓舞。

阿尔谢尼·亚历山德罗维奇受到鼓舞，因为有一个人来到这个世界，将会继承他准备交接的那一整个巨大的、谜一样的世界了。他在这种承继中看到了某种圣经的意味，儿子是父亲的延续，这种连接有一种深刻的、神秘主义的意义。这对于诗人来说尤其重要，因为他热情洋溢的性格气质总是需要某种无法触及的、天使般的、不属于芸芸众生理解范围的东西。

正是在那个四月之夜，当伏尔加河破冰，远处传来

---

① 《潜行者》剧本的片段。

寻常的手风琴声，一颗孤星在凛冽的夜空闪烁，那一刻，阿尔谢尼对这一点的感应尤为强烈。

他想象自己是一个占星家，更确切地说，是其中一员，三王中的一员——贾斯帕尔、梅利希奥尔或巴尔塔扎尔。①

然而，日常生活，难得消停的婴孩，与塔可夫斯基为自己描绘并积极栽培的世界图景不可避免地发生了冲突。玛丽娜·阿尔谢尼耶夫娜·塔可夫斯卡娅这样描述他们在扎夫拉日耶的生活："爸爸一点就着，没有耐心，总是急不可待地要彻底做完在当下吸引他的事情……在最初的、获得头生子的喜悦过去后，就是每天操不完的心，日积月累的疲惫。更何况——还有不停息的内心对诗歌的操劳。"

是的，日常生活的因循守旧，无法独处，不得安宁，越来越让他有压迫感。他感到因为创作交流的匮乏而窒息，因为如今家里多出来一个人，将玛鲁夏的注意力完全吸引过去，从他身边夺走了他的玛鲁夏。自然，这并非嫉妒，更像是对彼时彼地（他以为的）世界秩序之不公的一种不满。他儿子刚开始不久的生命以一种悖论的方式，

① 即福音书中的"东方三博士"，亦称"三王"。他们因观星相得知耶稣降生。

与他病态的阴郁，与他的各种死亡念头，与他对自我清醒的沉醉格格不入。

一九六五年，塔可夫斯基这样表达了自己对于在此岸没有什么位置的彼岸之人的态度：

> 世上没有死亡：
> 所有人都不会死，一切都不会死。无须
> 在十七岁的时候害怕死亡，
> 也无须在七十岁。只有真实和光，
> 这个世上没有黑暗，也没死亡。
> 我们都已经在海岸，
> 而我，是那个在永生成群结队经过时，
> 挑选罗网的人。

这毫无疑问是阿尔谢尼·亚历山德罗维奇一度得以掩盖的悲剧。

初夏，塔可夫斯基去了莫斯科。

甚至他不喜欢的，然而为了糊口不得不做的翻译工作，也比没完没了的洗尿布、换襁褓、喂孩子、哄孩子睡要令人感到亲切些。看起来，在这种情形下阿尔谢尼最害怕的是失去个人自由,那是他诗歌创作的食粮。

玛鲁夏和儿子待在扎夫拉日耶。

当然,他们并非孤立无援。薇拉·尼古拉耶夫娜、尼古拉·马特维耶维奇、列夫·弗拉基米罗维奇·霍尔农、保姆、助产士安菲萨·马克拉申娜都在帮年轻的妈妈,但玛鲁夏依然有孤独感。为小安德烈操心几乎耗尽了她的气力,她完全没时间有空虚的忧伤,但是她了解,她的牺牲不会得到报答,这种奇怪的感觉似乎永远地留在了她的心底。没错,从今以后,她将永远和儿子(后来还有女儿)在一起,而他,她的爱人,只会跟自己以及自己的诗歌相处。

玛鲁夏还有点精力的时候,就会在睡前读陀思妥耶夫斯基。

比如《群魔》:

> 借着铁烛台昏暗的烛光,我看到一个女人,年纪大概三十岁上下,病态地瘦,穿着暗淡的碎花旧裙子,长脖子上没有任何装饰,一头犹太人的黑发在脑后打了一个两岁孩子拳头大小的发髻。她非常愉快地看着我们;除了烛台,她面前的桌子上还有一面木制的小镜子,一副旧纸牌,一本翻破的不知道哪里来

的歌集，以及一条已经吃过一两回的德式白面包。可以觉察到，列比亚德金小姐的脸上白一块红一块的，嘴唇上不知涂了什么。眉毛也不知道用什么画得细长乌黑。她那高高的、狭窄的额头上虽然抹了白粉，却仍然有三道清晰可见的抬头纹。我知道她是个瘸子，但当着我们她没起身走路。某个时候，少女时代，这张过于消瘦的脸可能还不难看；不过那双安静的、温柔的、灰色的眼睛到现在也挺漂亮；她那安静的、几乎是快乐的目光中有一种幻想和真诚……奇怪的是，面对这类被上帝惩罚的人时那种常见的沉重甚至胆怯的厌恶感被另一种感觉替代了，我甚至有点乐于见到她，从第一眼开始，只是有一点怜悯，但至少不是嫌恶。

玛鲁夏合上书本，在万籁俱寂中睁着眼睛躺了很久。她想象着见到了几年后的自己——快活的目光，安静的、温柔的眼睛，消瘦的脸庞，病态的亢奋。虽然她非常清楚，随着时光的流逝，将越来越难以掩饰愤怒、屈辱，经常性的、从某个深处涌出的但同时很快就会在脸颊上干涸的泪水，以及自怜。“没有比自怜更没有意义、更无济于事的了。”她想道。

多年后安德烈在《索拉里斯》中用克里斯的对白回答了母亲：“要知道，在流露怜悯的时候，我们会空虚。或许，这是对的。痛苦令生活的一切都变得忧伤、可疑……但是我不认同，不，我不认同……那些不是我们生活必需的东西，就一定对它有害吗？不，不会有害，不会，当然不会有害。记得托尔斯泰吗，他的痛苦在于不可能去爱整个人类。”

顺便说一句，这是取自尼采的——“怜悯……让生活本身变得忧郁并引发疑虑”。

不，俄罗斯人不可能以此为信念的。

除非是将它作为口号背诵了下来（俄国人习惯于背诵口号），作为一个半历史半传说人物所道出的格言警句。

玛丽亚·伊万诺夫娜和安德烈到了十一月才回到莫斯科。

阿尔谢尼在等着他们。

巴斯曼区。

戈罗霍夫巷21号。

7号公寓。

很多的邻居，亲戚，永远有客人，形形色色的面孔。

走廊的墙上贴着雅科夫·鲁克列夫斯基的电影宣传画，他们两口子就住在隔壁：列夫·库列绍夫的《依法》和《您的熟人》，谢尔盖·爱森斯坦的《十月》，亚历山大·楚楚纳瓦的《哈努玛》，维克多·图林的《土西铁路》，汉斯·贝伦特的《国务卿的妻子》。

两年后，已经是在玛丽娜出生以后了，塔可夫斯基一家搬到了希波克街，那里完全是另外一种集体公寓——工人宿舍，醉酒斗殴，经常上门的警察。

而这阵子他们尚在鲍曼花园里散步。

他们当然知道，正是在巴斯曼区，昔日的德意志街上，戈洛夫金娜伯爵夫人宅邸的厢房里，挨着伊洛霍沃，诞生了普希金。

这里到处都是诗歌的气息，塔可夫斯基不可能注意不到这一点的。

正是在这期间，他写下献给儿子的诗《摇篮》。

她：

过路的，你为什么整夜不睡，

为什么踱来踱去，
翻来覆去地说着，
不让孩子安睡？
谁还会听你说话？
你要和我分享什么？
他，像一只白鸽，
在树皮摇篮里呼吸。

他：
夜色降临，田野泛蓝色，大地一片孤寂。
谁能帮我从深井中汲水？
我一无所有，我在路上丢失了一切；
我披星戴月，让我畅饮吧。

她：
哪里有井，哪里就有水，
而井在路上。
我不能离开孩子
让你畅饮。
他就要睡了，

夜晚的乳醉
缠绕着，洗刷着，
摇晃着摇篮。

他：
给我打开门，走出来，从我这里拿走你想要的
　一切——
傍晚的光，一把木勺，一根车前草……

显然，在莫斯科，玛鲁夏和阿尔谢尼的矛盾并没有消失。甚至，它有了一种久积的、解决不了的特点，要知道他们现在总在一起，每时每刻都相见。他们之间是小安德烈，周围是亲戚（维什尼亚科娃那一支）、朋友（鲁克列夫斯基夫妇）和客人——诗人、记者、艺术家。

又一次没有可能、没有时间和地方离群索居，保持安宁，不让任何人，包括一岁的安德烈在内分散他的注意力和思绪，干扰他俩互相倾听、倾听自我。

可以推测，最刺激阿尔西克的，是玛鲁夏竟然不需要这么做，至少他脑子里最先想到的事情她不需要。他向她要水喝，因为他累了，疲惫了，心慌意乱，因为他一无所

有，而她却回答："翻来覆去地说着，不让孩子安睡。"这些话听起来没有什么怨恨和情绪，既不亢奋也不触怒。与此同时玛鲁夏带着某种幻想和温柔，宁静甚至快活地看着他，但是在其中有某种来自陀思妥耶夫斯基受上帝惩罚的女主人公们那种冰冷的眼神，应该称之为怜悯，但同时是自怜。

这就是说，她只是在可怜他！

阿尔谢尼是否懂得怜悯和爱情之间的区别呢？

又一次想起了尼采的话："怜悯总是与作为淘汰法则的发展规律相悖，它支撑那些应当被牺牲掉的，捍卫被生活谴责和剥夺者，支撑生活中的各种不成功者。"

那么"不成功"的标准是什么呢？对于塔可夫斯基来说，想必并没有答案。这就像对于什么是爱情没有统一答案一样。他的儿子安德烈后来这样说："什么是爱情？我不知道。但这不意味着我不熟悉，而是因为我不知道如何界定……"后来他又补充说："人不是为了幸福而被创造的。有比幸福更重要的事。寻找真理几乎总是非常有益的。"

因此，父亲，后来是儿子，他们终其一生都在寻找真理，其标准将通过经验和直觉来确定，这种寻找有着神秘主义甚至是宗教的特点。

电影《安德烈·鲁布廖夫》中的一幕：

林中溪流的岸旁站着两个人——费奥凡和安德烈。

河水不知源自哪里，流向何方。

水草跟着溪水蜿蜒，流淌不息。

“请告诉我，”费奥凡的声音又高又尖，“难道你心里的阴暗处，是没有罪的吗？”

“怎么会没有呢……”安德烈漫不经心地挥挥手。

“我也有，主啊，你饶恕我，容忍我，让我顺服！”费奥凡静下来一会儿，然后又继续温和地，显然是自我克制地说，“不过没关系，最后的审判就要到了，我们所有人都将像蜡烛一样燃烧。记着我的话，当这一幕开始的时候……人们将彼此推卸罪孽，在全能的主面前给自己辩解！”

“你怎么可以怀着这种想法画圣像，我不明白……还接受别人的赞誉，”安德烈快步从水边离开，“我要是你最好早就接受苦行戒律，在洞窟里待一辈子了。”“我侍奉的是主，而不是人们，”费奥凡的脸上出人意料地浮现出微笑，准确地说，似笑非笑，“赞誉呢？今天赞扬你，明天诋毁你，就为了昨天赞扬你的那些理由，到后天就完全忘却。把你也忘了，把我也忘了。把一切都忘了。一切都是虚幻，一切都会衰朽！就连不是这样的事物也已经被忘记。人类已经造下了愚蠢和卑鄙，如今只会一再重复……”

“这怎么可能呢？”

“一切都转回原道，不住地旋转，不住地旋转。①假如耶稣再来到世间，他还会被钉上十字架的！”

“可是当然，如果只记住恶的话，在上帝面前当然是永远不会幸福的。”

“什么？”费奥凡盯着安德烈的脸，痛心地摇摇头，转过脸去。

“是，或许有些东西是要被忘记的，只是不是全部……我不知道怎么说……我不会……”

“你不会，那就闭嘴听我说，”费奥凡得意洋洋地喊道，“你在看什么？”

---

① 化用《旧约·传道书》1：6。

“你的意思是，善只能在孤独一人的时候创造出来吗？”

“善?! 善?!”费奥凡的声音又变得激烈，语调中逐渐透出他不想容忍反对意见，“你回想一下《新约》! 耶稣不也在圣殿召集人群，教导他们，但后来他们又是为了什么聚集在一起的？为了钉死他！‘钉上十字架，’他们喊，‘钉上十字架！’他的学生呢？犹大出卖了他，彼得背弃了他，所有人都散了。这都还算是好的那些！”

“但他们忏悔了！”安德烈答道，他的声音有点喑哑，没有说服力。

“这是后来的事了！懂吗，后来的事，那时一切都晚了！”

要知道这也是父子之间，成年的儿子和已经完全不年轻的父亲的对话。时光流逝，悔过已经成为某种有名无实的、完全无法改变任何现状的事情，因为时光无法倒流，什么都无法改变。因此，对于悔过只能去相信它，相信那些话，即很久以前犯过错（不止一桩），它已经因内心的悲伤而根除，让它永不再犯。可是，就连重犯的机会也不会再有了!

不过,生活每次都提供了检视这种心灵伤痛有多深刻的方案,但已是在别的情境中。正是此时,一个真相的时刻来到了,让所说的话可能具有真相的重量,也可能相反,只不过是“空气的脉动”。

阿尔谢尼·亚历山德罗维奇深谙此道……

我回到家,洗过手,
躺下,闭上眼睛。在从窗外
透入房间的模糊声响里,
在临近的、犹如雷雨前的暮色中,
没有任何不朽,死亡独自
站在粗糙的散文里,原形毕露。

一九三二年夏天,玛丽亚·古斯塔沃夫娜·法尔茨去世,这个消息令塔可夫斯基震动。

玛丽娜·阿尔谢尼耶夫娜·塔可夫斯卡娅回忆:“终其一生他都在为这个女性写诗。她叫玛丽亚·古斯塔沃夫娜·法尔茨。她住在伊丽莎白格勒。她的丈夫,军官科洛博夫在内战的时候战死了。她比阿尔谢尼和其他围绕着她的年轻人年长很多。法尔茨热爱诗歌与音乐，肖邦弹得很好。玛丽亚·古斯塔沃夫娜是爸爸大量诗歌的灵感来源。他是个充满激情的人，他爱妈妈，也爱第二个妻子冬妮娅，也爱第三任妻子，也爱其他女人……她的周围都是一些各具才华的小伙子，后来他们很多人都成长为文艺界人士。对他们来说她就是女神。但是她最爱阿尔西克·塔可夫斯基……但他们最后还是分手了。”

他们最后一次见面是一九二六年的冬天，在列宁格勒。

如今是一九三二年十二月，塔可夫斯基又因为文学事务来到这座涅瓦河畔的城市，他因为那次见面而折磨，就好像那是昨天的事情。然而时光已逝，就像《安德烈·鲁布廖夫》里希腊人费奥凡说的那样——现在已经晚了，万事不可追。

意识到这一点造成了难以忍受的折磨。

韵脚和诗行在脑海中不断涌现，让人发疯。

涅瓦大街和巴斯曼街。利戈夫卡与谢尔普霍夫卡。中大街和猎户商行。

两座城市。

两个女人，一个已经没了，另一个是妻子和你孩子的母亲。

两个如今都不可思议地遥远。

后来他回到了莫斯科,一切都是老样子。

翻译,抽空写作,做家务,又是有稿酬的翻译,又是家里的琐事,年幼的儿子,翻译,无论译得好坏。阿尔谢尼·塔可夫斯基在通信中说:"我拼命干活,后来妈妈来了,并且搞得我火冒三丈,这当然不好,但是每次跟妈妈谈话后这都是不可避免的。"

母亲——玛丽亚·丹尼洛夫娜·拉奇科夫斯卡娅。她出生在摩尔达维亚的一个小镇,别利茨。她的父亲是杜博萨雷的邮政局长,是个七等文官。她受过不错的家庭教育,懂摩尔多瓦语、法语、波兰语和德语,自己会私下写作。年幼时多病,后来生病、治疗成了玛丽亚·丹尼洛夫娜生活中的家常便饭。一九一九年,大儿子瓦列里·亚历山德罗维奇悲剧性地遇难后,她把所有的关爱都倾注到小儿子阿尔休沙①身上,彻底变身为一个"犹太式妈妈",尽管她根本没有犹太血统。阿尔谢尼称呼自己的母亲为"妈咪",玛丽亚·丹尼洛夫娜则称自己的儿子为"阿

① 也是阿尔谢尼的昵称。

霞”，显然根本不在乎那是个女名。

可以理解，母亲对儿子的婚姻持警惕态度，但并不恼火。我认为，她很有自信，她那天才的小男孩终究逃不出她的手心。已是在婚后，玛鲁夏·维什尼亚科娃在给自己婆婆的一封很说明问题的信中写道：“是我嫁给了阿尔西克，玛丽亚·丹尼洛夫娜，亲爱的，您不要骂他。我非常爱他，会让他好好的，会关心他。”或许，此时玛丽亚·丹尼洛夫娜还没开始责骂自己的儿子，但后来她就经常这么干了，因为她毫不怀疑，母亲比谁都更懂得儿子要的是什么，因此需要永远教训下去。

塔可夫斯基的下列性格特点很可能就是这么来的——他不时地看母亲的脸色行事，但同时内心是抗拒的，还有他那仿佛生活风格的病态：面色苍白，痉挛频繁，肺部虚弱，既目空一切又低三下四，最后还有深信自己是个不可救药的败者，但同时又是个天才的败者。

阿尔谢尼·亚历山德罗维奇·塔可夫斯基这样描写他于一九三四年夏天回小雅罗斯拉韦茨的归家之旅：“我赶十二点的火车晚了十五秒钟。我在火车站晃悠，等下一班两点四十九分的火车。火车到的时候，发现自己排错了队，不得不排到最后面去……我在这个队末站了很长时间，等我差不多排到车厢了，离开车只有四分钟了。突然，硬纸盒掉到地上，橙子滚到了火车下面，苹果天知道掉到哪里了，面包，盒子里所有的东西，都散落在月台……围观者快活地哈哈大笑……等东西勉强收拾好了，我又发现，在车底找橙子、苹果的时候，火车票又不知道掉到哪里了。我把东西先放上车，托付给一个打扮成卖牛奶人样子的土匪。我跑去买新的车票——等我买好票，跑回来的时候火车已经开了，我跟在它后面奔跑，用的力气正好够我赶上它。能想得到吗？……我赶上了！这就是我的历险记。历险记的结果是这样的：当我再次整理东西时——已经在火车上了——在箱子底下找到了那张可恶的丢失的车票。我是整趟火车上惟一奇怪地阔绰到一下子有两张车票的人。瞧这个白痴！”

故事从一开始就是令人啼笑皆非的。

粗心大意，力所不及，天生的“被动语态”①——“围观者快活地哈哈大笑”，读来是自嘲。但与此同时，即使在这种境遇下，仍会感觉自己高人一等——“我是整趟火车上惟一奇怪地阔绰到一下子有两张车票的人”。

① 俄语中这个术语在字面上有“受难态”的意思。

这种心理类型似乎是一种边缘的平衡，在这种情境下侮辱是和虚荣心仿佛手牵手同行：一方面是对于周围人意见的依赖，及其后果——没有主见，优柔寡断，而另一方面则是在偶尔试图向自己证明你不是“颤抖的造物，你有权利”①的过程中，对周围人傲慢甚至冷酷的态度。

所以，塔可夫斯基最后高喊的“瞧这个白痴”并不能被当作他对自己的绝望幻灭。应当从另一个角度来看。众所周知，“白痴”（идиот）一词在希腊语里是“独立的人”“个体”的意思。

“将军夫人对自己的出身自视甚高。当她在毫无准备的情况下，得知这位自己已经些许风闻过的、最后一个梅诗金公爵家族的人，只不过是个可怜的白痴，并且几乎就是个要饭的，要接受别人的施舍，她的感受会怎样，其实不难想象，”玛鲁夏翻着书页，哑然失笑，“……他完全是个孩子，甚至惹人怜爱；他有什么会突然发作的毛病；他刚从瑞士来，刚下火车，穿得怪异，像个德国人，且完全身无分文；他差点哭出来了。我给了他二十五个卢布，还

---

① 陀思妥耶夫斯基的小说《罪与罚》中主人公拉斯科尔尼科夫说服自己有权利杀人时的著名说辞。

想替他在我们那儿找点文书的差事。而你们,女士们,请招待他吃一顿,因为他似乎还在饿着肚子……”

玛鲁夏把一卷陀思妥耶夫斯基的书(这回是《白痴》)放在一旁,竖起耳朵——安德留沙睡着了。

然后她自己才睡。

阿尔谢尼明天一早来,坐第一班车。

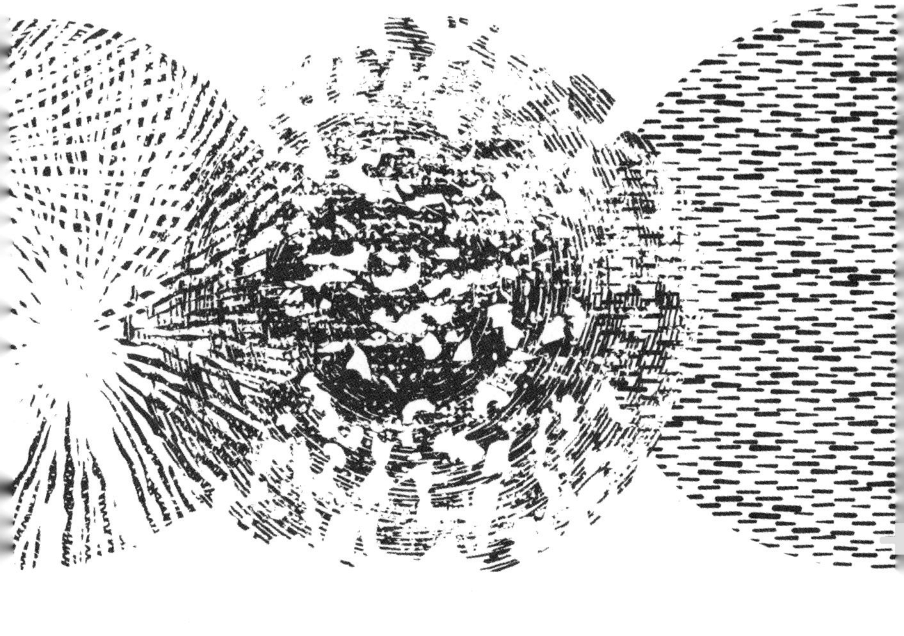

第四章　在希波克街

玛丽亚·伊万诺夫娜·维什尼亚科娃在第一模范印刷厂做校对员。从家到工厂不远，步行二十分钟。这是个倒班的工作——早班，晚班，夜班。这就有可能多一些时间在家里陪孩子——安德烈和玛丽娜，有时是中午，如果是夜班的话就可以陪一整天。

玛丽娜·阿尔谢尼耶夫娜·塔可夫斯卡娅如是回忆："印刷厂的校对工作是非常繁重、消耗体力的。它要求所有人工作的时候都全神贯注。在斯大林时代，政治出版社、苏联大百科全书、国家教育出版社的出版物出错的话是要被认作政治犯罪的。当然，是会出错的。有一天，在苏联大百科全书有关二战的一篇文章里，本来应该是《希特勒与萨拉希》(匈牙利法西斯党党魁)的地方被排成了《希特勒与斯大林》。排版核红的时候发现了这个错误,但是在校对室工作的五十个人还是吓得要死。担责的人是要坐牢的。这件事情在当时来说算是解决得平安顺遂了——出了错的校对员被褫夺从业资格,然后解聘了,而排字女工因为承受不了精神压力进了精神病院。关于领袖名字出错的故事开始在印刷厂的工人中流传。它口耳相传,不对外人。

妈妈有个女搭档,是个不年轻的、病恹恹的女人。会把刚下机器的清样交给他们,这是印刷厂的流程。妈妈总是趁搭档不注意,远远地就迅速判断出哪一份清样更难,字更密,自己就拿过去,把简单的留给搭档。一连好几年当中她都是这么做的。"

影片《镜子》最终保留了剧本中关于印刷厂的戏:

> 到了印刷厂,她将湿漉漉的头发往后拢了拢,走进传达室。门卫不声不响地看了看她的通行证。母亲不耐烦地说:"我有急活儿……"门卫本想反驳几句,但看了一眼她那湿漉漉的裙子和消瘦得厉害的脸,说道:"对,当然,现在这件事儿是最重要的……"

她穿过不大的走廊，跑进内院。进对面的门，上三楼，校对室的门半掩着……房间里空荡荡的，只有米洛奇卡一人，她还只是个不起眼的小姑娘，病恹恹的，母亲跑进来时，她惊恐地转过脸来。

“玛丽亚·尼古拉耶夫娜，出什么事儿了？”

“我今天读过的校样在哪里？”

母亲冲到自己的桌前。

“我不知道……我刚来一个礼拜……”米洛奇卡几乎是自言自语，她明白出事儿了。“我马上……”

她也跑了出去。

母亲徒劳地抓过成叠的清样，迅速浏览，同时不出声地自言自语着什么。

一个高大丰满的女人走进房间，米洛奇卡在她身后探头探脑。

“玛鲁夏，出什么事了？……就是在早上的校样里吗？……是在《选集》里？”她的声音浑厚，因为激动而有点嘶哑，突然她几乎尖叫了一声，但怀着善意，还有某种不设防的关心说道，“不要紧张，玛莎！”

“就是说，已经开印了，”母亲几乎是平静地说，拢了拢鬓发，“我还是晚了一步。”

"当然,从十二点就开印了。"米洛奇卡说,仿佛在报告一个喜讯。

母亲走向门口,但伊丽莎白·帕夫洛夫娜挡住了她:

"这没什么大不了的……你不要紧张!"

然后这个大块头女人在母亲面前把门打开,又重复道:

"没啥大不了的……"

她们默默地在空荡荡的走廊里走着。突然米洛奇卡出人意料地哭了起来。

"闭嘴,蠢货!"伊丽莎白阴郁地说,拢着母亲的肩膀。

"可是在这种出版物里……这可是那种出版物啊……"走在她们身后的米洛奇卡咕哝着。

"那又怎么样?这又是哪种特别的出版物呢?无论哪一种出版物都不能出错!"伊丽莎白·帕夫洛夫娜严厉地说。

"无论哪一种。"母亲仿佛回声一般重复道。

她第一个走进车间,迅速把伊丽莎白·帕夫洛夫娜和米洛奇卡甩在身后,把机器也甩在身后,径直走向一个角落，在控制台后面坐着一个瘦削的长脸老人。

“伊万·加夫里洛维奇……”她说不下去了。

排字工都围过来了。

“怎么，”伊万·加夫里洛维奇叹了口气，出人意料地平静地说道，“怎么了？出错了？好吧，我校对过你的清样。怎么，又找到错误了？有什么可怕的，玛鲁夏……”

“没有，当然没什么可怕的，”母亲竭力镇定自若，“我只是想再确认一下，我或许出错了，也就是说我没错……”

当然，没有出错！

或许别的地方出错了，但不是在这上头！

她回到希波克街后，在厨房抽了很久的烟，她打开气窗，把门关紧。

母亲在厨房抽烟的时候，是不许孩子们进来的。

一九三四年十二月，他们搬到了希波克街。

玛鲁夏，安德烈，三个月大的玛丽娜，以及刚刚结束人生中第一次创作之旅从北奥塞梯返回的阿尔谢尼。正是在那时他出版了第一本译诗集。

在莫斯科诗协,塔可夫斯基是个引人注目的人物,大家都尊敬他。应当说,大家也都喜欢他的。他的职业作家生涯已经一目了然,但是,也可以理解,这一生涯与家庭生活的矛盾也越来越大。

玛丽娜·塔可夫斯卡娅回忆:“爸爸通常夜里工作,白天应该补觉。妈妈和孩子们则有自己的作息时间……”

作息时间是这样的:一大早玛鲁夏和孩子(牵着安德烈,抱着玛丽娜)去扎采帕市场买牛奶。然后回家。必须将木柴从位于后院的板棚拿进屋里,生炉子,烧开水洗尿布和内衣,用煤油炉做午饭,喂孩子,跟孩子们遛弯,打扫由两个房间组成的公寓。

玛丽娜·阿尔谢尼耶夫娜·塔可夫斯卡娅在《镜子的碎片》中写道:“安德烈的带栅栏的小床和我睡的那个编织的摇篮,在靠里的房间,窗子朝向一个不大的、被称作‘后院’的内院。这个房间比窗户顶着房子相邻部分砖墙的第一间采光好,也干燥些……散发着潮气、化工厂和书本的味道。”

房子相邻部分是化妆品厂和伊里奇(过去的米赫尔

松）工厂的混合宿舍。这里还住着帕韦列茨火车站的搬运工，他们是从附近的农村来到莫斯科的，住在这里多半是不合法的。经常登门的警察，醉汉的斗殴，各种乱子，从早到晚播放的音乐，还有院子里让人总是难以下脚的泥泞都是对此的证明。

这样的环境不可能不令阿尔谢尼苦恼。毫无疑问，他为自己的家，为自己年幼的孩子生活在“上海”①而感到生气，但又无法改变环境。他的决定是不请自来的，是直觉性的，隐秘的——塔可夫斯基尽量不待在**这个**家里。

他经常去母亲玛丽亚·丹尼洛夫娜家里，她住在靠近波克罗夫卡的利亚林巷，他在男女诗人朋友那里待到天亮，尽量不错过各种文学聚会、诗歌朗读以及音乐会，当然，通常不到半夜是结束不了的。

阿尔西克回到希波克只是为了把自己关在那个狭窄、昏暗、潮湿的半地下室房间里，翻译一整夜，然后睡大觉，连衣服也不脱，用刺人的羊毛毯子蒙住头，这样就能什么东西、什么人都看不见、听不见。

然而这是不可能的。

---

① 在当时的俄语中，“上海”已成为一个普通名词，形容秩序混乱的贫民窟。

每天早上孩子们的喊叫就在耳边。

门和锅碗瓢盆响个不停。

楼上邻居沉重的脚步就像踩在他脑袋上似的。

窗外的詈骂。

生气是毫无用处的。

最无法理解的是，为什么厨房和楼梯上的“值日灯”从来不关！

白天难以忍受地长，工作令人厌恶，没有灵感写诗，腰酸背痛。他感到难以忍受的忧郁，仿佛生命在流逝，仿佛死亡看起来就是这个样子的：这个索多玛城没有任何人在乎你，而你的妻子，你的惟一玛鲁夏，只会千篇一律地叫你帮她，冰冷地、置身事外地、不理解地看着你。

安德烈·塔可夫斯基在《雕刻时光》中这样说：

> 诗人[①]如是说：“世上没有幸福，但有安宁和自由！”我们只要细细观察那些杰作，洞察它们那让人强大而神秘的力量，那它们难以捉摸然而神圣的意义就会显现。它们如同人类道路上的灾难警告，上

---

① 指普希金。

面写着："危险！勿入！"它们伫立在可能或正在酝酿发生灾难的历史关头，犹如悬崖峭壁处或沼泽地的警示路标……它们几乎总是成为新旧交替冲突的预言者……诗人们对这个危险障碍的分辨力早于同时代的人——因为他们自己更接近天才。因此，他们往往在很长时间内都得不到人们的理解。

玛丽娜·塔可夫斯卡娅回忆："到了晚上，当精疲力竭的妈妈喂我们吃完了饭，伺候我们上床睡觉后，当她才开始自己的生活时……阿尔卡季·施泰因贝格（诗人、翻译家、艺术家——作者注）就会过来，然后他和爸爸会出去一整夜，去诗协或去朋友那里……有时候妈妈会在爸爸的口袋里发现女人的字条……彼此的愤恨侵蚀着父母的生活。爸爸试图离家出走……年轻的时候他是激情的奴隶。后来到了他生命将尽时，他总是跟我说他自己想出来的一句格言：'每一个继任都是前任。'"

持续的紧张、精神的过激让塔可夫斯基的身体一病未平，一病又起，耗尽了他全部的精力：加剧的胆囊炎，伴随着严重肺部并发症的扁桃体炎。玛鲁夏又像从前那样，照料她那又可爱又柔弱的阿尔休沙，他不能没有她，不能离开她的爱和照料。这下子她有仨孩子了，都要她来照顾吃喝拉撒睡外加怜悯。

这段时期玛丽亚·丹尼洛夫娜经常到希波克街。看看孙子孙女，教育教育儿子，给儿媳妇一些必要的建议。会面在一个友好的尺度内进行，可能是因为阿尔谢尼纯粹没有心情和精力跟母亲作漫长且实质上没有意义的争吵。

阿尔谢尼的生活有望迎来一个新的时期，一个相互理解、重萌既往感情的时期，困难和冲突被留在身后了。说真的，怎么会没有这些。要知道玛鲁夏和阿尔谢尼还非常年轻，他们只不过二十七岁而已，但日子还长，他们还要一起走。

一九三五年夏天他们是在白俄罗斯铁路图奇科沃车站附近的一间别墅度过的。虽然更准确地说，这是伊格纳季耶沃村不远处的一个农庄。这里有松林，沃罗纳泉水在莫斯科河河滩上蜿蜒流淌，有苹果园和池塘。塔可夫斯基时而从莫斯科分身来一下这里，回一下家。莫斯科有他的工作、文学事务和诗人朋友。玛鲁夏又开始了等待。

电影《镜子》剧本中路旁的戏被保留在影片里：

从车站过来的路经过伊格纳季耶沃，然后沿着沃洛纳泉，在离我们每年消夏的农庄一公里处拐弯，穿过茂密的橡树林，径直通往托姆希诺。在农庄和铁路之间有一片长满三叶草的田。从我们的栅栏这边看不到路，但可以根据从车站往托姆希诺走的人猜出路的方位来。现在路上没有人。

母亲坐在田野边际一溜儿柔软的横杆上。从这儿是无法根据步态辨别出现在路上的那个人是谁的。通常要等到他从田野里宽阔茂密的灌木丛里钻出来的时候，我们才能认出来者是谁。

母亲坐在那儿等着。路上慢慢走着的那个人钻进了灌木丛。如果他从灌木丛的左边出来，那么就是**他**，如果从右边，那就不是**他**，也就意味着**他**不会来了。

那已是后来，母亲将和孩子们一起贴着森林的最边缘穿过田野，从林子深处将会传来一阵阵声响，这种声音在音效素材库里真的就被称作“森林之声”，而他们脚下茂密的草地上将会弥漫着冰冷潮湿的空气。孩子们将会与这可怕的密林保持一定距离，不敢朝那边看，虽说好奇心有时还是会战胜恐惧感，占据上风。

他们转过脸来。

短暂地。

匆匆地。

然后立刻把目光移开。

银色双手的小姑娘
傍晚在森林里迷了路。
百步远的地方，强盗们无聊地
吹口哨让小鸟悬空中。
勇猛的群马绊住脚，
仿佛酒瓶，枪声噼啪响，
命运正在上方
把鸟巢和枯枝摘尽。
“哦，白桦林，你们啊，我的白桦林，
你们啊，我清澈的溪水，
让开道路，擦干眼泪，
拆散我的细发辫。

用树根与青草妆点，
放到自己的床上去，
不要让愤恨与抢劫
夺去我洁白的双手！”

不，**他**想必会来的，会从车厢出来，穿过幽暗可怕的密林，然后取道家的方向，正是从灌木丛的左边钻出来，然后往上向隐藏在高大松树之间的家走去。至于他回家将会越来越少，等待他将变得越来越难以忍受，则是另外一回事。

一九三六年春天，塔可夫斯基持作家出差证去了克里米亚。

他又一次病得很厉害，所以必须调理身体。然而他未能如愿。阿尔谢尼在辛菲罗波尔住了院，得马上回莫斯科去，这样他实际上并没有休息。

他回希波克的时候是烦躁的、神经质的、疲惫的、恶狠狠的、病态地激昂的——塔可夫斯基状况清单还可以很长……一切又回到了老样子。

他又玩失踪，又到早晨才回家，或者干脆一连几天不着家，超负荷工作。似乎他痛恨自己，同时又不想从那种他自己把自己推入其中的野蛮的激情中抽身。

朋友，女朋友，没完没了的见面……原来世界很小，而莫斯科则是个大家都互相认识的小城市。希波克头道巷和党委巷①都在伊里奇（以前叫米赫尔松）工厂的附近，并在工厂大门处交叉。在这儿的一座十九世纪的单层木头板棚里住着几户人家，其中就有弗拉基米尔·特列宁、安东宁娜·博霍诺娃和他们的女儿列娜一家。

阿尔谢尼和弗拉基米尔·弗拉基米罗维奇·特列宁是间接认识的，他是文学研究者、批评家、《新列夫》杂志社的员工，弗拉基米尔·马雅可夫斯基的朋友。他们是同乡（特列宁也是在伊丽莎白格勒出生的），他们有很多共同的朋友，他们走在同一条道上，然而在这里，在党委巷的家里，他们才相遇。

显然，他们的道路是不可能不相交的。

那正好是塔可夫斯基在莫斯科到处游荡的那段日子，他出没于亲戚、熟人、他熟悉的圈子和他不怎么熟的

---

① 塔可夫斯基一家所居住的希波克街附近还有四条希波克巷，其中希波克三道巷在 1922 年被改名为党委巷。

人群中间。他似乎害怕他的家庭所在的那条希波克街，他总是偷偷摸摸地回来，然后很快就逃走。其中有一次类似的逃跑完全偶然地将他带往隔壁的那个屋子。

几乎每个晚上，沃洛佳和冬妮娅[1]的家里都聚集着诗人、作家、电影人。他们在这儿朗读诗歌、散文，讨论电影、展览、戏剧，喝葡萄酒，喝茶炊泡的茶。房子有个单独的门通到院子里，所以也经常举办用留声机伴奏的舞会。

阿尔谢尼感到震惊，这一切竟然都发生在希波克的街区，那里有他无法忍受的、沮丧的例行公事，各种乱子，没完没了的洗内衣，厨房里和楼梯间永远不灭的"值日灯"。

文学晚会上弗拉基米尔·弗拉基米罗维奇不仅喜欢邀请成名者和功勋人士，也会邀请初出茅庐的年轻作家，为的是让他们产生自己"在圈子里"的感觉，也为了让能发掘他们的伯乐听到他们的声音。

在党委巷这个房子里阿尔谢尼是以一个神经质的美男子形象出现的。再说了，他本来也就是这么个人。众

① 即弗拉基米尔·特列宁与安东宁娜·博霍诺娃。

所周知，这种形象会给女性留下深刻的印象。反过来，女主人安东宁娜·亚历山德罗夫娜·博霍洛娃也给阿尔谢尼·亚历山德罗维奇留下了极为强烈的印象。后来他说，这种感觉“如中暑，如过电”。

看来，一切都混到一块儿了：意识到不能再和玛鲁夏以及孩子们生活在希波克，其次是狂热地渴望新事物，这新事物令人目眩神迷、不顾一切，没有它，诗歌创作会僵死，最后是显然非常有必要改变自己的生活，改变生活中无尽的病痛、歇斯底里、风波和谎言，毕竟他根本不会撒谎。

然而，相信只要离开家庭，斩断这个可恶的“戈耳狄俄斯之结”①，于是所有问题就会自己迎刃而解，这本身就是个错误。

玛丽娜·塔可夫斯卡娅说：“用妈妈的话说，爸爸是在严肃地‘瞎胡闹’。他玩消失，晚回家，还有他苍白的解释都触怒了深受折磨的妈妈……引发很多争吵。”没错，阿尔谢尼每次都求妻子原谅，他忏悔、发誓、哭泣，但已经

---

① 根据古希腊传说，弗里吉亚王戈耳狄俄斯用一个难解的结把自己的牛车捆住。神谕称解开此结者将成亚细亚之王。亚历山大大帝来到弗里吉亚后，直接用剑将其劈开。“斩断戈耳狄俄斯之结”便指用非常规方法解决不可解难题。

不能离开他潜意识中选定的道路了。他已经被激情控制了，恭恭敬敬地顺服于它，带着一种病态的快感，他因此痛苦，并把这种痛苦带给别人。

安东宁娜·博霍诺娃和弗拉基米尔·特列宁的女儿叶连娜·弗拉基米罗夫娜·特列宁娜说："塔可夫斯基来得越来越频繁。他献殷勤越来越变本加厉。他打电话，或在家附近等妈妈。他还去我们在塔鲁萨的别墅。很快他就向妈妈表白了，说没她就活不下去，求她嫁给他。爸爸妈妈的关系变得紧张起来。我看见了妈妈的眼泪。这样痛苦地过了一年。阿尔谢尼的爱情濒临疯狂，他割腕了。这起到了作用。妈妈被这场爱情的力量、激情的炙热所震撼。没有女人对这样的感受会无动于衷。我们的家仿佛刮起了龙卷风，一切都被卷起，刮向四面八方。这样是没办法长久持续下去的。需要做一个决定。爸爸不想施加任何压力，他对女人永远是骑士风度。他把决定权交给妈妈，而做这样的决定是相当不容易的。最后爸爸妈妈离婚了。"

知道这一切的时候，玛鲁夏也放不下自己的阿尔谢尼，就是说她无法放弃他。有过那么几次，当他去塔鲁萨的别墅找博霍诺娃的时候，她悄悄尾随他去库尔斯克火车站。她站在月台上等待出发的人群里，她一直在等，等他回过头来，目光和她相遇。然而他并没有。

最终一切都明朗了，塔可夫斯基从塔鲁萨寄来一封信，内容如下："我会经常去莫斯科的；我们还是朋友，如果不能这样我会非常难过。发生的这奇奇怪怪的一切都怪我，我知道这一点，给你带来伤害我也很痛苦。"

阿尔谢尼的离开对于玛丽亚·伊万诺夫娜来说不仅仅是个沉重的心理打击（虽然一切都归结于此，她也明白这一点——原则上不可能做好准备接受这种事则是另一回事），还产生了很多物质方面的问题。

于是，一九三七年秋天，玛鲁夏·维什尼亚科娃开始去希波克旁边的、位于土堤街的莫斯科第一模范印刷厂上班。一年后她被任命为校对员。工资不多，但聊胜于无。阿尔谢尼有时会帮忙。

叶连娜·特列宁娜在《镜子的另一面……》中说：

> 阿尔谢尼工作是看心情的，他的解释是没有"灵感"，我们就陪他一块儿等待灵感的到来。我们欠了债。经常是爸爸来接济（除此之外，他还每个月都汇钱来）。在这期间阿尔谢尼就摆牌阵，这能给他"安

慰”……后来灵感来了，——钱也来了。妈妈想出去工作，以克时艰。阿尔谢尼极力反对。他们吵了起来。他一分钟都离不开妈妈。假如妈妈去邻居叶连娜·伊万诺夫娜家十分钟，第十一分钟他就会跟过来。如果妈妈去小卖部买烟（妈妈抽烟），过十五分钟他就会去找她。疯狂的爱总是催生疯狂的嫉妒，尽管没有任何根据。他承认，甚至连“灯柱”都嫉妒，但就是改不了。他用嫉妒折磨妈妈。我不明白妈妈是怎样承受的。我当时非常可怜她。他把她逼哭了，然后又双膝跪下，亲吻她的手请求原谅。过段时间一切又重来一遍。有钱的时候阿尔谢尼就给妈妈大买礼物，给家里添东西。他买书，买烟斗收藏。烟斗他是在寄卖商店买的，有不同款式，是不同国家的。他只抽烟斗，房间里总是有一股上好烟草的味道……阿尔谢尼一拿到钱，妈妈就会给玛丽亚·伊万诺夫娜打电话，让她来拿孩子们的生活费，因为她知道阿尔谢尼会很快把钱花光的。这令我惊讶。我当时觉得，应当是阿尔谢尼，而不是妈妈打这个电话，关心孩子。

渐渐地暴风雨平息了……当然，玛鲁夏还会有孤独感突然发作的时候，但痛苦逐渐退散了。只是从记忆中，而不是从心里。

而希波克和党委巷的生活仍在继续。

由于塔可夫斯基与玛鲁夏和孩子们比邻而居，他们偶尔会碰头，简短寒暄几句就去各忙各的了。给旁观者的感觉是这不过是两个偶遇的路人打个招呼，说点无关痛痒的话而已。

一九三七年十二月，安东宁娜·博霍诺娃生下了两个不足月的女婴，一个出生已经死亡，另一个过了几天也死了。“这一切是多么的可怕，这么疯狂和无谓的痛苦，我连想都不要想。哪怕是自己断手断脚，无论怎样，只要不是产房里发生的这种无谓事。我再也不会了！已经过去了。现在我只会爱您。”这是安东宁娜·亚历山德洛夫娜写给阿尔谢尼的信——这是呼喊，是从自己满是创伤的心中努力挤出一种崇高的感情。她试图说服自己，过去发生的一切——和弗拉基米尔分手，和阿尔谢尼生活，女儿和妈妈的新丈夫不简单的相处，新生女婴的死，玛鲁夏·维亚什尼科娃悲剧的孤独——已经发生的和即将发生的都是以善的名义。一种无法解释、无法被人理解，但又不能避免、排除了一切回到过去可能的善。

一九五八年，当希波克的生活已经远去，几乎成为一个神话的时候，阿尔谢尼·塔可夫斯基写道：

我是涅斯托尔，中古的编年史家，
我是将来时代的耶利米。
手持时钟和日历
我被卷入未来，如同俄罗斯，
诅咒过去，犹如乞丐之王。
我比死人更知晓死亡，
我是活人中最活的生命。
而且——我的上帝——某一只飞蛾
像个小姑娘一样笑话我，
犹如一小片金色的丝绸。

当读校样的误会成功解决后，母亲大笑起来，走向位于漫长走廊尽头的淋浴室，浴室前是一间宽敞的、铺着白瓷砖、窗子被用白漆涂上的更衣室。

她脱下衣服，把东西扔到一张简易木床上，然后站到淋浴器下面，拧开水龙头。

热水从墙上的某个洞里流出来，像在矿里乘升降机那般顺着镀锌的水管攀援上升，吐出水蒸气。

母亲看到砌在墙上一面不大的镜子里的自己。

不过它几乎立刻就蒙上了水蒸气。

母亲闭上了眼睛。

第五章　安德烈

安德烈站在带镜子的衣柜虚掩的门前。

他七岁。

他一个人在房间里。

玛丽娜·阿尔谢尼耶夫娜·塔可夫斯卡娅说："希波克街那两个十平方米小房间中，有一间矗立着一只带镜子的大衣柜。它是跟着外婆一起来的。一九三六年，丈夫去世后，她来莫斯科找妈妈，并运来了她那笨重的老式家具。柜子里除了衣服还有一块缠在纸板上的黑色天鹅绒，甚至到了疏散的时候还留着，当时差不多所有东西都用来换吃的了。天鹅绒是爸爸送的，妈妈曾想未来什么时候能用它缝一条裙子来着（唉，后来它被一九四三年临时搬到我们家的邻居们偷了)。但是衣柜不仅仅是一件家具,不光是日常用品。它似乎是有灵魂的,几乎就是家庭里的一员。外婆非常爱惜它,生怕我们打碎镜子,保护它不被安德烈侵害,因为他习惯了在上面划火柴。这种暴力的痕迹至今还能在镜面上看到。”

安德烈移动了一下柜子的一扇门,一会儿让镜子里的自己靠向自己,一会儿又让自己远离自己,与此同时还扩大了父亲住过的这间房间的视觉面积。

安德烈清楚地记得,父亲跟他们住在一块儿的时候,母亲严禁她和妹妹打扰父亲工作和休息。母亲告诉孩子们,父亲在写诗,这是一种极为繁重的工作,要消耗很多的时间和精力。

玛丽娜当然很听话,不到父亲身处其后的那扇门边去,但安德烈还是会悄悄地靠近锁孔。并且,就像《城堡》中那位土地测量员 K 那样,看见“克拉姆先生坐在屋子中央书桌旁的一张方便的圆背圈椅上,一盏挂在他头上的灯将他照得雪亮”。这种被禁止的场面并不令人舒适,却令人无法抗拒。就这样过去几分钟,感觉仿佛过了几小时,但什么都没有改变,只是禁忌依然是被禁止的和难以理解的。

安德烈只能琢磨父亲的背部，他俯身坐在书桌旁，裹着羊毛毯子，开着的排气窗吞吐着蓝灰色的卷烟的烟雾。台灯亮着。

父亲终于从书桌旁起身，将卷烟掐熄在八角星形状的铸铁烟灰缸里，然后就仿佛被毛毯卷起来了一样，就这么躺在床上，面朝墙壁。他不知为何从不关台灯，就在那昏黄、病恹恹的光线色调中睡去。

安德烈知道父亲多病，因此更不能打搅他，令他不安。而且还得在他大喊大叫，要求大家给他安静的时候同情他，不生他的气。母亲说过父亲非常神经质，安德烈对此深信不疑。

后来母亲出现在板棚的门口，她从后院拿来了一抱劈柴。

安德烈跑过去帮她，但是在昏暗中他撞到了走廊上的木盆。木盆重重地摔在地板上，玛鲁夏猝不及防，手里的木柴掉了一地。

轰隆声响彻整个木头房子，从一层滚落到另一层，往脑袋里钻，非常可怕。

娘俩明白，把父亲吵醒了。门后传来了抱怨声。

安德烈把柜子的门推回去，关好。这样就看不到那个房间了。现在只能看到走廊的一部分和通向二楼的楼梯,那里,“值日灯”一天到晚都亮着。

安德烈·塔可夫斯基在《雕刻时光》里这样写道:“我所说的牺牲,应当成为每个有着高等精神构成的人之有机的、自然的形式,它不可能不被看作某人带来的、必须遭受的不幸或惩罚。我所说的牺牲,它是诚心诚意为他人服务,作为一个人自然承担下来的,存在惟一可能的形式……然而……当一个人感知到自己的道路和选择的牺牲时,他只会加大对自己和社会之间冲突的预设,将其作为对自己施暴的武器。”

也就是说,作为自然心灵活动之结果的自愿服务,与对由种种客观原因导致的个人不自由、个人低下地位的潜在感受是矛盾的。

无论玛鲁夏还是安德烈都知道这些原因何在,但是已经做出选择,更何况是很久以前做的,什么都已无法改变、纠正。在这种情况下只能久久地看着镜子里的自己,凝视这张看上去完全是另一个人的脸庞,看着皱纹和疲惫的双眼,看着自己变成了从没有任何人见过的样子,但与此同时还要努力保持微笑,仿佛在自言自语:“不,我一点都不后悔……当然，有很多的苦，有恐惧，有羞辱，但我从不后悔，也从没有嫉妒过别人。这就是命，这就是生活。我们就是如此……假如我们的生活里没有苦难，这样的生活不如不要。只会更坏。因为那样的话连幸福也不会有。也不会有希望。"①

一九三九年九月一日，安德烈·塔可夫斯基进入位于马镫巷的第554学校一年级读书。同时玛鲁夏还让儿子在区里的音乐学校学钢琴。

选自影片《潜行者》："比如说吧，音乐……它是和现实联系得最少的。更准确地说，就算有联系的话，也是不带思想地，机械地，通过空洞的声音，缺少联想。尽管如此，音乐还是借助某种奇迹渗入心灵最深处。到底是什么让我们对排列和谐的噪音产生共鸣，并将它（噪音）转换为最高享受的源泉，既令我们团结，又令我们震惊？为什么需要这一切？主要是，谁需要这些？你们会回答说——谁也不需要，什么也不为。也就是说……是无私的。但不，不见得，因为归根到底，一切都有自己的意义……有

① 此处引用的是《潜行者》剧本台词。

意义,有缘由。”

七岁的安德烈·塔可夫斯基拥有绝对辨音力,他给音乐学校的招生小组留下了深刻的印象。但是,虽然他学习音乐很轻松,却并不太感兴趣。

多年后,电影导演安德烈·塔可夫斯基如是说:“我不需要寻常的‘电影音乐’。它如今令我难以忍受,并竭尽全力避免。”这里指的是图解式的音符结构、千篇一律的手法,其中没有生活,只有职业化的、对乐器炫技式的、近于机械的掌握。安德烈·阿尔谢尼耶维奇将会说自己是像一个非职业的导演那样拍电影,他的电影中鲜活的画面转换也是某种形式的音乐。

然而在七岁时他不得不坐在键盘前,挤压着琴键,那些琴键好似上课时老师在黑板上书写的粉笔。因为塔可夫斯基家里没有钢琴,他就得去楼上邻居家练琴,枯坐完规定的一个甚或两个小时,然后就出去玩,朋友们在街上等着他。

男孩子们在邻院晃荡,对着墙踢足球,抽烟,坐在一片大水洼边——每年春天希波克头道、四道巷街角的一堵红砖防火墙下总会积起这么一个大水洼,此外他们还生篝火。

三十年代末、四十年代初——这是战争的前夜，但国内的内斗早就开始了。

渐渐地，阿尔谢尼·亚历山德罗维奇朋友的名单减少了。很多作家、诗人、文学评论家、导演都失踪了。人们都知道他们去了哪里。

被枪决的有诗人帕维尔·瓦西里耶夫（1937），尼古拉·克柳耶夫（1937），季齐安·塔比泽（1937），鲍里斯·科尔尼洛夫（1938），弗拉基米尔·纳尔布特（1938），奥西普·曼德尔施塔姆（1938）死在监狱里。遭到枪决的还有作家、记者、戏剧家米哈伊尔·扎瓦希什维利（1937），伊万·卡塔耶夫（1937），阿尔焦姆·韦肖雷伊（1938），约瑟夫·卡西尔（1938），鲍里斯·皮利尼亚克（1938），布鲁诺·亚先斯基（1938），伊萨克·巴别尔（1940），米哈伊尔·科利佐夫（1940），还有电影摄像师弗拉基米尔·尼尔森（1938），导演弗谢沃洛德·梅耶荷德（1940）也遭枪决。

那个年代被逮捕、被关进监狱和集中营的文化界人士数量庞大，名单长到一百页都排不完。

令人吃惊的是，诗人、翻译家塔可夫斯基并没有被镇压。有一种观点认为，塔可夫斯基整个儿都耗在沉重的家庭问题上了，且根本不参与莫斯科诗协的社会政治生活，所以没人注意到他，认为他没有危险性，也引不起新政权的任何兴趣。只是有一次，据朋友回忆，他被内务人民委员部约谈，让他合作。据说诗人同意了，但预先声明自己是个病秧子，保不齐做梦的时候会说出什么，由于这种健康状况不能做一个理想的间谍。

从那以后就没人动过他。

当然，阿尔谢尼·亚历山德罗维奇不可能感觉不到空气中日益紧张的气氛，他也不可能没听说过，如今最应景的书信创作形式是告密，昨天的朋友可能转眼就变成了敌人。更确切地说，他们是在日益严峻的意识形态斗争的情况下变成了真诚地想要帮助真正的苏维埃文学的“好心人”。

一九三七年，阿韦尔巴赫被逮捕、枪决。他是拉普“铁腕”领导文学进程的代表人物，用恐怖手段对待由于这样或那样原因还没有被从地表清除的所谓“同路人”。既然这个昨天还无所不能的党的文学官员被枪决了，这就意味着政治机器方向变了，但谁都搞不明白，它要转向何方，并且会导致怎样的后果。

身处苏维埃文学奥林匹斯山巅峰的人物，阿列克谢·

托尔斯泰(他被阿韦尔巴赫批判了)、弗拉基米尔·斯塔夫斯基、亚历山大·法捷耶夫(阿韦尔巴赫在“拉普”的战友),自然延续了苏联作协的主要路线。“党赋予作家一切权利,除了写得坏的权利。”这话还是高尔基(顺便说一句,他也被阿韦尔巴赫激烈批判过)在一九三四年第一次作家代表大会上说的,它成为一个新的条条框框,框住了文学战线的所有参加者(另一种说法认为这句话是作家列昂尼德·索博列夫说的)。自然,作家们会产生关于“坏”的标准的疑问,同样也会疑问那些来做最后的决定,决定作品以及他们本人的命运的人,到底有没有这种资格。

阿列克谢·尼古拉耶维奇·托尔斯泰伯爵,红军游击队员亚历山大·阿列克谢耶维奇·法捷耶夫,锤工、一九一九年起就是全俄肃反委员会特别部门工作人员的弗拉基米尔·斯塔夫斯基(基尔皮奇尼科夫),实际上将苏联作协变成了苏联文学人民委员部。这架庞大的机器有着各种各样的目标和任务,庞大的物资基础和丰厚的资金支持,众多的出版社、印刷厂,上百万的发行量,作家俱乐部,别墅村,住房合作社,教学机构,全国上下共有数以千计的员工为它工作。无产阶级作家、诗人、戏剧家被打造成跟苏联军官、学者、电影人以及党的高层领导同等的干部。

到三十年代末、四十年代初,当列宁和斯大林的事业被宣布为人类生活一切领域的绝对指导精神,苏联作协会员成了由“鼓动家、宣传员、领导者”(马雅可夫斯基的话)组成的特权等级,他们要决定苏维埃新人养成的总的问题,用共产主义精神教育他们。从现在起,“写得坏的权利”言外之意是不愿或不能用崇高的艺术形式呈现党交给笔杆子们的任务。

社会主义现实主义成为苏联艺术,其中也包括文学的基本手法。按照它的理论家——伊万·格隆斯基、瓦列里·吉尔波丁、亚历山大·法捷耶夫、安德烈·日丹诺夫的说法,它能够完全反映出劳动人民,以及那个为他们提供幸福生活全部可能性的国家生活的丰富多彩。

早在一九三四年苏联作家第一次代表大会上,阿列克谢·马克西莫维奇·高尔基就试图为社会主义现实主义下定义。他并没有完全成功,尽管他忠于自己的风格、语言、职业操守,这使得“无产阶级革命的海燕”避免了演讲的正面意识形态化,并巧妙地掩饰了自己对那种过于直白的、图解式方法论的个人意见,那对于俄罗斯文学来说是不可思议的。高尔基说:“社会主义现实主义肯定了现实作为一种事业,作为一种创作,它的目标是人类各种最宝贵的个体能力能得到不断发展:为了能够战胜自然,为了健康与长寿,为了能够生活在大地上的伟大幸福。为了与不断增长的需求相应,人类想要把整个大地都打造成美好的、亲如一家的人类家园。”

应当想到的是,绝大多数文学圈的官员,也包括文学家本人,压根就没有搞明白这些话是什么意思,但是,这句话出自站在高高演讲台上的马克西姆·高尔基本人之口,这个事实使得这番话被当作金科玉律,当作各种不同的作家组织和苏联文学基金会创作和组织、经济工作的批示。这些话有没有让那些根本没有能力创作出关于炼钢工人和英勇的红军战士杰作的人钻空子,我们不得而知,但关于现实作为以爱情与生命的名义的事业、创作这种华丽的说辞,却使得很多人(包括阿尔谢尼·塔可夫斯基在内)被列入了苏联作家的整齐队伍(一九四〇年他成为苏联作协会员),做自己多少喜欢一点的事,多少感到自由一点,还能躲避严酷的意识形态审查和斗争,那有时候会导致被送上作秀审判。

对于阿尔谢尼·亚历山德罗维奇来说,如我们所提过的，给他提供安全保障的是翻译事业。

一九三八至一九四〇年，塔可夫斯基出差去土库曼、格鲁吉亚、车臣-印古什进行创作采风。他翻译当地诗人的诗歌，这是国家整体计划的一部分：让俄语读者了解苏联各民族诗歌的珍宝。这项计划本身有一种相当高尚的色彩，而另一回事却是，民族作家创作这一问题本身有一半带有政治任务的特点。不过这个并不会困扰阿尔谢尼。当然，一定存在文学上的墨守成规，但职业的特性——根据逐字翻译再创造——让他能够在真正的诗歌领域工作，间或能够远离粗劣的意识形态和意义上的条条框框。

众所周知，逐字翻译提供的是对外语文本的逐字逐句的、非诗歌的翻译，是由通晓原文的译者（为数很少）做出的，旨在尽可能多地传达原典的信息。诗人-翻译家（懂得很少，甚至不懂原文）给它穿上诗歌的外衣。如同我们所理解的那样，在这种场合是否能化平庸或明显的拙劣为神奇，一切都取决于译者的天赋或才能。

阿尔谢尼·亚历山德罗维奇翻译的卡拉卡尔帕克英雄史诗《四十少女》堪称这方面的优秀范例。这首诗是在一九三九至一九四〇年之间根据民间说书人库尔班拜·塔日巴耶夫的口传记录下来的。由于这项工作，塔可夫斯基荣获卡拉卡尔帕克苏维埃社会主义自治共和国国家奖。这个时期，阿尔谢尼类似的著名翻译还有土库曼民族诗人凯米内(马梅特韦利)以及格鲁吉亚作家格里戈尔·奥尔别利阿尼的作品。

但是这越来越让人感到创作的疲惫——乘坐火车，差旅，文学见面会，紧张的翻译工作。在这条无休止的流水线上没有诗歌创作的位置——不是任务诗，不是翻译诗，而是从内心、想象、感情和内在体验中流淌出来的诗。

多年以后，塔可夫斯基写下诗歌《翻译家》，其中有这样的诗行：

翻译家，你有没有绞尽脑汁
算出到底有多少诗行？
你是怎样在沙漠中
拖曳着经年的忧伤？
沙漠的锈蚀不活也不死，
如一撮苏打般嗞嗞作响。
啊，东方的译文，
为你何等头晕脑涨！

诗人如今经常头痛。

他和安东宁娜·博霍诺娃的关系(随便说说,他出差时总是带着她)远不仅仅是用复杂能形容。准确地说,他们已经到了分手的边缘。

历史又在重演,这在塔可夫斯基和玛鲁夏·维什尼亚科娃的生活中已经发生过一次了——他不能没有安东宁娜,但又不能和她相处。博霍诺娃对自己爱人的这种两面性感到非常无助,为了他,她毁掉了自己的家庭,给前夫和女儿带来了痛苦。安东宁娜·亚历山德罗夫娜·博霍诺娃在信中说:“您的醋意一直是毫无缘由的……我需要更好的生活。有信任,有爱,坦诚地生活。我没做什么冒犯您的事情。如果冒犯到了,就请忘记吧,就像我忘记您给我的烦恼一样。请好好想想,并按照您觉得最好的方式去做。只是不必神经过敏,去想什么:我说过我不会回来,那么‘无论如何我也不会回来’,或者‘我无论如何都要回来背负上自己的十字架’。不,我需要的是一切都平静下来。如果您真的爱我,并且想不仅作我的丈夫/情人,而且是朋友——那就回来吧,如果不是——那就换个活法。”

当然,阿尔谢尼仔仔细细读了好几遍这封信。但每一次他都没有足够的力量在“无论如何我也不会回来”和“我无论如何都要回来背负上自己的十字架”之间作出抉择。问题在于，类似的抉择对于他来说隐藏着一种绝对无法承受的、极为戏剧化的悖论。因为他已经“背上了十字架”——诗歌的十字架，他无法背负更多，无论是精神的、肉体的，还是情感的。留给他的只有因不被全心所爱的人理解而痛苦。

在给自己的老朋友尼娜·格拉西莫夫娜·贝尔纳-雅科夫列娃的信中，阿尔谢尼感叹道：“这段时间我都过着发疯的日子……我是个无广场诗匠①，有别于那些广场诗人，就是那些拥有广场的诗人。”他又一次感到自己一身是病，精疲力竭。旧病复发是经常精神紧张的必然结果。

而且塔可夫斯基几乎没有回去见自己的孩子。

篝火熄灭了，孩子们散了，各回各家。

安德烈回自己的家。

穿过防火墙上打出的墙洞，就到自家院子里了。

---

① “广场”一词在俄语中还可以指（居住）面积，此处可能是塔可夫斯基借用“广场诗人”这一表述的双关语来揶揄自己居无定所。

走近厨房的窗户，他停下了。他试图往里看，看清楚，深处有什么。

在天花板“值日灯”闪烁的光线下，安德烈看到自己的母亲站在煤油炉前烧土豆，准备晚餐。

她的面容忧伤。

窗玻璃上的水汽凝成水滴，流下一道道透明的水迹，然而它们也迅速地被水汽遮盖了，就好像厨房的天花板流水了一样。

热水。

热水溅到窗台上，桌子上，餐柜上，顺着母亲的肩膀和头发流下来，而她似乎并没有注意到，完全陷入自己的沉思。

朝天花板升起了浓密的水蒸气。

安德烈看到母亲，强忍住自己的眼泪，他确信母亲没有看见他。

就这样过了一会儿，直到母亲离开煤油炉，走到窗边，打开气窗，准备抽烟。

这时，母与子的视线相遇了。他们看着对方，想努力挤出一个微笑，却笑不出来。而厨房的水流越来越大，香烟的雾几乎完全模糊了母亲的脸。

安德烈迅速从窗边走开，冲到台阶前，但这里没有一个人。

只有邻家的狗菲林漠不关心地望着希波克头道巷的黑暗。

安德烈坐到狗身旁歪歪扭扭的木头台阶上，菲林对这件事没有任何兴趣，它只是稍微侧了一下毛茸茸的狐狸般的脸，瞟了一眼安德烈，昏花的老眼闪烁了一下，然后又专心致志地看着巷子深处。

“安德烈，你跑哪里去了！赶紧回来吃饭！”屋子里传来母亲的声音。

“就来。”

“不是就来，要马上！”母亲提高了嗓门，好像要吼起来了。

安德烈慢慢从台阶上拖着右腿站起来：“昨天踢足球腿伤了。”他蹒跚着走进厨房。

“洗手！”听起来火药味十足。

他打开水龙头，看着冰凉的水流在敲打洗手池。

妹妹已经坐下来大嚼土豆了。

安德烈挨着她坐下来，明白自己什么都不想吃。

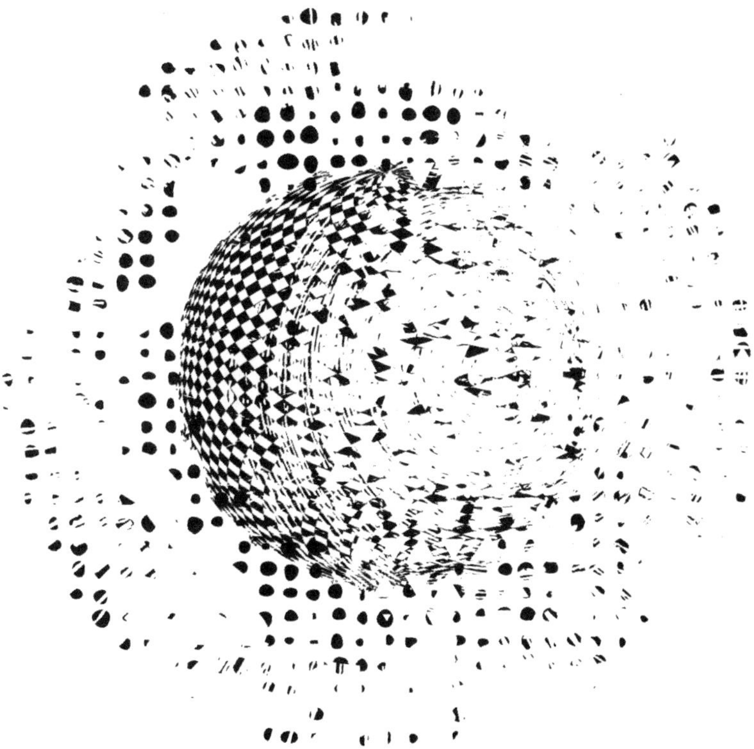

第六章　幻肢痛

一九七九年，安德烈·塔可夫斯基经常思考彼岸问题，思考超越经验认知的问题，思考被使徒圣保罗的学生亚略巴古的丢尼修称作否定神学的问题，即否定所有可为易朽凡人所知的对神性的定义。[①] 神——是不可触及、不可思考、不可亲见、没有罪孽、没有死亡、没有终结的。

他在莫斯科电影制片厂的剪辑室里工作到深夜，甚至凌晨，一遍又一遍剪接着《潜行者》的片段，觉得剪出来的成品不错，随后又觉得只是合格，最后又发现它并不合

① 亚略巴古的丢尼修是《使徒行传》中提及的圣保罗的学生，而"否定神学"的实际提出者是公元六世纪一位伪托丢尼修名义的神秘主义神学家，即伪狄奥尼修斯。

格。他寻找片段之间、剪接之间、景别之间的逻辑。但与此同时，他又间或会确信，寻找逻辑是与这部影片的立意相悖的，影片应当在潜意识的层面产生，因为如果只是遵循各种提纲与原则间原始的算术规则，如果只是遵循剧本的字面意思，那要描绘感性是不可能的。

于是一切又全部散架了，不得不一切从头开始，在数千米的胶片中寻找那个出发点，那个只有他能听到的第一声节拍。

安德烈·塔可夫斯基在《雕刻时光》中说：

> 我觉得，导演惟一要记住的，不是"诗意的""知识分子的"或"纪录片的"风格，而是自始至终都坚信自己的理念。在此基础上他想用何种镜头，那就是他自己的事情了。艺术中是不可能有纪录片性和客观性的，艺术中客观性本身是作者的客观性，即主观性。

很可能，当诗人长期痛苦地听那些令他内心的听力撕裂的噪音时，当他穿过毫无意义的事件、感受、印象，穿过鲜有面孔能引起好感的、喊叫的人群时，当他删削不需要的，并最终获得所求的东西时，他的体验是类似的。

父亲经常告诉他这些，不慌不忙地讲述自己主动选择的孤独，告诉他一旦选择这条道路，就永远地，不可避免地，即便不是与所有人为敌，也会到处树敌。只有随着阅历的增长才会明白，去寻找帮助和理解是无济于事的。

莱蒙托夫在《先知》中对此说得非常透彻：

自从那位永恒的裁判，
赋予我先知的洞察力，
我便能从人们的双眼，
识别出邪与恶的痕迹。

于是我开始高声宣告，
挚爱与正义的真谛，
但所有的好友亲朋，
却向我疯狂地投石。

我不由得心灰意冷，
乞丐般从城中逃出，
似鸟儿生活于荒野中，

依赖上帝恩赐的食物……[1]

那么，周围的人能做的只有相信——相信自己身边住着一个天才、先知。

可是，自命天才是公正的、合乎伦理的吗？

安德烈在莫斯科电影制片厂用长时间的剪辑工作班寻找这个问题的答案。他身心俱疲，咬着指甲，背部酸痛，感冒和低烧37.1°让他十分不安。

但与此同时时间在流逝，向苏联国家电影局交成片的日期也不可避免地临近了。

《潜行者》中，作家的独白时长正好有两分五十四秒。

安德烈在这正好两分五十四秒里耐心地倾听着他自己："……所有的这些实验、事实，真理都处于最后一级，而事实本来就不存在，这里就更不用说了！这里的一切都是某个人杜撰出来的！这都是某个人愚蠢的杜撰！难道你们感觉不到吗？你们当然极其需要知道这是谁杜撰出来的！你们的知识有什么意义？谁的良心会为了他们而痛？我的吗？我没良心，我只有神经。某个混蛋侮辱

---

① 顾蕴璞译。

我，我会痛苦！另一个混蛋赞美我，我还是痛苦！你把自己全身心投入，他们只会把你的身和心都吞噬掉。你拿出卑鄙，他们连卑鄙一块儿吞噬掉！他们普遍都受过教育，他们所有人感官上都饥渴得很，他们在你周围乌乌泱泱——记者，编辑，批评家，他们就像是没完没了的婆娘，全都要这要那——来吧！来吧！假如我痛恨写作，假如它对我来说是一件病态、羞耻的事情，就仿佛是挤痔疮，那我又算哪门子作家。要知道我原来想，总有人会因为读了我写的书变得更好。可是压根儿没人需要我！我如果死掉，他们过两天就会把我遗忘，转而去吞噬下一个人。我曾想改造他们，可是他们把我改造成了他们的样子！从前，未来只是现实的延续，所有的变化都在那儿的某个地方，在地平线后面耸立。而如今未来和现在混为一谈。难道他们准备好了吗？他们什么都不想知道，他们只会吞噬……”

这么说来，如果未来和现在混淆了，那也就没有未来。

而没有未来的现在——这已经是过去了，原来这过去才更接近、更亲切、更易懂，比起那什么都无法改变，准确地说，没有任何力量和愿望去改变的例行公事。

或许,因此这一年他才频繁地去佩列杰尔金诺父亲那里。

从站台出来,一条小路沿着铁路路基前行,途经邮局,途经隐没在松林中的主变圣容教堂,途经公墓。

谢通河的桥上坐着一个汉子在钓鱼。

他每次见到安德烈都要打招呼。

安德烈也跟他打招呼,虽然不知道他叫什么,确切地说,不知为何就是记不住,虽然汉子不止一次自报过家门——要么叫彼得,要么叫安德烈。

同名人?

完全可能……

父亲当时住在一九五五年建造的一座两层楼的一楼。这扇窗户比写字台高很多,写字台上有一架南斯拉夫产的UNIS牌打字机。

显然正是因此,父亲坐在写字台旁工作的时候,视线总是朝上的,这里面有某种自己的特殊意义——超越障碍,超越各种寻常意义,超越带有俄文字母的打字机键盘。

三年后,阿尔谢尼·亚历山德罗维奇用这台打字机给儿子写了一封信:

亲爱的安德烈，我的儿子！我很伤心，你一行字都没有给我或玛丽娜写信。我们都如此爱你，都很想你。我听到的在莫斯科关于你的一些消息让我惊惶不安。在这儿，在我们这里，你是头号导演，但同时，在国外，你永远无法实现自己，无法施展自己全部的才华。你无疑应该回到莫斯科；你将会有完全的自由指导你的电影。你所想的都会实现：你想拍什么都可以拍。这是那些说话很有分量，而且得听命于他们的人的承诺。我感到自己非常衰老、虚弱，六月我就七十七岁了。这是高龄，我害怕我们的分别将会是永别。儿子，快点回来吧。离开母语，离开家乡的大自然，离开小安德留沙，离开谢尼卡你怎么过得下去？那样没法活的，只考虑到自己——这是空洞的存在。我非常想你，我很伤心，在等着你回来。我希望你能回应你父亲的请求。难道你的心将会安之若素吗？人家的土地怎么会有吸引力呢？你自己清楚得很，俄罗斯很美，值得爱。难道不是它孕育了那些人类最伟大的作家？

不要忘记，那些最有才华的人在国外、在流亡中以疯癫或自杀收场。我想起，我翻译过天才的诗人马赫图姆库里的诗歌《远离祖国》。你应该害怕自己成为“不幸的人当中最不幸的那个人”——“被驱逐者”，他就是这么称呼自己的。

深爱你的爸爸阿斯

在回莫斯科之前，安德烈又环视了一下父亲住的房间。他确信这是一间半地下室，因为只有如此才能解释，为什么惟一的窗子高得都快到天花板了。闷热的感觉来自庞大的、几乎占了一整面墙的暖气管道，它撑起了沉重的、有如墓石一般的大理石窗台。还来自不知为何永远不关的台灯，哪怕阳光照进房间，照亮地下室时也如此。

常常如此，父子俩只是枯坐。

阿尔谢尼在抽烟。

安德烈观察他抽烟的样子。

坐通勤火车回去时已经天黑了（和安德烈坐同一趟火车去看父亲的有他的儿子阿尔谢尼，以及摄影师格奥尔吉·平哈索夫）。

谢通河的桥上一个人都没有。

或许那个叫作彼得或安德烈的汉子已经在厨房收拾钓上来的鱼，准备烤了吃呢。

安德烈走下桥，来到水边，很快走进了稠密的柳树丛中。

他想起了父亲的诗《伊万的柳树》。

伊万战前常来小河边，
那里生长着不知道是谁的柳树。
没人知道它为何卧在河边，
这曾是伊万的柳树。
战死的伊万穿着自己的帐篷雨衣，
回到自己的柳树下，
伊万的柳树，
伊万的柳树，
宛如白色的小船，漂流在小河中。

一九四一年八月三十一日，玛丽娜·茨维塔耶娃在叶拉布加的布罗杰利希科夫夫妇的宅子里自缢。

阿尔谢尼·塔可夫斯基直到九月底才在莫斯科了知此事，当时玛鲁夏和孩子们、安东宁娜和女儿都已经被疏散了(分别被疏散到尤里耶韦茨和奇斯托波尔)，或许，当时他一个人留在城里甚至是一件好事，这样就不会有人见到他的泪水，不会有人听到他在党委巷夜里的长歌当哭。

我大喊——没有回应，玛丽娜在沉睡。
叶拉布加，叶拉布加，墓园的泥土，
该用你的名字命名死亡沼泽，
该用这样的词语
充当拴上的门闸，
叶拉布加，该用你吓唬不喜欢的孩子，
该让商贾和强盗
占据你的坟墓。
而你把严酷的寒冷吹向了谁？
为谁提供了大地上最后的避难所？
你在黎明前听到了谁的天鹅之歌？
你听到的是玛丽娜的遗言。
在你致命的风中我也冻得冰冷。
可恨的枞树城①啊！你把玛丽娜交出来！

---

① 叶拉布加（Елабуга）与枞树的形容词（еловая）音近，尽管词源并不相同。

他们是于一九四〇年在电报巷上尼娜·格拉西莫夫娜·贝尔纳-雅科夫列娃的团结户做客的时候认识的。这一年,阿尔谢尼与玛鲁夏·塔可夫斯卡娅(维亚什尼科娃)分手,和安东宁娜·博霍诺娃结婚。尼娜·贝尔纳-雅科夫列娃回忆:“我有事情出去了一会儿。等我回来时,他们并排坐在沙发上。看着他们激动的面庞,我明白了,这就是邓肯和叶赛宁。一旦相遇,火花四溅。诗人与诗人的方式。”

关于阿尔谢尼·亚历山德罗维奇和玛丽娜·伊万诺夫娜的相识,叶连娜·弗拉基米罗夫娜·特列宁娜还有着有趣的回忆:

> 阿尔谢尼说,茨维塔耶娃性格复杂,不好相处,她是无法预料的,非常有才华。茨维塔耶娃对阿尔谢尼并非无动于衷……后来她与妈妈相识。茨维塔耶娃赠给妈妈绿松石珠串,但妈妈很少戴,说这让她透不过气来。同样的东西玛丽娜·伊万诺夫娜也送给阿赫玛托娃一串……阿尔谢尼回忆,阿赫玛托娃与茨维塔耶娃见面时两人聊了很久,分手的时候,茨维塔耶娃站在门边说:“归根到底,您,安娜·安德烈耶夫娜,就是个最普通不过的女人!”玛丽娜·伊万

诺夫娜到我们家读自己写的诗。有人会问我："她到底是啥样，你毕竟见过她的呀？"——我不知道怎么回答这个问题，我当时只有九岁，我的年龄让我无法去评价作为诗人的她，而仅从外表来看她没有给我留下任何印象。在我的记忆中她是一个上了年纪的、沧桑的女人。一头短发，额头留着短刘海。她有很多白发，头发看起来是灰白色的。她用略微沙哑的声音读诗。我第一次见到穆尔（他们这样叫他），玛丽娜·茨维塔耶娃的儿子，是在战时的奇斯托波尔，作家的家人都疏散到那里。

如今，这个"上了年纪的、沧桑的女人"没了。她主动从生活中离开，留下遗言："我病得很重，这已经不是我了……我无法承受……别把我活埋了！……好生检查一下。"

阿尔谢尼又像十六年前那样，在城里游荡，找不到自己的地方。小市民头道街和希波克街，鲍里斯格列布巷和塔甘卡，三塘巷和谢尔普霍夫卡，猎户商行和帕韦列茨站。在经过阿列克谢·巴赫鲁申的哥特式宅邸的外墙时，他不由自主地想起果戈理，果戈理特别害怕被活埋。

为什么会在此处想起？因为据说尼古拉·瓦西里耶维奇①的头骨和一些医学解剖器材一起被保存在一只医用手提皮包里，正是藏在帕韦列茨站附近的这栋房子里，这个传闻在莫斯科河外区流传，想不听都难。

阿尔谢尼走得飞快，目不斜视，也不回头，仿佛这样就能逃离自己，但是他总是在建筑底层的窗户上看到自己的倒影。玛丽娜的自杀令他如此震动，以至于他清晰地甚至在身体上都明显地感到自己孤立无援，被抛弃，谁也不需要他，以至于失去这个女人的痛苦转化成了一种幻肢痛。有过这种情况，失去的肢体还是会让你感知它的存在，扰乱想象，抖动，肿胀，抑或完全相反，感觉它渐渐康复。然而这一次失去的更多，那是心的一部分失去了，带着这样的感觉生活困难得令人无法忍受，或许，也不可能忍受。

他走进空荡荡的公寓，打开窗户抽烟。伟大的达·芬奇画笔下的吉内薇拉·达梅里戈·德·班琪的肖像在对面墙上看着他。

① 即果戈理。

没有人和我在一起。
墙上挂着肖像。
在老太婆的瞎眼上
飞来飞去的是苍蝇,
　　　　　　苍蝇,
　　　　　　　苍蝇。
我说:“你在
你的玻璃后面进天堂感觉怎样?”
苍蝇在老太婆的脸颊上爬着,
她答道:
“你孤单单地在自己家待着
感觉怎样?”

但与此同时,他得到的这种孤独是在现实与非现实、过去与现在、生与死的边缘那种令人折磨的,在其他情况下实际上无法获得的自由的体现。

塔可夫斯基是在后来才写下这句诗:“世上没有死亡,所有人都不会死,一切都不会死。”但是如今,当战争已经爆发,当安东宁娜·亚历山德罗夫娜的前夫弗拉基米尔·特列宁已经在前线牺牲,当城市变得空荡荡,而玛丽娜去了她永远回不来的地方，阿尔谢尼害怕地倾听着自己，因为他不知道该从自我身上等待什么，确切地说，是从那个自我，那个永远在折磨他，为他而痛苦，顽固地认为这是令心灵敏感、感觉锐利的惟一道路，而舍此诗歌无法诞生的自我。

当然，他很明白自己暴风雨前精神疾病的平静，并且很害怕。

就在不久以前，初夏的时候他病得很重。恰好是在开战前的那段时间。他在给青年时的朋友尼古拉·斯坦尼斯拉夫斯基的信中承认道："我躺在床上，无助，赤贫，虚弱，患病，无力，气息奄奄，饱受折磨，动弹不得。我胆囊发炎了。"大量的形容词令人惊异，这些修饰语通常是塔可夫斯基分给自己抒情主人公的。阿尔谢尼还不知道，怎样的苦难在等着他的亲友、他的祖国，以及他本人，因此他这里用了很多词藻，有点故意地像一个诗人那样。

然而事件的发展快如闪电、不可逆转。计划中痊愈后去疗养院的行程自然被取消了。塔可夫斯基和所有莫斯科作家一样将被送去军训，在这个过程中他会被认为不适合进行队列勤务。不被征兵的文学家必须马上疏散。阿尔谢尼很激动，但仍抱着上前线的希望。

他一封又一封的请愿书(一共有十一封)直到一九四二年一月三日才被批准,根据苏联国防人民委员部0220号文件命令阿尔谢尼·亚历山德罗维奇·塔可夫斯基担任军报《战斗警报》作家。

而与此同时从前线不断传来噩耗,敌军向祖国纵深进犯。开始有第一批亡者。战争开始几个月,战死沙场的诗人就有:亚历山大·阿尔焦莫夫,弗谢沃洛德·巴格里茨基,弗拉季斯拉夫·扎纳德沃罗夫,尤里·因格,鲍里斯·拉平,米哈伊尔·古利奇茨基,瓦尔瓦拉·纳乌莫娃,萨姆伊尔·罗辛,叶连娜·希尔曼,米科拉·什帕克,他们当中有很多人是阿尔谢尼·塔可夫斯基与玛鲁夏·维亚什尼科娃在国立高等文学培训班的同学。

伏尔加河畔的尤里耶韦茨。

一九四一年八月底。

安德烈坐在恩格斯街8号木头房子的台阶上。

他九岁。

他知道那里某个很远的地方在打仗,爸爸和他的朋友们去前线了,他们当中有的人已经牺牲了。

几天后安德烈将去尤里耶韦茨的小学读三年级。他的母亲也被安排在那里工作。

至少他在这里不会完全孤单了，尽管随着时光的流逝在尤里耶韦茨他也会有一些朋友，而对他的称呼也将由叫名字替代那轻蔑的“疏散来的”。

玛丽娜·阿尔谢尼耶夫娜·塔可夫斯卡娅说：“妈妈是为了我们两个孩子才同意走的。她不想跟随作家家庭疏散到奇斯托波尔。我们去了伏尔加河上的尤里耶韦茨。那里给外婆留下了一间房间，还有某些熟人留在那儿。那里也应该还记得妈妈的继父，彼得罗夫医生。

在尤里耶韦茨等着我们的是疏散者的艰难的生活。妈妈很久没有解决工作。我们的经济来源是爸爸一半的军属津贴（另一半属于他住在奇斯托波尔的母亲和妻子），还有外婆微薄的退休金。过了段时间妈妈在学校入职。我们主要靠在市场或周围的村里换来的东西填饱肚子。妈妈会提前准备下一步：收集可以换物资的东西。外婆用长绒窗帘缝制了些孩子的风帽。冬天的时候，妈妈就把这些破烂儿捆在小雪橇上，自己步行过封冻的伏尔加河去换东西。她常常是一走就好几天，在村子里过夜。村民让她留宿，有什么就给她吃什么。有一次妈妈用一副绿松石耳环换了一份土豆（当时的一份指的是不大的一桶)。这耳环是当年外婆的亲戚从耶路撒冷带来的。上个世纪末她前去圣墓教堂朝圣,顺便给自己求进修道院的祝福。结果她求到的却是与当地正教徒定居点的医生希腊人马扎拉基结婚的祝福。医生去世后,马扎拉基的大婶回莫斯科投奔自己的外甥女,外婆的母亲。她留下一副刻着古兰经格言的金耳环,多年后出现在外伏尔加河的村落里。

换耳环的情景被拍进《镜子》里,但耳环的浪漫故事被留在了镜头之外。”

放学后,大家都去城里的码头,在那里从基涅什马和科斯特罗马驶来运送伤员的轮船。

安德烈看着那些神色涣散、面容痛苦的人们,他们被大车和军用卡车送往西蒙山,那里在从前的主显教堂设立了一个医院。

他们当中有的人可以自己走下舷梯,但大多数是动不了的。他们被用随手可得之物制作的担架运出来。女卫生兵在码头上跑来跑去,军便服上套着白大褂的军医在指挥着,不断传来喊叫和呻吟声。卡车的发动机单调乏味地开动着。

高年级孩子在不远处抽着烟,观察着这一切。

安德烈·塔可夫斯基在《雕刻时光》中写道:“我不得不重看数千米的胶片,终于在军事纪录片的镜头中找到了真正令我震撼了的苏联军队渡过锡瓦什湖的片段。我之前从来没有看过类似的东西……当银幕上,在我的面前,仿佛从虚空中出现了那些被无法承受的、非人类的劳苦折磨,忍受着可怕的悲剧命运的人们,我就完全明白了,这个片段必须成为这部从私人抒情回忆开始的电影的最核心部分、最终的实质,神经中枢与心脏……银幕上产生了充满巨大力量和戏剧性的形象——这一切都是我的,仿佛恰恰就是我的:个人的,深思熟虑的,亟待解决的……这段影像看上去特别令人心神不宁、锥心刺骨,因为镜头里面只有人。在一片苍白的天空下,人们勉强拖曳着身躯,在齐膝的泥泞中艰难前行,走向地平线上沼泽的尽头。几乎无人复返。这一切都为烙印在胶片上的这段时光赋予了多维度与深度,产生了接近于震撼与净化的效果。过了一段时间我弄清楚了,拍这段素材的战地摄影师也在这一天牺牲,他以对周遭事物本质的惊人洞察力将这一天烙印在胶片上。”

在城市码头,也有送到尤里耶韦茨等死的人。

当地的人说,圣愚西蒙埋葬在主显教堂,他是一五八四年被打死的。自那时起，经常有人看到他在穿过伏尔加河，一年又一年，一个世纪接一个世纪。他无精打采地在水上踱步，仿佛沉浸在自己的思维中，冰冷的浪花飞溅到他身上，他仿佛完全没有觉察似的。西蒙使人想起这些伤痕累累、精疲力竭、奇迹般存活下来的人们。

医院的病床分布在主显容教堂的内门廊、中厅、圣像壁前高台和祭坛。砌着白瓷砖的炉子总是生着火。当然不会有人知道，圣西蒙到底被埋在这里的何处。因此医院里的每个人都有可能见到这个湿漉漉的、光着脚的只穿着一件衬衫的幽灵，他称自己为“吃不饱的喉头”，具有抚慰人心的天赋，以及在水面行走的本领。

到了深夜，尤其是晚秋和早春，伏尔加河会可怕地吼叫，溢到岸上来，而城市沉寂下来。玛丽娜·塔可夫斯卡娅回忆：“我们记得最可怕的一次。一九四二年早春。伏尔加河上有浮冰。阳光，刺骨的风。我们疏散的尤里耶韦茨小城，全城蜂拥而出，到岸边去捞漂着的原木——能生生火也好。妈妈在小冰块间跳来跳去，伸手去够木头，而我们在岸上帮忙将它们拖出来。突然就在我们眼前，她滑到了冰下，有那么一瞬间她消失在互相堆叠的冰块和碎冰屑之间……”

玛鲁夏的得救是和一切相逆的：有逆于顺流而下结了冰的漂流木，有逆于漂流的浮冰，有逆于四月刺骨的寒风，有逆于长久以来想一了百了的心思，就像四一年八月茨维塔耶娃做的那样；有逆于关于失去的爱情与曾经的幸福那无法忍受的幻肢痛。

安德烈和玛丽娜救了她。

一九四三年夏天，玛丽亚·伊万诺夫娜和孩子们回到了莫斯科，确切地说，回到了佩列杰尔金诺，她被安排了一份在作家孩子们的少先队夏令营里当看守的工作。但是，当时在佩列杰尔金诺既没有作家也没有孩子，他们都被疏散了。

一开始他们被安排在挨着苏联作家布鲁诺·亚先斯基别墅搭建的厢房里居住，后来被搬到镇郊的板棚。

我们前文提及过的阿尔谢尼与孩子们的那次见面正是在佩列杰尔金诺发生的。

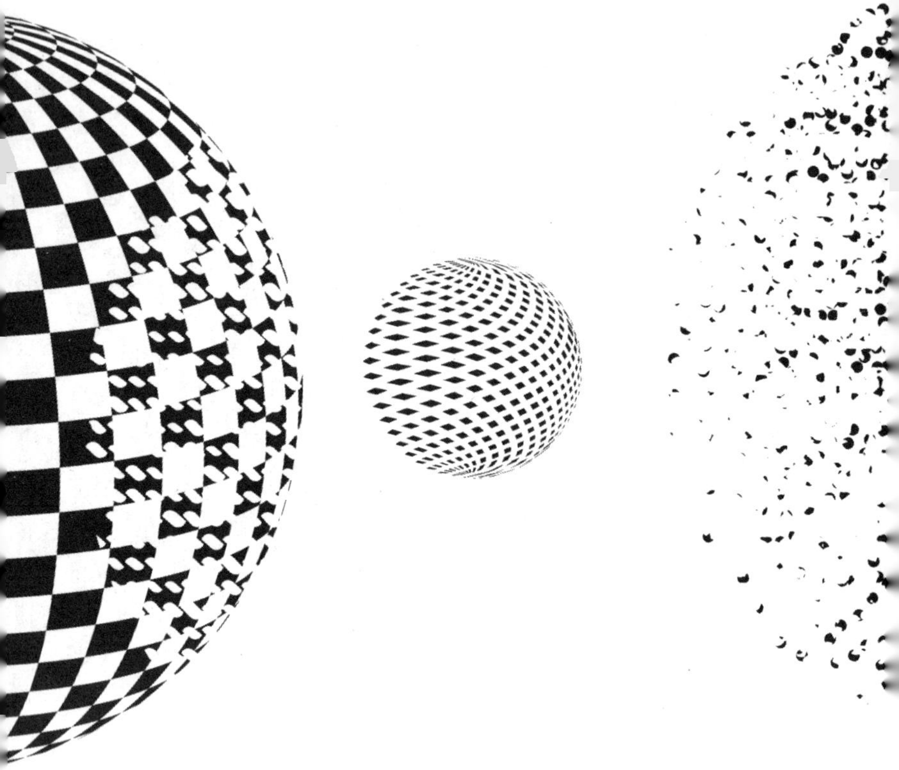

第七章　奇异的情感角落

还在尤里耶韦茨的时候就开始了，那时玛丽亚·伊万诺夫娜看到了一张写给她十一岁儿子的纸条：

亲爱的安德烈！你不要生我的气。你觉得我背叛了你，但这其实不是真的。我没有背叛你，也不会的。更应该说是你背叛了我，因为你先追的 И. К.，后来她走了你又去追 Т. Г.，后来你问我在追谁，我说在追你。你可能早就想背叛我了，所以你才说是我背叛了你。但是我没有背叛，我爱你。亲爱的安德烈，我没有背叛你，我爱你……你很帅，像你这么帅的人我还没见过，只见过两个，你和贝尔施泰因。我非常爱你。

我们不知道这封信是怎样到玛丽亚·伊万诺夫娜手里的，是安德烈本人交给妈妈的(这难以置信)还是她在儿子的物件里面发现的？如今这都不再那么重要了，实事求是——儿子和他离异父母的关系进入了一个新的阶段。

用玛丽娜·塔可夫斯卡娅的话说，玛鲁夏认为儿子不知名崇拜者的信里有一种“媚俗”。她非常焦虑，马上通知了前夫，孩子的爸爸。阿尔谢尼的回应在这种完全是无辜的、容易辨认的情境中起不到平息的功能，即两个孩子——小男孩和小女孩——彼此欣赏，勇敢地体验自己最初的情感，并深信这就是爱情。

不过塔可夫斯基从前线写了回信：

> 我不知道这该怎么办。既然已经开始了，那么想要阻止——这是不可能的，即便你采取最谨慎的行动。或许，最好向他解释，爱情不是他们的伙伴们表面上看到的那样，感情是高尚的，也会带来忘我的行为，会带来“默默的欣赏”，会让人变得更好，等等……既然他这方面已经开始了，就要努力将他的这头可怕的猛兽引向正道，想要抽刀断水——是不

可能的。

当我在读你抄写的这件作品时，我汗毛直竖，我为他感到很可怕，并且不知为何为他觉得有些委屈。我明白，这完全会像我一样，早熟的激情和折磨。我害怕的只是，我的过往会比他的将来富于浪漫，但缺乏自制和始乱终弃却是一样的。我考虑了自己的经验，所以我知道，重要的是应当教育安德留什卡在投身爱情的同时，也要考虑周围人，要知道并不是一切都被允许的。尽可能地告诫他，不要为了自己的爱情给别人带来伤害，不幸的是，当我明白这点时，已经太晚了。告诉他，最糟糕的是事后因为给别人造成的痛苦带来的遗憾。假使他不是最坏的那类自私自利者，就该懂得这一点。

那么现在除此之外还能怎么办，我不知道。或许是因为我难以想象如今尤里耶韦茨这些孩子谈恋爱的方式——他们已经不属于我的浪漫主义时代了。但说到底不必害怕安德留沙的激情，并使这事儿变成有诱惑力的禁果。很快连小老鼠也应该会接到情书的，到那时我的心才会完完全全感到揪心的。

当然，多年后安德烈读到了这封信。可能他边读边笑，因为信里提到的这些事情早就是过眼云烟了。我觉得，令人伤心的是另外一点：不信任，深信他的谬误、“缺少浪漫”，并且是“最坏的那类”，尤其考虑到阿尔谢尼·亚历山德罗维奇生活中让孩子、前妻和第二个妻子历历在目的那些著名的事件。而迟到的忏悔——“不幸的是，当我明白这点时，已经太晚了”——已是谁都不再需要了。言辞就是言辞，慷慨的说教就是慷慨的说教，它们是很难令人信服的。

写下这封信后，很可能塔可夫斯基甚至还不明白，他在信中所写的完全不是他的儿子，说实话，他对其了解甚少，他写的是他自己，而当时这封信惟一的读者——玛鲁夏·维什尼亚科娃非常明白这一点。很有可能，一九四三年夏天仓促地返回莫斯科（这时候在尤里耶韦茨的生活基本上已经井然有序，而安德烈在当地中学学得非常不错），让儿子回到马镫巷的第554中学读书，是一种绝望尝试的结果——想要改变安德烈身上与父亲的某种重要的、某种神秘的联系，阻断他遭受那些父亲经历过的，也给别人带来过的痛苦。关于自己前夫的后面这一条秉性，玛鲁夏恐怕比别人更为了解。

一九四三年年末到一九四四年年初，就是在佩列杰尔金诺和莫斯科之间来回折腾。不得不暂停学业，然后又不得不返回学校。似乎母亲不明白，按照某些只有他(也是她)熟悉的法则生长的儿子到底发生了什么，他与人交往粗鲁、自闭，但有时在表达情感方面又很狂放。如果说在前往尤里耶韦茨之前，以及在这个伏尔加河畔小城的时候，安德烈曾对学习产生了兴趣，那么如今他已经放弃了学习，大多数时间都在街上跟狐朋狗友鬼混——“飞刀”，“墙球”，打牌赌钱……音乐课自然已经被放弃了。已经开始提起让他转学到技工学校去，这实质上意味着他要主动加入由“技工”组成的“痞子”的行列，以及这会导致各种后果(其中也包括刑事犯罪)。

后来安德烈·塔可夫斯基回忆：

我的童年记忆很清晰。对我而言这是最重要的——我一生中最重要的时段……我和母亲、外婆、妹妹生活在一起。家里没有男子汉。这显著影响了我的性格……这是非常艰难的时代。父亲在我的生活里总是缺席的。父亲离家出走的时候我才三岁。从各方面来说生活都很艰难……我有过自己的至暗时刻。总的来说，我年轻时曾经交友不慎……我的童年过着一种相当植物的生活方式。我思考得很少，更多是感受并理解。然而童年记忆永远不可能让人成为艺术家。推荐你们读一下安娜·阿赫玛托娃或马塞尔·普鲁斯特是怎样讲述自己的童年的。我们有点过于强调童年的意义。精神分析学家通过童年去解读生活，用它去解释一切——这是一种将个性加以幼稚化的方式。如果您想用这种观点去看艺术进程，去看创作，那它甚至会让人苦恼。苦恼的原因在于，创作的动机和实质，比单纯回忆童年、解读童年复杂得多，难以捕捉得多。

很有可能，是无法理解这种“难以捕捉”的特性，是意识到自己碰上了某种青少年教育教科书上没写的东西，使玛丽亚·伊万诺夫娜陷入惊慌的状态。在严峻的考验面前她又一次孤立无援，没有任何支持、建议、帮助。

与此同时，正如俗话所说，祸不单行。

一九四三年十二月十三日，阿尔谢尼·塔可夫斯基的腿被爆破弹击中，受了严重的伤，引发气性坏疽，导致截肢。

一九六四年,阿尔谢尼·塔可夫斯基描述了那漫长的几个月里在他身上发生的事情:

手术台被推向灯光下。我面朝下
躺着,仿佛秤上的肉,
我的灵魂命悬一线,
我在一旁看着自己:
我被市场油腻的秤锤称重
足斤足两……

又:

纱布仿佛树皮,
在身上变硬,他人的鲜血
通过烧瓶涌入我的肉身,
我像鱼儿在沙丘上呼吸,
吞咽着坚硬的、云母般的、泥土味的、
冰冷的和神圣的空气。
我的嘴唇起泡,还
用勺子给我喂水,还

记不得自己的名字，
但是大卫王的词典
在我的舌尖活了过来……

第一次的手术立刻就在战地医院做了，然后阿尔谢尼·塔可夫斯基被送到加里宁(特维尔)，并在准前线医院又做了一次手术。但是状况在一天天恶化。塔可夫斯基在给妻子安东宁娜·亚历山德罗夫娜的信中写道："冬尼娅我的亲人！得马上张罗一下我去莫斯科的批准函。如果你还没有给我寄出来，或许能和我一块儿去加里宁？看在上帝分上，快点吧，我的小姑娘。我很累，想去真正的医院……"

多亏当时也在奇斯托波尔和莫斯科之间奔波的安东宁娜·亚历山德罗夫娜超乎寻常的努力，得以在苏联作协书记法捷耶夫的帮助下，将阿尔谢尼转往莫斯科的全苏实验医学研究所，即第5002疏散战地医院，由亚历山大·瓦西里耶维奇·维什涅夫斯基教授收治。在又一次的左大腿中间骨再切断术后，被判定为二级残疾的近卫军大尉塔可夫斯基被留在外科医院进行康复治疗。

玛丽娜·塔可夫斯卡娅在《镜子的碎片》中写道："两

场极为复杂的手术后他(指爸爸)表现出对他来说不同寻常的极端无助感。撇开其他种种不谈,被截肢的腿就疼得吓人……发生了某种心理的转折。”如今,当既没有力气,也没有愿望去想任何别的事情时(不管这听起来有多么奇怪),痛苦不仅带有了某种被抽象夸大的特点,也成了生活本身,成了每天、每时、每分的体验和日常作息。痛苦改变了意识、外表,教会人按另一种方式生活。

安德烈于一九四三年秋天在佩列杰尔金诺和父亲最后一次见面之后,如今(要知道一年都还没到)在他面前的是一个完全不同的人:意志被击垮,沉默寡言,面容苍白、瘦削,脸颊深陷,他原本长着左腿的地方如今是一条拧起来的被子,上面有一个因洗过无数次而淡了的医院印记。当然,儿子很可怜他,但又不知道怎样向父亲表达自己的这种感受。他只有观察自己的母亲与安东宁娜·亚历山德罗夫娜如何竭尽全力照顾他。这是难堪的又极为戏剧化的一幕。

医院的气息——绷带,瓷砖地面,床头柜上的药,礼貌话又很少的护士,永远是黄色的光,走廊里漆成白色的护理床,压低的声音,害怕穿堂风而关闭的气窗。闷不透风。

安德烈当时根本不可能想象，很快他自己，一个十五岁的男孩，也要落入这样的环境里——他将在儿童结核病医院度过将近一年。

一九四四年夏天，阿尔谢尼·亚历山德罗维奇出院了。玛丽娜·塔可夫斯卡娅在《镜子的碎片》中写道："爸爸和他的妻子安东宁娜·伊万诺夫娜及其女儿利亚利娅[1]前去作家创作之家住了一段时间，是那座靠近池塘，后来烧了的老房子。爸爸当时刚出院，对拐杖已经习惯了。"

他看上去很疲惫，但很专注，显然新的行走方式对他而言是有困难的。他和安东宁娜·亚历山德罗夫娜的关系并非处于最好的阶段，这又一次对谁都不是秘密了。他们不得不共度的非人的困难，显然冷淬了心里的火焰，让心里的什么东西折断了。塔可夫斯基话不多，总的来说这并不是他的特点，他时常发火并疲于自己的无助和种种日常生活的混乱：厕所在院子里，所有人共用一个洗手池，公用的厨房，团结户的吵闹和肮脏。似乎党委巷上的那个家里的一切都在跟他对着干。

---

① 叶连娜的昵称。

安东宁娜·亚历山德罗夫娜尽其所能地让阿尔谢尼的生活轻松一些。然而，就连这一点看上去都像一个无法解释的悖论，因为她的一切努力反而让丈夫更加生气，虽然他很明白，他能活下来多亏这个女人。可是，天，他对自己无能为力。阿尔谢尼把力量毫无保留地用在了与自己的病痛作斗争，这超出了他的精力。他又一次感到孤立无援，被人忽略，所有人都不理解他，遗忘了他。这是恐惧后的恐惧。

战争快结束了，阿尔谢尼·亚历山德罗维奇和妻子在没有窗户的斗室里每迎来新的一天，对一个问题的深刻、自觉理解都变得愈发巩固，那就是伟大的胜利和大量的英雄主义、上百万的牺牲和劳动的功勋并不能消除琐碎的争执，厨房里的吵闹，醋意和背叛的场面，家庭里的谎言和背叛，日常的陈规和赤贫。

一切又回到了老样子，如同战前，如同一两百年之前，因为“日光之下，并无新事，已有的事，后必再有”。

在《战后》一诗中，塔可夫斯基这样写道：

有时，在酷暑的热浪中你躺下
仰望天空，滚烫的空气

像摇篮一样摇晃,在你上面,
你突然在找一个奇异的情感角落:
这个摇篮里有一道缝隙,透过它
袭来一阵极端的寒意,好比
某种冰针……

影片《镜子》剧本中车厢的片段,最后没有进入成片:

车厢里很暗,很闷,尽管开着窗户,我还是头晕脑涨,眼前冒金星。我和母亲站在过道,安东宁娜·亚历山德罗夫娜和我的妹妹靠窗户坐着,被一个体格魁梧、满脸是汗的人挤到一边。

火车轰隆隆地疾驰,经过布满灰土的站台,仓库,用带刺的铁丝网围起来的烟气升腾的垃圾场。然后穿过森林。但即便如此也不会令人轻松一些。车厢的过堂风只是加剧了那折磨人的恶心。车厢里人们在喊叫、嬉笑、唱歌。透过喧嚣和车的轰隆声隐约听到车厢尾部有人在笨拙而倔强地折腾手风琴。

我眼前一黑,我感到自己很苍白。这时我仿佛在一旁看见自己,为自己发青的脸色和深陷的面颊而震惊。母亲疑问地望着我。

“有点闷……我去门口。”我喃喃自语，起身在被堵住的过道挤着。

母亲跟在我后面。我双膝发抖，两脚绵软。我用尽全身的力气挤了出来，挤到了救命的车厢连接处。“千万别倒下，”我想，“千万别倒下。”

然后我站在车门的第一级台阶，抓靠着把手。

母亲在后面抓着我的皮带。火车沿着绿色的山坡飞奔，山坡上面用白砖组成的标语：“我们的事业是正义的，我们一定会战胜。”

我把脸对着风，尽量深呼吸，稍微恢复了一些。

“他怎么了？”我听到后面一个关切的女声问道。

母亲回答了什么。我呼吸了一会，回过头来看着她，努力微笑着。

“没事儿，我们很快就下车了。”她说道。

“喏，喏，喝了这个。”我又听见那个声音。

这是个上了年纪的女人，虽然很热，她还是穿着棉衣和胶靴。她在一个大铁桶前弯下腰，倒了一盖子牛奶。我看着母亲，她点点头，转过脸去。

“谢谢，”我对穿胶靴的奶奶说，从她手里接过很深的铁盖子,尽量不让牛奶洒出来。我在喝的时候,她非常愉快地看着我。母亲转过身,向车厢走去。

"我们就要下车了……我得去找我们的人……"

火车开走后,我们在木头的站台上逗留了很久,听着火车的轰鸣渐渐远去。随后就是深深的寂静。带着松脂芳香的氧气沁入了我的肺腑。

一九四六年,玛丽亚·伊万诺夫娜从文学基金会得到了一张做大衣的票。阿尔谢尼付钱,给安德烈做了一件带毛皮领子的厚呢子棉大衣。在希波克这真的是一件大事儿。

大衣挂在奶奶的衣柜带镜子的橱门上,每个人都能摸,但只有安德烈能穿。由于呢子大衣挂在镜子上把它给挡住了,所以允许只把袖子往一旁挪一下,以便照镜子。

某些方面它令人想起果戈理的外套,"填满厚棉花,里衬穿不破"。关于里衬和领子,我们可以回想一下,果戈理是单独描写的:"里子选了上浆细棉布,但质地结实紧密,照彼得罗维奇的说法,这比丝绸还好,甚至看上去也更漂亮,更有光泽。没有买貂皮,因为的确贵,但买了货架上仅有的一张好猫皮作为替代品。远远的看上去很像貂皮。”

安德烈穿着大衣上学校的那天终于到来了。玛丽娜·阿尔谢尼耶夫娜·塔可夫斯卡娅后来这样描述当天的事件：

> 他在寒风中没穿外套就从学校回来了——大衣被偷了。安德烈脸靠墙躺到床上。我感觉他在哭，我也哭了。晚上安德烈发烧了，他病得很厉害。他被送到了位于奥尔洛夫达维多夫巷的儿童医院。我们家里敲响了警报。没有这件事，我可能永远都不知道这些词儿：结核，X光，气胸……
>
> 妈妈经常去医院看安德烈，但只带我去过一次，怕我被传染。去之前她会提前详细准备。她从商店买来黄油和酸奶油带上。妈妈用绞肉机把燕麦米绞碎，烤制了奶油燕麦饼干。然后做红莓苔子羹。妈妈将红莓苔子挤过漏勺过滤后，煮开滤渣滤清后，倒入冲开的淀粉，添加白砂糖，然后才倒入红莓苔子汁。羹汤饱含新鲜维他命，而且味道鲜美。但妈妈眼神很准，一公升罐子能装多少，她准能做多少。我

站在桌子旁边，眼巴巴地看着浓稠的红色浆液流淌着。我期待钵里哪怕能剩一点给我。但大多数只剩下个空钵，然后我都把它刮出光来。妈妈就是这样培养我的性格，这方面没有多余的钱帮了她的忙。妈妈以我为傲——我从不诉苦，从不死乞白赖任何一点要交给安德烈的东西。

当我自己长大后才明白，对于妈妈来说，不给我一勺羹喝，不给我饼干吃是多么难的一件事。

一切如故：绷带，瓷砖地面，床头柜上的药，礼貌话又很少的护士，永远是黄色的光，走廊里漆成白色的护理床，压低的声音，害怕穿堂风而关闭的气窗。闷不透风。

安德烈在结核病医院躺了近一年。

儿时对时间的理解是与成年或老年后截然不同的。看上去的永恒在近距离的审视之下变成了瞬间，将校准过的事件顺序变为一场混乱，记忆总能从这种混乱中捕获最意想不到，并在日后才发现非常重要的事。

落在窗台上的鸟儿，隔壁医院嘴唇皲裂的红发女孩，贴在脑门子上的汗湿的头发，喝完热茶的杯子在桌子上留下的、迅速消散的印迹，母亲的愁容。安德烈当然在等待父亲来探视他，就像当初自己和妹妹一起去医院看他那样。可是父亲没来（至少没有任何他来过的信息）。

现在他用健康的一侧身体躺在荫凉下，护士往他身下垫了个毛毡筒。医生向他俯过身，用一根特制的钝头斜口针刺入他一侧的第四和第六根肋骨之间的一条腋线下。压力计的指针苏醒了，哆嗦了一下，然后开始重复呼吸时嘶哑的杂音。与此同时护士不错眼珠地观察着医生的动作，等确定时间到了，便慢慢拧开气罐的阀门。空气开始流入。

安德烈枯干的嘴唇微微翕动着，他说："随后就是深深的寂静。带着松脂芳香的氧气沁入了我的肺腑。"很快，大树的树冠开始随风摇曳，干硬的叶子沙沙作响，这时从远方某处的慢坡山丘后面传来了人声、狗叫声、蒸汽机车的汽笛声和教堂的钟声。

在气胸治疗过后，安德烈被送回了病房，他睡着了。

他梦见了父亲在祷告："我们在天上的父！愿人都尊你的名为圣。愿你的国降临。愿你的旨意行在大地上，如同行在天上。我们日用的饮食，今日赐给我们。免我们的债，如同我们免了人的债。不叫我们遇见试探，救我们脱离凶恶。因为国度、权柄、荣耀，全是你的，直到永远。阿门。”①

父亲祷告的声音很大，很倔强，仿佛在要求祂，要求祷告对象马上给他回应和帮助：需要食物、宽恕和免遭魔鬼诱惑。

安德烈在恐惧中睡着了，因为他深信，是不能用那种声调跟上帝谈话的。

安德烈·沃兹涅先斯基的《白色毛衣》：

我们554中学九年级Б班来了一个怪怪的新同学：安德烈·阿尔谢尼耶维奇·塔可夫斯基。他一副漫不经心的样子，头发很硬，如同马鬃一般，苍白的颧骨突出。他因为肺结核留了一级。他的声音很高，如同唱歌一般，元音拖得很长。我早先在院子里见过他一两次，甚至还一起踢过一次足球，但我们是在学校里才结识的。

在班上我俩的关系比别人都要近些。他住在一座木头小房子里，家里勉强糊口，靠着母亲做校对的

① 东正教的主祷文，即《新约·马太福音》6：9–13。

薪水度日。他的妹妹玛丽娜跑来给我做水彩画模特儿——她有着雷诺阿画中女孩的面孔。放学后我们回家是同路……

那是有一次,我们在大院里攻同一个球门。球门就是混凝土墙。柏油路面上有很多小水坑。什卡因为怀念正在逝去的永恒时光而跟我们玩儿。他是个大孩子,3号楼的混混。他的唇间闪耀着金牙套。他已经有过盗窃记录了,是从局子里出来的。

大家都怕他。总是把球传给他。我们旁边有个陌生的苍白男孩站着,犹犹豫豫地提着一网兜面包。后来我知道班里来的奇怪的新人正是他。他穿着白色毛衣,很肥大,粗糙,应该是家里织的。

“站在门那儿。”什卡好意地冲向他。他的金牙在冷笑,他因即将到来的消遣而满面红光。

我们一直玩到天黑,直到安德烈白色的毛衣溅满了院子里的泥点,已经和防火墙的混凝土底座没什么区别了。踢完球,安德烈就提上装着啃过面包的网兜回家了。他握拳捂住嘴咳嗽,看得出来他的背部在抽搐。

我知道,他回家后要被母亲责骂,因为她让他去买面包，而他消失了两个钟头，还把新毛衣弄脏扯破了，带回的面包也是被咬过的。他无礼地顶嘴，说些粗鲁的话，与此同时他其实知道自己错了，本可以轻而易举地绕过3号楼的坏小子，但没绕过去，不知道为什么站在球门前，发了狂一般地把从暗处飞出来的、炮弹一样的足球扑下来。

一切如常结束：母亲关上房门，在厨房里抽烟，玛丽娜躲到角落里，一言不发，甚至有可能在抽泣，而他面朝墙躺在床上，盯着因为潮湿起鼓的墙纸那单调乏味的图案。他感到自己被赶入某个“奇异的情感角落”，没有出路，聆听体内隐隐的病痛和让他要落泪的憋屈，因为没有人重视他所表现出来的男人的勇气，要知道他在混混什卡面前没认怂，把球门守住了。

那时他能做的只有说服自己，假如父亲知道了这一切，那他很可能会为他，为自己的儿子感到骄傲的。

第八章　少　年

他张大嘴，辨不清人行道的高低，在遍街呼啸着的暴风雪中走去；风，按照彼得堡的惯例，从所有的胡同，四面八方向他吹来，转瞬间就吹得他扁桃腺发起炎来，等到他勉强走回家里，已经一句话也说不出了；喉咙全肿了，躺在床上……第二天他发了高烧。由于彼得堡气候慷慨的帮助，病情进展得比预期的更快，当医生赶到的时候，摸了摸脉门，除了开一张药方以外，一点办法也没有了，连这也只是为了让病人不至于受不到医术的恩惠罢了……一幅更比一幅奇怪的景象不断地浮现在他眼前：他忽而看见彼得罗维奇，向彼得罗维奇定做了一件置有捉贼的机关的外套，他老觉得贼就躲在他床底下，并且时时刻刻叫房东太太把贼从他的被窝里拖出来；忽而问人家为什么把旧长衫挂在他面前，说他原是存件新外套的；忽而觉得他站在将军的面前，一边谨听严厉的训斥，一边喏喏连声地说：我错了，大人……再往后，他完全胡言乱语起来，叫人一点也听不明白了；只知道这些杂乱无章的胡话和思想，翻来覆去总离不了那件外套。最后，可怜的阿卡基·阿卡基耶维奇咽了气，无论是他的房间或者他的物件，都没有封存起来，因为一来没有继承人，二来剩下的遗产很少，不过是：一束鹅毛笔，一帖公家的白纸，三双袜子，两三颗裤子上脱落下来的纽扣和那件读者已经熟知的长衫。谁得了这一切东西，只有天知道。老实说，连讲这个故事的人对这也不感兴趣。①

读到这里，玛鲁夏合上书本，将香烟掐灭在八角星形铸铁烟灰缸里，走到院子里。

希波克街的楼里万籁俱寂。帕韦列茨站传来调度蒸

① 果戈理，《外套》，满涛译。

汽机头的汽笛声，又老又聋的狗菲林躺在台阶上打鼾。玛鲁夏在一旁坐下。老狗毛茸茸的狐狸脸随着沙哑的呼吸节奏一动一动。梦中菲林还在摆弄着爪子，看来它梦见自己在河边奔跑，在水里撒欢儿，喝水，看着小鱼在浅水里游来游去，根本不怕它。鱼儿吐着泡泡，冲着菲林微笑，而它打了个哆嗦，因为它突然发现有人躺在这儿的浅水洼里。它好奇地走过去。

影片《潜行者》片段：

狗向潜行者跑过去，躺在它蜷缩的腿边。潜行者转过脸。

作家躺在一边，他把手搭在头上，一边说话，一边逐渐睡去。

作家：教授，听我说。

教授：怎么？

作家：我说的都是关于花钱买来的灵感。假设我进了这个房间，变成天才回到我们被上帝遗忘的城市，您会关注吗？……可是要知道人们写作是因为痛苦与怀疑。人总得向自己和周围的人证明，他多少有点价值。可是假如我确切地知道我是个天才呢？到那时候我为何写作？我还要什么？总之我得说，嘿，我们的存在是为了……

教授：行行好，请您让我安静吧！让我好歹打个盹儿，我今天一夜都没睡。把您的那些心理情结收起来吧。

作家：不管怎么说，所有您的这些技术……所有这些高炉，轮子……其余这些忙忙碌碌——就是为了少干活，多吃饭——这都是拐杖和假牙。人活着，是为了创造……艺术作品的……这无论如何，与人类其他活动相比，是无私的。伟大的幻想……绝对真理的形象……教授，您在听我说吗？

教授：您指的是什么无私？还有人因为饥饿而死，您怎么，是从月球上掉下来的吗？

教授躺在那里，双目紧闭。

作家：这是我们这些思想贵族！而你们可不会抽象思维。

教授：您是打算教诲我生活的意义么？并且顺便教我思考？

作家：没用的。虽然您是教授，却很愚昧。

银幕上有一条漂浮着浓稠的、黄色泡沫的河。风追赶着将泡沫吹成絮球,芦苇板摇摇晃晃……水。里面看得见注射器、钱币、画片、绷带、机枪、日历的某页。潜行者的一只手也在水里。

狗在混凝土广场上躺着。它站了起来。

玛鲁夏从台阶上站起来,看了一眼依然在打鼾,在梦中伸着爪子的菲林,然后走进房子,并关上了身后的门。

一九四五年秋天,苏联作协成员全体会议通过了一项决议,推荐由苏联作家出版社出版诗人阿尔谢尼·亚历山德罗维奇·塔可夫斯基的诗集。这项决议对于塔可夫斯基来说是一个令人愉快的意外。

不过不久以后就清楚了,从推荐到出书还有一段极为不简单、极为折磨人的过程,分分钟都可能流产。结果也的确这样发生了……

而眼下,帕维尔·安托科利斯基、列夫·奥沙宁、玛格丽特·阿利格尔、马克·塔尔洛夫斯基、帕维尔·舒宾、叶夫根尼娅·科尼波维奇、阿布拉姆·阿尔戈以及阿尔卡季·西特科夫斯基参与了关于这本即将出版的书的研讨会。与会者一致认为，塔可夫斯基是一个“成熟的、有力量的”诗人，他的诗歌“鲜活易懂”，但是指责他的诗歌“缺少对生活肯定的主线”，“有一种勃洛克式的含混”和过分矫饰性的声音大大改变了局面。

于是乎出现了俗称“拧胳膊”①的情况：先是同意，然后要求更详细的说明，还有各种没完没了的条件，能否出版取决于是否达成这些条件。塔可夫斯基伤心地说：“我活得忙忙碌碌，为这本诗集的奔忙耗费了我很多时间和精神上的热忱，苏联作家出版社终究是拿走了书稿——打算刊印它。只是——在编辑加工后，这已不是我根据符合一个统一构思的计划编选而成的书了，是一本五光十色、乱七八糟的集子，而不是诗集。还有——我的天！——许多个别的诗被丢掉了，还有一些算在我名下的改动，那根本就不能称作是修改。”

当然，这是个诱惑，因为虽然没有人说“不”，但大家都心领神会，这构思出来的、历经磨难创作出来的东西，无论怎样都不能符合官方对一本苏联诗歌书籍的理解，不符合列宁式的“一往无前”和斯大林式的“战斗精神”。

---

① 指强迫、施压。

阿尔谢尼翻译的亚美尼亚诗人、作家、翻译家叶吉什·恰连茨(索戈莫尼扬,1897–1937)的诗歌:

我病态、疯癫,开始思念起
太阳,为这通透的夜晚的暗哑,
为这苍白的月亮下水银般的、不喧闹的、
无所畏惧的烟雾而折磨。
哦,我多么希望,太阳的炎热
战胜月亮并舒展我的肩膀,
而早晨言语的崇高奇迹
在光线和闪耀中升到我之上!
然而在病态的忧愁那死气沉沉的烟雾中,
早晨不会破晓,言语没有发声。

不,言语毕竟还是发声了。至于它完全不是阿尔谢尼·亚历山德罗维奇想听到的给自己的声音,则是另一回事。

例如,一九四六年斯大林奖得主,诗人、戏剧家帕维尔·安托科利斯基说:"塔可夫斯基是一个孤独的诗人。他的人生道路遇到了战争,这让他感受到自己是一代人之子。”或者按照评论家叶夫根尼娅·科尼波维奇夸张的论断，说塔可夫斯基的诗歌有着颓废的特点，而诗人本身则跻身于“黑色万神殿”，与索洛古勃、霍达谢维奇、曼德尔施塔姆、古米廖夫同列。这个名单上的后两个名字可以说是对阿尔谢尼·亚历山德罗维奇的预警，是某种独特的“黑券”①。

塔可夫斯基想必非常清楚，笼罩在他的书上的乌云虽然缓慢地，但确实越来越浓地积聚着，而没完没了的研讨、编辑部会议和作协理事会的一个个秘书处都只是在推迟那个早已做了的决定。这样一来就只能等待。应当指出，他等待的时候并非无所事事。

一九四五至一九四七年，塔可夫斯基曾经出差去亚美尼亚、格鲁吉亚和土库曼采风。似乎，他又产生了对创作、旅行、结识新朋友、游览新地方的兴趣。因此，联共(布)中央组织部一九四六年八月十四日那个臭名昭著的关于《星》和《列宁格勒》杂志的决议(直接涉及塔可夫斯基本人，因为他的书当时正在列宁格勒第三印刷厂排印)与其说让他感到害怕，毋宁说令诗人最终确信，

---

① 许多西方文艺作品中虚构的海盗社团仪式，如果海盗社团认为某位成员违反了规定要被处死，就会为其颁发“黑券”。

把自己的精力用在于此时此地出版一本诗集上是没有意义的。

“拉普”和利奥波德·阿韦尔巴赫早就不在了，早就从“现代的轮船”上扔下了很多天才的诗人和作家，然而，作为调节文学进程惟一可能的方法，大声呵斥却全然没有消失。此外，它还变本加厉地获得了某种沉重、稠密的愚昧，如今会让人想起动物低沉的怒吼，仅仅一声都会让人陷入恐惧，让人吓呆。

联共(布)中央组织部关于《星》和《列宁格勒》杂志的讲话：

> 怎能发生这种事，在列宁格勒这座以其进步革命传统而著称的英雄城市，这座永远是先进思想和先进文化发源地的城市出版的《星》和《列宁格勒》杂志，竟会容许在杂志中塞进与苏联文学格格不入、不问思想、不问政治的内容……苏联文学，世界上最先进的文学的力量在于，它是一种除了国家、人民的利益之外没有，也不可能有其他利益的文学。苏联文学的任务在于帮助国家正确地教育青年人，回应他们的需求，将新一代培养成生机勃勃、相信自己的

事业、不怕挫折、准备克服一切困难的人。因此，任何对不问思想，不问政治，“为了艺术而艺术”的鼓吹都与苏联文学格格不入，对苏联人民和国家的利益有害，不应该在我们的杂志里有容身之地。

和所有类似的问题一样，“怎能发生这种事，杂志竟会容许……”这个问题想必也是个反问句。在这种情况下的回答只能是恭恭敬敬的“检讨错误”，忏悔并惩罚罪人。就这样，上层传达的命令在基层被迅速地执行。其中就包括停止生产塔可夫斯基的书，将其从印刷流程中撤下，活字版则予以拆散。

阿尔谢尼·塔可夫斯基的第一本诗集要到十六年以后，即一九六二年才能出版。名为《雪前》。

安德烈从外公伊万·伊万诺维奇·维什尼亚科夫家里出来，经过黑岛修道院，登上古城遗址，整个小雅罗斯拉韦茨尽收眼底。就在陡坡山脚旁，一条名叫卢扎的小河蜿蜒在柳树丛之间。春天的时候它会泛滥，淹没位于河滩上的菜园，柴棚和栅栏会在水里浸泡、霉烂很久，几乎直到五月上旬。冬天整个城市都聚集在这里，好几公里之外都看得见蚁聚的人们，他们爬上古城遗址，然后坐雪橇下来，然后又是爬上滑下。小雅罗斯拉韦茨让安德烈想起尤里耶韦茨，所不同的只是这里没有伏尔加河，但是有可以攀爬的山丘和陡坡，山上有教堂，特别是在冬天的时候会给人一种感觉，好像教堂是悬挂在空中，脱离了覆盖着皑皑白雪的地面似的。

电影《镜子》的剧本中，阿萨菲耶夫一家的片段没有进入成片。

> 他在城里慢慢走着，就像一个懂得自己花在每一分努力上的价值的人一样。新年前几天尤里耶韦茨雪下个不停，城里几乎寸步难行……人们朝着四面八方的街道缓慢前行，用扁担挑着装满黑啤酒的酒桶。阿萨菲耶夫在积雪中被人踏出来的狭窄小道上走着，艰难地避开他们，听不到他们互相祝贺新年的声音。当然并没有任何葡萄酒贩售，但城里有个啤酒厂，在过节的时候不限制居民买酒的数量。
>
> 过了一会儿，他的身影出现在半山腰西蒙修道院的围墙边。阿萨菲耶夫往山顶爬。他在那里停住

了，因为已经无处可爬了。并且毫无必要。这次攀登的困难没有使他免于羞愧和痛苦。

他两眼含泪，小城出现了重影，被洗刷了。远处，河对岸积雪的俄罗斯原野上为数不多的一些地标后退到看不清了，这整个十二月的黄昏的世界现在在阿萨菲耶夫看来就是个严酷的、走投无路的、报应的低谷。

实际上，这个片段里所说的教堂叫作主显教堂。教堂的围墙下埋着埋着一五八四年被地方军政长官费奥多尔·佩捷林处死的尤里耶韦茨真福西蒙，他是一个基督的圣愚，他消除病苦，救济穷人，在伏尔加河的水面上行走，完全依从上帝的旨意。

安德烈·塔可夫斯基在《雕刻时光》中写道："修士鲁布廖夫用一双不设防的、孩童的眼睛看这个世界，进行关于不抗恶、爱和善的布道。虽然他见证了仿佛支配着世界的种种最为粗暴、严酷的暴力，经历了痛苦的幻灭，他又重新皈依了自己重新寻获的那惟一的价值，这种价值是关于人类之善，以及一种不进行议论的朴实之爱，而这些都是人们可以彼此赠予的……我所关注的人，是那种意识到存在的意义首先是和自己身上的恶作斗争，以求在自己生命的进程中，在精神的意义上哪怕能提升一个小台阶也好。因为与精神完善之路对立的，天哪，只有一个惟一的非此即彼的选项——精神堕落之路，我们的日常生活和对这种生活的适应过程使我们很容易堕入其中！”

这里是在进行自我辩解，要让自己相信，每个按照上帝的样子创造出来的人与生俱来的道德法则遭到破坏是某种合理的和自然的事情。为什么呢？因为人是孱弱的，经常为各种状况、恐惧和许诺而苦恼，害怕自己比所有人更惨地落入“**严酷的、走投无路的、报应的低谷**”。如此，“自己身上的”恶，如果可以这么说的话，是上帝所规定的在高峰和低谷、道德和不道德之间进行自由选择——即人自行做出决定（想必不是在口头上，而是在内心隐秘地），并且自己承担这个只有他自己知道的选择的后果——的副产品。

《马太福音》教导：“凭着他们的果子，就可以认出他们来。荆棘上岂能摘葡萄呢？蒺藜里岂能摘无花果呢？这样，凡好树都结好果子；惟独坏树结坏果子。好树不能结坏果子，坏树不能结好果子。凡不结好果子的树，就砍下来丢在火里。”①

于是《镜子》里的干草棚和《牺牲》中的房子被烧掉了。

还有《索拉里斯》中父亲院子里的篝火，《安德烈·鲁布廖夫》里圣母安息大教堂燃烧的房顶。

《乡愁》里疯子多梅尼科自焚了。

《伊万的童年》里，教堂的颓垣在燃烧。

然而火会燃烧，却不烧毁，就像《摩西五经》第二部《出埃及记》第三章第二节中写的：

> 耶和华的使者从荆棘里火焰中向摩西显现。摩西观看，不料，荆棘被火烧着，却没有烧毁。摩西说："我要过去看这大异象，这荆棘为何没有烧坏呢？"耶和华神见他过去要看，就从荆棘里呼叫说："摩西，摩西！"他说："我在这里！"……摩西蒙上脸，因为怕看神。②

何烈山上显现的火，烧不着荆棘，也烧不灭，不能对

---

① 《新约·马太福音》7：16–19。

② 《旧约·律法书·出埃及记》3：2–6。

它直视，又无法转移视线。即便只是内心聚集的、想象的视线。

那个头上停着一只鸟儿，名叫阿萨菲耶夫的男孩，也是这般目不转睛地看着前方，看到了**安宁、希望和忏悔的山谷**。然后他坐在那就是为这项头脑简单的活动而设计的公文包上滑下了山，之后蹒跚回家，他和外婆、母亲、妹妹住在一起。在生炉子的客厅的墙上，亲人们的照片旁挂着“焚而不毁之荆棘”圣母像。焚而不毁的荆棘和圣母之间的共同点在于，旧约里的荆棘丛毫发无损、未受沾染，就像圣母生下了基督的同时依然保持着童贞。

男孩看到圣像上有两个四角凹下去的四角星组成的八角星。其中一个是红色的，代表着摩西在何烈山看到的荆棘丛，另一个是绿色的，代表着荆棘丛自然的，甚至在火焰燃烧时依然不变的颜色。在八角星的中央，仿佛在荆棘丛的深处，描绘了圣母抱着年幼的基督。红星的四角描绘着天使、狮子、牛犊和雄鹰，分别象征着四福音书作者，至净圣母的左手握着梯子，意味着神之子是通过圣母来到人间的，救主也要通过她，将所有的信众带往天国。

多年以后男孩将回忆起，当家里来客人时，母亲就会用毛巾将“焚而不毁之荆棘”圣母像遮住，因为外婆坚决反对将圣像取下来，而母亲则很确信有人看到圣像会不满，报告校长，她的儿子在学校念书，而她是学校的保洁员。

如今所有这些回忆都令人微笑——小雅罗斯拉韦茨，尤里耶韦茨的西蒙诺夫山，被春汛淹没的菜园子，外公伊万·伊万诺维奇·维什尼亚科夫和另一个外公。“令我吃惊的是我总是做同一个梦。仿佛我的记忆在提醒我最重要的事情，促使我要马上回到对我来说珍贵到苦涩的地方，我已经有二十多年没回去过了。我梦见自己在扎夫拉日耶漫步，走过白桦林，走过歪斜的废弃澡堂，走过外墙斑驳脱落的老教堂，透过它那木头的门孔可以见到装石灰的铁锈色的口袋和损坏的集体农庄的秤。透过高高的白桦林我看见一幢二层的木头房子。四十年前，我出生在这所房子里，我的外公尼古拉·马特维耶维奇在铺着浆洗台布的饭桌上接生了我。这个梦是如此的有说服力，如此可信，感觉比现实更真实。”

梦，如此说来，是一个没有恶的地方，是可信性的容身之所，是被停止了的时光的存留处。

然而梦终究会醒来，终究会明白，这一切都不是现实，都是幻想，真实其实完全是另外一副样子。

比如说……

一九四八/一九四九学年度。

一所施行男女分开的教育的战后时代的学校。

防火墙边不断的斗殴，也在这儿踢足球和“墙球”，还有弄清楚和老师的关系，逃课，打牌赌钱，总之，状况危险，因为“流通着大量的小刀、芬兰刀、匕首、短剑、刺刀，甚至手榴弹和手枪”（安德烈·塔可夫斯基同班同学弗拉基米尔·库里连科的回忆）。

枪支和爆炸物所带来的致命后果，在当时的莫斯科河外区并不少见。安德烈毫无保留地接受了他又一次加入的男子团伙（我们记得，在病休前他已经处在了被学校开除的边缘阶段）的规矩，这是他用自己的方式“呼吸新鲜空气”，激烈而且失控的自我麻醉，这成为他获得自由——十七岁的安德烈·塔可夫斯基在战后的莫斯科所理解的那种自由——的方式。

弗拉基米尔·库里连科回忆：“安德烈在十年级采取了那个时代的一种幼稚然而放肆的抗议形式。有一次他出现在我们面前的时候穿着一件很旧然而依旧优雅的波纹绢大衣,戴着宽檐帽子,脖子上缠绕着一条三米长的围巾。但最大的惊喜是到了班上,他穿着黄夹克、绿裤子,打着条橙色领带。手里拿着一只大腹便便的皮包。我们用哄笑和掌声欢迎他。他仿佛在用自己的外表说:‘我想做一个人物,我喜欢穿什么就穿什么,我想怎么思考就怎么思考,我想怎么活就应该怎么活。’”

这些话无疑是一个粗鲁的少年男性气概的表露,这种男性气概是对女性世界感受(来自母亲、外婆和妹妹)的本能对抗,后者以一种矛盾的方式认为理想的男性应该是刚毅的、冷峻的、自由的,但与此同时还得是自省的、不自信的、歇斯底里的,乃至残酷的。

据同班同学回忆,阿尔谢尼·亚历山德罗维奇有时候会来学校看安德烈。课间的时候他们在大厅里聊天。父亲说话,儿子听着,然后“安德烈陷入沉思,对我们一言不发”。很有可能,谈话是关于某位 Т. П. 的,她的照片那段时间就挂在希波克头道巷安德烈和妹妹的房间里。这些谈话,以及随后父子间通信的结果是一九五〇年七月阿尔谢尼写给儿子的一封信:

亲爱的安德留沙：

你的来信令我非常触动，因为你是如此充满爱意、如此温柔地信任我，告诉我你的秘密。

我根本不认为你还小，相反，我知道你已经长大了。但我知道，除此之外，你在重大的事情上没有经验，你的性格还没有定型——也不可能定型，因为性格是在忧患的环境下养成的，需要克服很多困难，需要克服、熬过、摆脱灾祸；童年和青春越艰难，男孩长成小伙子、小伙子长成男人的速度就越快。

妈妈已经为你(而不是你自己)蹚平了一些暗礁险滩，你的童年和少年或许可以说是忧伤的，但并不是艰难的。在你这个年纪我要比你更有经验，因为我生在一个更为艰难的时代……我有一样东西，它拯救了我，并且是我人生旅途上最可靠的北斗星：即我对诗歌无法抑制的热爱……对此我有铁的纪律……妈妈理解我写诗时所具备的辛劳、苦吟、忍耐；这是我的人生学校，让我不会为自己感到羞愧……

那么，现在说说你的爱情吧……我们(我指的是我自己，但推论你也是)在感情问题中有一种不顾一切冲入任何一个深渊的倾向……我们会不再考虑其他问题，我们的视野变得如此狭窄，以至于除了我们要扑进去的那口井之外，再也看不到别的。

看在上帝的分上千万不要妄图结婚。一开始哪怕只是少放荡些也好……我告诉你的是自己的经验——除此之外的情况没有过，也不可能有……

不要让爱情把你变成一块抹布，甚至是毫无抵抗能力的弱鸡。爱情有着巨大的力量，是青春能量的伟大组织者；不要把爱情变成情欲，变成躁狂症，变成迷失自我，我将乐于见到你的感情是真正的爱情，而不是让心灵空虚的瘟疫……

就在这一年，阿尔谢尼·亚历山德罗维奇·塔可夫斯基和安东宁娜·亚历山德罗夫娜·博霍诺娃离婚，旋即又和翻译、文学工作者塔季扬娜·阿列克谢耶夫娜·奥泽尔斯卡娅结婚。我们当然无法知晓，父亲来信的内容和父亲的生活事件会在少年塔可夫斯基的脑海中交织成一个怎样复杂的形象。

阿尔谢尼有的话很可能让儿子觉得受冒犯，有的话刚好相反，让他觉得很有道理（顺便说一句，他在收到这封信不久之后就跟那位 T. П. 分手了)。老塔可夫斯基的这封信,自然和一九四三年写给在尤里耶韦茨的玛鲁夏那封是不同的,它更委婉,也更礼貌,但仍然不可能捕捉不到这种调调,字里行间透露出的那种创作者、造物匠神(демиург)的慷慨激昂可以说是摆脱不了。当然,知子莫如父,他能渗入儿子层层包裹的心灵,看透他不可避免的错误,深信自己的正确,与此同时却连一秒钟都没认真想过,在他面前的完完全全是另外一个人(不是他自己),一个有着非常复杂的内在生活和命运的人,完全不是他的影身或复制品,可以靠念某些咒语和训诫就能进行格式化的。

在回忆那个年代——四五十年代时,已经成名的电影导演安德烈·阿尔谢尼耶维奇·塔可夫斯基将会把当时的自己,马镫巷的十年级的学生,和费奥多尔·米哈伊洛维奇·陀思妥耶夫斯基一八七〇年代中期在长篇小说《少年》中描写的阿尔卡季·马卡罗维奇·多尔戈鲁基作比较。

> 但是看起来,这个人——却只是我的一个幻象,从孩童时期产生的一个幻象而已。这个幻象是我自

己想象出来的,而事实上他是另一种人,比我的想象低劣得多。我要找的是一个纯洁的人,而不是这种人。当我还小的时候,有一回我见到了他,就在这么一个短短的瞬间,我怎么会这么死心塌地地爱上他的呢?这个"死心塌地"必须消失。将来,如果篇幅允许,我会细细地给你们描写我们这头一回见面的情况;这是一个无聊至极的插曲,一点意思都没有。可是我却把它想成了一座巍峨的金字塔。我开始建造这座金字塔的时候,还小,还盖着儿童盖的毛毯,当快要入睡的时候,会哭和幻想——幻想些什么呢?——我也不知道。幻想我被人遗弃了?幻想人家折磨我?但是,折磨我的时间并不长,只有短短的两年,在图沙尔的寄宿学校。当时,他把我往那儿一塞就走了,而且一去不返。后来就没人来折磨我了,甚至相反,我自己却傲视一切,不把同学放在眼里。直到现在我也受不了那种自怨自艾的孤儿的处境!再没什么比扮演这样的角色更叫人恶心的了,什么孤儿呀,私生子呀,所有这些被抛弃的人呀,以及这整个窝囊废,对这样的人我从来就没有恻隐之心,可是他们却忽然神气活现地站到公众面前,开始悲悲戚戚，但却是用一副教训人的口吻号哭起来："你们看哪，人家是怎么对待我的呀！"我恨不得把这些孤儿们狠狠地揍一顿。在这类丑恶的老一套人中间居然没有一个人懂得，如果他们闭上他们的鸟嘴，不哭不号，也不屈尊诉苦的话，他们反而会显得十倍地高尚。既然你屈尊这么做了，那你这个爱情之子，就活该。这就是我的想法！[1]

安德烈当然知道，母亲爱读陀思妥耶夫斯基，因为他经常撞见母亲在厨房手捧一本费奥多尔·米哈伊洛维奇的书。他也知道，母亲还喜欢果戈理。但热爱的程度似乎低得多……

---

① 臧仲伦译，译文略有改动。

第九章　可怜的约伯

一九四九年十二月二十一日，马镫巷学校的礼堂里，为斯大林同志七十大寿献礼的盛会正在进行着最后的准备。主席台挂上了大红布，舞台后方的墙上挂着约瑟夫·维萨里奥诺维奇的巨幅画像，画像上装饰着缎带做成的花。

校长的创意是，庆典期间要把为祝福领袖生辰特制的两米长、一米半宽的油画举入礼堂，画面上是一个身穿学校制服的女优秀生，在黑板上用粉笔写下“光荣属于斯大林同志！”并且面露微笑。

这个光荣的任务落到了高年级同学肩上。然而在排练把画举进礼堂并捧上舞台的时候，绰号“洪都拉斯”的留级生(校长特意给他这个殊荣,以期他走上正路)在刚刚漆过绿油漆的狭窄楼梯上一脚踩空,摔倒了。他自然没能抓住画,它摔倒在地上,发出沉重的响声。画框摔散架了,歪斜后把画布弄破了。事件围观者不合时宜的哄笑马上被历史老师和化学老师可怕地呵斥住了,而背后人称"鹭鸶"的地理女老师马上跑去报告校长。最终的方案是用一块窗帘将优秀生遮挡住,免得好事者看见这事儿有多大,慢慢把它移到一层防空洞入口处旁边的厢房里。

从此再也没人见过那幅画。

可以理解,关于这幅画产生了很多不同版本的传闻和秘密。例如,有人说,晚上这个优秀生沿着学校空荡荡的走廊走来走去,用粉笔在墙上写不得体的文字,还有传闻说,优秀生是照着高年级学生安德烈·塔可夫斯基——那个有一天出现在班上,穿着黄夹克、绿裤子,打着红领带的人——的妹妹玛丽娜画的。

玛丽娜·阿尔谢尼耶夫娜·塔可夫斯卡娅在《镜子的碎片》中写道:

> 我们老师说,让我们明天穿领子干净的衣服,红领巾要熨好——有个画家要来我们这儿。第二天班

上来了一个小个子，有着演员一般茂密蓬松、夹杂着斑白的黑发，就好像查理·卓别林一样。我们乖乖地坐在那儿看着他，他观察着我们。他要为下一幅画选模特。这幅画的名字要么叫《女学生》，要么叫《优秀生》。

画家选了我。我得站在黑板前，用粉笔写“光荣属于斯大林同志！”我写字不好，最后这些字不得不由老师替我写。就这样，我开始在课后就得留下来站在黑板前，手拿粉笔。我们在学校的早饭是一个小面包圈和两块枕形糖果，到了下课的时候已经很饿，头晕眼花了，可我还是在黑板前站啊站……

春天来了。我的同学们要么在外面玩棒球，要么手拉手去“突击手”电影院看电影。可我还得举着发麻的手拿粉笔，举在黑板上感叹号下面的点旁边，在画家的画板前摆着姿势。在只有苏联学校才可能有的明亮的课堂里，一个穿着校服，系着红领巾的瘦弱女孩，用美丽的、像字帖一般的书法写下对领袖的致敬。

也是在一九四九年，阿尔谢尼·亚历山德罗维奇·塔可夫斯基接到苏共中央的任务，要将“所有运动员的朋友”青年时代的诗歌从格鲁吉亚语译为俄语。这个倡议来自中央政治局委员拉夫连季·贝利亚，他提议出一本豪华装帧的俄语版。这个任务是要担责任的，不是每个人都能得到信任（参加者当中还有鲍里斯·帕斯捷尔纳克）。

可是在逐字翻译本被送上塔可夫斯基与同行的写字台后不久，这个项目突然被停了，据说这是因为斯大林同志出于他本人特有的谦虚，决定不出版自己拙劣的诗文。由于中断的方式很猝然，所有人都在等着那个时代这种事情会发生的众所周知的后果。可是，并没有后果发生。

这件事情弄明白已经是后来的事儿了，鲍里斯·列昂尼多维奇和约瑟夫·维萨里奥诺维奇通了电话。当领袖请他“读一读并评价一个朋友的诗歌”时（斯大林这么说自己的诗歌），佩列杰尔金诺的隐士①直言，诗写得很差，“建议您的朋友最好从事别的工作，如果他有的话”。“谢谢您的坦率，我会这么转告他的。”电话那边答道。

很有可能，阿尔谢尼·亚历山德罗维奇很早就知晓了这段对话的要点，在读了十六岁的约瑟夫·朱加什维利②的诗歌时就知道了，《早晨》是其中之一，被收入《母

① 指帕斯捷尔纳克。

② 斯大林本名。

语》教材，一九一二年出版于格鲁吉亚。

风儿散发着紫罗兰的味道，
草地上露珠闪耀，
周围的一切都在苏醒，
玫瑰色的晨光破晓。
云间的歌手
唱得越来越起劲，越来越甜美，
夜莺不停地与世界分享快乐：
“祖国啊，你那美的彩虹
让你有几分悦意，
每个人就该用工作
让祖国有几分悦意。”

“直奔斯大林奖金一等奖而去……”——翻译小组里有人对这些诗这么开玩笑。谢天谢地，这些话没有传到那位假想的获奖者耳朵里。

安德烈·塔可夫斯基在采访中说：“我认为，最差意义上的浪漫主义体现在，艺术家陶醉于自我肯定，在艺术中的自我肯定。这就是他的目的本身。这种浪漫主义的特点令我厌恶。总是会产生一些自命不凡的形象和艺术概念。比如席勒,他的主人公骑着两只天鹅漫游,您还记得吧?这真是一种媚俗。对于非浪漫主义的诗人来讲这是无法忍受的!可是席勒就应该是这个样子的。瓦格纳也可以如此理解。整个儿这种浪漫主义在很大程度上是残缺的。这是一种自我肯定的愿望。这是一种自我中心主义,一种西方式的自我中心主义。顺便说一句,在俄罗斯和波兰,总的来说,从来没有过这样的自我中心主义。没有过艺术家会那么滔滔不绝地谈自己,像诺瓦利斯、克莱斯特、拜伦、席勒、瓦格纳那样……这对我而言是最最厌恶的。可怕的自命不凡,那种被肯定、证明的愿望。把自己当成世界的中心。这与另一个世界——与诗意的世界(我将其与东方、东方文化联系起来)截然对立。比较一下,例如,瓦格纳,甚至是贝多芬的音乐,都是大喊大叫,是自我的独白。快来看哪,我是多么可怜,多么卑微,我简直就是约伯。快来看哪,我是多么不幸,穿得多么破烂,没人受过我这么多的苦!看见了吗,我像普罗米修斯那样在受难。现在看一看我爱得多么深沉!看一看我……您明白吗?我!我,我,我,我!不久前我专门拿来了公元前六世纪的音乐(中国道家的仪轨音乐)。

它绝对就是将个性化为空无。在自然中,在宇宙中。亦即完全相反的特质……精神的伟大正寓于此。”

故意突出极为个人和隐秘的元素,将自己的种种个人体验变为一个木偶戏舞台,玩弄自怜的游戏,如我们所指出的,无论是对于作为导演还是作为人的塔可夫斯基来说,一直都是庸俗,且最终都是谎言的同义词,原则上不可能与艺术有任何联系,因为满是华丽词藻是不可能阐述爱的。

《索拉里斯》中,克里斯·凯尔文说:“你知道吗,一旦展现怜悯,我们就会空虚……或许这句话是对的:痛苦给我们的全部生活蒙上了悲伤可疑的模样。但我不承认,不,我不承认所谓的‘若非生活必需,就会对生活有害’。不,不会有害的,当然不会有害。记得托尔斯泰怎么说的吗?他因为不能够爱全人类而痛苦?从那时起到现在多少年了?我不知为何无法想象,帮帮我。好吧,比方说我爱你,但爱是一种只可体验、无法解释的感受。能解释的是概念,但你爱的是那些会失去的——自己,女人,故乡。直到今天,人类、地球纯粹就是爱所不可触及的……或许,我们在这里只是为了第一次像感知爱的理由那样感知人类,不是吗?”

但与此同时圣经里说过,“要爱人如己”①。也就是说,只要没有在同时理解自己各种优缺点的意义上胆怯、诚实地对待自己,没有明智,没有自尊感,没有深信自己被赋予的其实来自上帝,这些关于爱人类的对话和思考都将是空洞的。

如此看来,去理解、提取(如果可以这么说的话)安德烈·塔可夫斯基如此激烈地否定作为创作和生活的形象、作为独特的生活范式(mode de vie)的浪漫主义的意义是很有意思的,因为与此同时,自白性和对私人经历(尤其是童年经历)的聚焦性是他最根本的特征。我以为,这里极为重要的是投射(就像在电影中那样),是在现实生活中对感性元素的鲜活体现,而且体现在乍看起来极为不同、不可相提并论的各种位格中:浪漫主义或后现代主义,经典或后朋克,先锋派或批判现实主义。

对于安德烈来说,他的父亲是一个活生生的抱持诗意的、极端情绪化的、很大程度上是浪漫主义的世界观的例子。不,不是某种克莱斯特或拜伦、席勒或莱蒙托夫、雪莱或茹科夫斯基笔下神秘的、神话般的人物,而是生活中的亲

① 《新约·马可福音》12:31。

人，他住在党委巷，参加过战争，离过两次婚，他的痛苦不仅是他自己的痛苦，而他的抒情主人公有着种种绝对可以解释的、相等的、完全可以为其亲友所理解的动机。

穿着破衣烂衫，遭受麻风病和各种大灾大难的“可怜的约伯”的形象在安德烈的话里是很有代表性的。这个圣经人物招致了神的暴怒，但同时也在引起怜悯和遗憾，并在潜意识层面起着作用——他鲜明而深刻地补全了阿尔谢尼·亚历山德罗维奇塑造的、被他当作诗歌理想的抒情诗主人公的形象，因为约伯遭受的那些悲剧般的考验，被认为是应该的，是由于某一次做出的选择而必然要遭受的牺牲。

后来老塔可夫斯基这样书写自己：

> 我被所有生与死之血召来生活，
> 我生在这样一个时代，
> 民族不知名的天才
> 为事物与现象的肉身，
> 赋予灵魂，为它们命名。

战后的生活一边是崩溃、板棚、土窑、赤贫，另一边则是斯大林式的庞大建筑、工业怪物、各种伟大胜利，这种背景下，那颇有些野蛮的、阴间的浪漫主义浮夸（毫无疑问是极为真诚的）被视为某种来自异样的，早已消失，甚至或许从未存在过，只是臆造出来的生活。诗人根据自己的准则生活，他无条件地遵循这些准则，而且他和日常生活、因循守旧的日子是间接地通过周围的人发生关联的，他们总在一旁，并在环境的力量下只能成为多幕剧中的配角，而主角则是创造者、艺术家。

当然，儿子不可能感受不到，父亲生活在某个谜一样的平行世界，他现在或过去所交往的那些人的名字，已经属于历史、永恒、俄罗斯文学，而他本人也属于这个世界，这个世界的大门对于他们之外的人，包括亲人在内都是紧闭的。

比如，一九四六年的冬天，在格奥尔吉·申格利的家里，阿尔谢尼结识了安娜·安德烈耶夫娜·阿赫玛托娃，一九二一年被苏维埃政权枪决的诗人和旅行家尼古拉·古米廖夫的遗孀，在集中营里总共度过十五年之久的历史学家、民族志学者列夫·古米廖夫的母亲，最后，她是一个作品首先被粗暴批判的诗人，而批判她的就是我们已经提到过的联共（布）中央组织部关于《星》和《列宁格勒》杂志的决议。

作家利季娅·李别进斯卡娅回忆:“塔可夫斯基和阿赫玛托娃的友谊有一种绝对崇高的、感人的、同行相惜的特色,是两个深谙彼此身上有某种普通读者难以理解要素的诗人之间的关系。”文学研究者、传记作家叶夫多基亚·米罗诺夫娜·奥利尚斯卡娅(1929–2003)在《两个声音的唱和》一文中把他们的友情写得很有意思。阿尔谢尼·亚历山德罗维奇本人喜欢读阿赫玛托娃的诗,他边读边思索,看似波澜不惊,最后一行用一种半疑问的语调收尾,因此这首诗似乎便往深处延伸……他熟记很多她被认为是反叛的、不能发表的诗……两人所共有的人之尊严感、善良、对时局的反感让他们亲近起来。关心人的态度,倾听对话者的能力也让他们彼此接近。两人都有着不轻松的命运,读者通往他们作品的道路许多年来都被切断。他们都是信徒,这一点在他们的关系中也发挥了非同小可的作用。对普希金的爱把他们联结起来,对他们来说,普希金永远是一个活生生的对谈人。阿赫玛托娃献给这位她所热爱的诗人的诗文、阿·塔可夫斯基的文章《诗歌的语言与语言的诗歌》,以及他诗歌前引自普希金的题词都已经证明了这一点。塔可夫斯基认为阿赫玛托娃是俄罗斯诗歌普希金传统最忠实的继承人……有一个创作领域阿赫玛托娃承认阿尔谢尼·亚历山德罗维奇是强于自己的，那就是诗歌翻译。因此她所有的译诗都读给塔可夫斯基听，很重视他的意见……

不过阿赫玛托娃与塔可夫斯基的关系也并非万里无云。尽管塔可夫斯基对阿赫玛托娃一直有一种崇敬的感情，但是他在评论她的作品时从不违心说假话。安娜·安德烈耶夫娜经常把新作读给他听，要求他说出自己的意见。有时候他不喜欢这些诗，就开诚布公地讲出来，习惯于听到狂热赞美的阿赫玛托娃此时就会沮丧。在读过阿赫玛托娃关于莫迪里阿尼的回忆录后，塔可夫斯基说他不喜欢，并且补充说：“与其浪费时间在这些上头，还不如写点新诗。”阿赫玛托娃很生气，他们一连几天没有见面。塔可夫斯基听了妻子的建议，已经准备买一束漂亮的花，前去登门求和了。然而阿赫玛托娃自己打来电话说：“阿尔谢尼·亚历山德罗维奇，我们是朋友，这意味着我们要彼此支持，善语相向。”

一九六六年在科马罗沃公墓送别阿赫玛托娃的时候，塔可夫斯基说：“从未有女性有过如此强大的诗歌天赋，如此绝对的和谐能力，对读者的心灵产生如此不可抗拒的影响力。”

“和谐”“强大的天赋”“不可抗拒的影响力”——这些

修饰语也完全适用于他本人的迷人天性。可这些兴奋的定义每次都是给外人的，无疑，这都是些伟大的、很有天赋的，甚至是天才的人，但终究是外人，就像他的关注同样也都是留给他们的。可以推测的是，这会引发嫉妒，尤其是孩童的、潜藏的委屈，缺爱的感受，以及对于抢走此爱的人的仇视。明白自己被神遗弃的无助感，在无法克服的困难面前感受到的病态的虚弱，寒战，发热，就像他小时候出水痘或发麻疹时一样，令人在高烧引起的海市蜃楼般的幻象中迷失。

潜行者就是这样迷了路，在没有天花板的走廊里，在半倒塌的屋檐上跌跌撞撞，陷进管道里，他的衣服湿透了，他的声音像是从地下飘荡的回声，离开地下的出口就在一旁某处，然而这却完全不能让他的探索变得轻松。与此同时，他轻声地、几乎是喃喃自语地，仿佛在和第二个“我”交谈：“让所有心愿都得以实现。让他们相信，并嘲笑自己的欲望，因为他们所谓的欲望，本质上不是心灵的能量，它只是心灵和外部世界的摩擦。最主要的，是让他们相信自己，成为像孩子一样无助的人，因为强大处下，柔弱处上！人之生也软弱、柔韧，其死也坚强、干硬。草木之生也温存、柔嫩，其死也枯槁、坚硬。是故干硬、强力者，死朽之伴，软弱、柔韧者，万有之鲜。是故硬者不胜。”

然而此处父与子、抒情诗主人公与现实生活中的人、浪漫主义者和现实主义者是冲突的，其中的矛盾很难解释，克服它也极为痛苦。话题说的正是这个。通常，人们在否定和指责什么的时候，总会不由自主地被这种否定所吸引，发现它大有教益、富有成果。可以理解，说出来的揭露是停留在浅表层的，有时完全不会触及情况的内在结构和对它的深度理解。塔可夫斯基在以肤浅、庸俗、自私为由批判浪漫主义与自恋作者的同时，他的内心无论在创作还是在生活中，都在为这种行为正名，只有一处修正，那就是他自己当然能够避免父亲曾经犯下的过失。

顺便说一句，这也是可以解释的，因为他看见了一切，记得一切，并且不允许它们再发生，他觉得自己走的不是宽路，而是一条窄路，就像救世主的登山宝训所说的那样："你们要进窄门。因为引到灭亡，那门是宽的，路是大的，进去的人也多。"①

山脊的积雪融化成了一条条黑色的舌头，仿佛一件件被风吹干的修士的法衣。

---

① 《新约·马太福音》7：13。

绕过被雪堆压歪的围墙，凿开尖锐的云母般的冰层，一队人慢慢地走向因此被称作“攀援之冈”的小丘顶。①

一步，一步。

不曾停歇。

骑兵在远处观察着发生的一切。

孩子们带着狗坐在雪地上，相视而笑。

走在队伍最前列的是一个穿着草鞋、赤裸的身体上裹着破袍子的人，他拖着一个沉重的松木十字架。沉重的十字架令他步履艰难，跌跌撞撞，不断跌倒，而十字架滑落在雪地。在一个戴高毡帽的瘦老头的授意下，马上就跑过来两个威武的侦查骑兵，架着他的胳膊，继续拖着他向陡坡攀登。行列中有人抬起十字架，继续往上前进。

山脚下的雪地上坐着一个披头散发、没有戴头巾的女人。她用完全疯狂的、呆滞的眼神看着前方，裂开的嘴唇翕动着，显然她说着什么或祈祷什么，但要听清她的话却是不可能的。

终于，行列到达了坡顶，骑兵将十字架固定在事先于上

① “攀援之冈”（Горовосходный холм）亦称“天梯”（Лествица），是供教会唱诗班歌者学习乐谱的金字塔状图案，在其上均匀地标识各个音符的位置，以便形象地表明每个音的音高。

冻的地里挖好的坑里，并用石头堆靠在十字架上，踩实了，扬上雪，然后点燃了篝火，上山的人都聚拢来了，除了那个背负十字架、穿草鞋、衣衫褴褛的人。

刚才冷眼观察着这一切的骑兵，开始驱赶孩子和狗，驱散歪斜的围墙边聚集的看热闹的人。尖叫声、孩子的哭声、狗吠声此起彼伏，有人在雪地上奔跑，有人从山丘结冰的山坡滑下来，有人打翻了刚刚从河里打上来的水，这水旋即结了冰。马儿瞪大眼睛四下张望，戴高毡帽的瘦老头在高处看着这一切。

他热泪盈眶。

他抬起手，顿时一片寂静，只能听到那个就要被钉上十字架的人在大声祷告：

> 我们在天上的父！愿人都尊你的名为圣。愿你的国降临。愿你的旨意行在地上，如同行在天上。我们日用的饮食，今日赐给我们。免我们的债，如同我们免了人的债。不叫我们遇见试探，教我们脱离凶恶。因为国度、权柄、荣耀，全是你的，直到永远。①

① 《新约·马太福音》6：9-13。

他祷告的声音很大，很倔强，仿佛在要求祂，要求祷告对象马上给他回应和帮助：需要食物、宽恕和免遭魔鬼诱惑，需要从凶猛的死亡中得到拯救。可是安德烈一直深信，是不能跟主用这样的语调交流的。

那是在拍摄《安德烈·鲁布廖夫》中金帐汗国攻占弗拉基米尔，火烧十二世纪圣母安息大教堂的屋顶的时候。也就是说拍出来的应该是装沙子的特质铁皮槽里的烟幕筒的效果。但不知为什么没有放砂土，铁皮烧得通红，木头的楼板冒烟了。

弗拉基米尔–苏兹达尔文保博物馆馆长阿利萨·伊万诺夫娜·阿克肖诺娃告诉我：当天有人对她说，圣母安息大教堂的穹顶着火了，叫了消防队。阿利萨·伊万诺夫娜去了摄制组下榻的弗拉基米尔宾馆。塔可夫斯基紧张地在房间里走来走去，扭着双手，咬着指甲，几乎说不出话，差点哭了。跟他合写剧本的安德烈·康查洛夫斯基瘫在圈椅上，对他说，这就马上回莫斯科，因为这与他完全无关。最后火被扑灭了，很快这场戏又重拍。但从此与电影人的关系就没那么友好了，或者说，结下了梁子。

安德烈·塔可夫斯基在《雕刻时光》中写道："我总是

感觉，任何一个人，就像任何一个艺术家（无论各位同时代艺术家彼此在立场上，在美学和思想偏好上有多大分野），都是他所处现实的合乎规律的产物……显然，每个人都表现着自己的时代，并自带时代的种种特定规律性，无论他是否喜欢这些规律，无论他是否乐于去认识现实的那些被大家视而不见的方面。就像我说过的那样，艺术首先对人的情绪，而不是理性起作用。”

因此，阿尔谢尼·亚历山德罗维奇所说是对的，有时会导致盲目和疯狂的过度情绪化是塔可夫斯基家族的特征。先是一见钟情，然后才深入其中，很容易导致失望，导致认识到自己错了，感觉没了，只剩下心里的忿恨和冰冷。

和安东宁娜·亚历山德罗夫娜·博霍诺娃分手是痛苦的。他们的不睦在战争将近结束时就开始了，阿尔谢尼的残疾、不定、无助，作为诗人（而不是翻译家）无法发挥自己的才能，只会加深他们之间的鸿沟。

当离异已经无法避免的时候，安东宁娜·亚历山德罗夫娜确诊罹患不治之症。然而开弓没有回头箭。

她于一九五一年三月二十二日离世。

对于她的死，塔可夫斯基用如下诗行回应：

生活让我多少
习惯了葬礼。
感谢上帝，我们
年复一年，遵守次序。
然而我的同龄人，
我曾经的伴侣
却已离去，未遵循
摇摆的存在规则。
在她的安魂弥撒上
我带来几朵毫无用处的玫瑰，
一起带来的还有
欺骗的回忆……

“欺骗的回忆”仿佛是要说服自己，过去的一切都没发生过，更确切地说，它根本不像想象曾描绘的那样——模糊的猜测，错误，最终是狂暴的，但与此同时催生了对于崭新的、隆重的，并且更加不可思议的浪漫神话的希望。

安德烈从父亲那里继承了这个特质。

安德烈·塔可夫斯基第一个妻子伊尔玛·雅科夫列夫娜·劳什回忆:“安德烈带我去了戈利岑诺——他父亲在那里有个小别墅。能感觉得到安德烈对此有点庄重,而我一路上因为内心的抗拒而敷衍着。我们到达的时候,阿尔谢尼·亚历山德罗维奇自己一个人在那儿。到处都是图书和唱片。窗边的三脚架上有一个很大的望远镜。播放着音乐,阿尔谢尼取下了唱片,安德烈又放上去,但不知为何走过时又把它给取下了。我记不得他们在说什么——好像也没说什么,但我一言不发。他们的外表好像并不相似,但一望而知他们是父子。或许,他们内在的精神构造是一致的……我对安德烈身上的许多东西有了更多的了解。我开始隐约觉察出再过几年安德烈会变成什么样子。阿尔谢尼·亚历山德罗维奇有一双引人注目的眼睛——智慧而良善——还有目光也是,仿佛他既在和你交流,但与此同时也只是出于礼貌顺带看过来……这一切我很可能是到后来才真正看透,才理解是什么把父亲的诗歌和儿子的电影联结在一起。它们都有一种特质:在人身上唤起一种他自己只能隐约领悟的东西。”

第十章 命运的改变[1]

这个穿着黄色夹克,头发上过油,戴着博尔萨利诺帽,穿着时髦的人字纹大衣的青年,在莫斯科河外区当然是大名鼎鼎。安德烈先是学校戏剧小组,后来是在位于大波良卡街的少年宫舞台上排练的戏剧工作室的"明星"。

据工作室的人回忆,"安德烈在舞台上真的很帅气——穿着燕尾服,打着领结,面色苍白,长长的黑发,举止高雅而自如。在他念白、迎送自己的舞伴,甚至掠起垂到脑门子上的长发时,都有一种与生俱来的上流社会式

① 《命运的改变》是苏联著名导演琪拉·穆拉托娃一部电影的名字(敖德萨电影制片厂,1987),改编自英国作家毛姆的名作《信》。

的漫不经心”。

少年塔可夫斯基“戏精”的特点不仅表现在舞台上。所有人都和他说这一点,他自己对此也有着清晰的感受,感到在逢场作戏的时候有一种难以言传的快感,这种逢场作戏是美貌、虚弱与感伤的内面,而后三者则可以追溯到在五十年代初已被半遗忘、半禁止的白银时代。

消瘦的、神经质的面庞。

傲慢的冷淡。

迷离的眼神。

仿佛被剃刀修整过的薄薄的嘴唇上总有一抹神秘的似笑非笑。

“塔可夫斯基,您用口红啦?”

“瞧!瞧!没有!”就像二十六年前阿尔谢尼·塔可夫斯基回答同学们一样,塔可夫斯基用衬衣袖子擦擦嘴唇,可是他的嘴唇因此更红了。

安德烈尤其擅长扮演阿纳托利·巴里亚诺夫话剧《在另一方》中的白俄流亡者涅茨韦塔耶夫,叶夫根尼·彼得罗夫戏剧《世界之岛》中的朗贝蒂伯爵,尼古拉·果戈理《五月之夜,或溺水者》中的哥萨克列夫科。

至于这个刚在业余戏剧圈子里起步就出名的角儿对

学业无甚兴趣,则是另一回事。

玛丽娜·阿尔谢尼耶夫娜·塔可夫斯卡娅回忆:

我和安德烈不在同一个学校,他在整个莫斯科河外区闻名的第554中学,在马镫巷。俗话说,上梁不正下梁歪,第554中学的校长是个没什么坚定准则的酒鬼,因此学校的成绩和风纪很坏。在大变革的时代学校就像地狱一般。乌烟瘴气从卫生间的门缝一直飘散到走廊。学生们在这有毒的烟雾中飞奔,扫荡所有路过的人们—— 一年级学生,老师,还有偶然路过的,比如像我这样的人。

我想,在这个地狱里聚集的恶人当中,安德烈是最恶的之一。因为在他的记分册里老师们写满了给妈妈的告状:"干扰上课","和旁边的人交头接耳","读闲书","上课迟到","课堂上唱歌"。

这想必是个存心的姿态,是在表演解放天性,这给同学们,尤其是哥萨克巷第559女校的同年级女孩子们留下了深刻印象,玛丽娜也就读于该校,她们常去少年宫的戏剧工作室看戏。

但是父亲对儿子的兴趣是持怀疑态度的。在给安德烈的信里他质疑道："那你的前途怎么办？还有比一个二流的（姑且就算）演员空虚而无所事事、毫无益处的生活更可怕的吗？"

看来，这些问题又产生了另一些完全不同的问题。

儿子在潜意识中自然是在重复父亲的行为，只不过他采取了一种夸张得多的方式。因为，在安德烈看来，属于阿尔谢尼的诗歌奥林匹斯山，是一个非常讲究的演戏的地方，猛烈的情感、刺人的激情和疯狂的爱情不仅仅是创作者的独特培养基，也是其必不可少的象征物、彼此更替的面具，舍此就活不下去。为什么父亲感觉不到这一点？假如他感觉到了，又为什么不想让儿子走他的道路呢？原因在于（对于安德烈而言是非常冒犯的），阿尔谢尼·亚历山德罗维奇那时没觉得儿子有任何天赋，无论是文学、美术、音乐还是科学——他只是莫斯科河外区寻常的一个浪荡儿，让自己离异的父母操碎了心，他渴望自我表现，却眼高手低，有时甚至做得很蠢。

在给安德烈的信中父亲喊道："要知道，谁也不知道你有没有天分，值不值得为此耗费那么多精力，全身心投入。万一你没有呢！"接下来就是在这些情形下理所当然的，因而也就是老掉牙的话——呼吁回归正派，外加建议继续在中学学习："进高等学校，接受任何一种教育，哪怕是在该领域（某种精确知识）里工作一年，假如到时候还有对艺术的需求（假如天赋超过业余爱好者水平的话，那就还会有）——那就学什么艺术都可以，哪怕上演员专科学校。"

就这样，父亲的问题被悬置了，但是又产生了另一些儿子必须回答的问题，而且，他要独立完成，根据自己的理解，并且把这个痛苦的过程延续很多年。

后来，安德烈·塔可夫斯基虽然是间接地，但到底还是回答了这个"可恶的问题"："天赋并不是神赋予的，而是上帝注定让人背负天赋的十字架，因为艺术家是追求终极真理的人。"

然而，注定（这个词在安德烈·塔可夫斯基的文本中经常见到）本身就是一种判决，是苦难和不自由的同义词，是承受十字架的、只有少数人才能经受住的考验。准确地说，没几个人能活过这场考验。

因为，就像《作家日记》中所说的："俄罗斯民族最根本的精神需求就是对于苦难不间断的、难以遏制的、随时随地的、寓于一切之中的需求。它这种对苦难的诉求似乎亘古绵延。苦难的河流流淌过其整个历史，它并非源自单纯表面上的不幸和贫困，而是自民族心灵本身之中喷涌而出。俄罗斯民族即便在幸福中也有一部分苦难存在，否则它的幸福对于它来说是不完整的。有时候，甚至在俄罗斯历史上的高光时刻，它都没有骄傲的或趾高气扬的样子，而是深受感动到痛苦的样子，它叹息着，将自己的荣耀归于主的仁慈。俄罗斯民族仿佛是在享受自己的苦难。”

安德烈在学校空荡荡的走廊里踱步的时候，这些话在他脑海里回荡，墙上那些大胡子的俄罗斯作家不无责备地看着他。而费奥多尔·米哈伊洛维奇·陀思妥耶夫斯基的目光似别有深意。

然后安德烈去了学校的操场。不知为何这时没有人。他坐在凳子上。

二楼校长办公室亮起了灯。

暮色渐渐笼罩了街道、学校的楼舍、操场，去年九月一日种下的树，抹灰的砖体的大门。一切都在迅速变化，就在眼前，街灯也在慢慢地亮起来了。

心情、四季、昼夜都在改变。

命运也发生了改变。

“不应有情感与灵魂，而应有精神！”这就是安德烈对父亲所提问题的回答。

他多年后才说出这句话，但那时，在一九五一年，这个念头就已经成熟了。当时，安德烈从第554中学毕业后，进入东方学研究所的阿拉伯学部就读，但是一年半之后他就毫不犹豫地放弃了，只是因为他明白，以后永远不会搞这些的。

顺便说一句，父亲对儿子的这个举动表示了理解，母亲刚好相反，觉得非常可怕。安德烈不想去学校取证件，就让妹妹去代取。

这对于小塔可夫斯基世界观的形成是非常典型的一个时期：既然要反着走，那么越差就越好。

玛丽娜·阿尔谢尼耶夫娜·塔可夫斯卡娅回忆：“安德烈非常以自己没有入团为傲。尽管他最初是很想加入共青团的。因为所有人都入了。这就像是……一件非常基本且必需的事儿，应当完成但很平常的一个规定。比方说，你十四岁了，学习不错，也不是流氓，不是差生，这就意味着你得入团，写申请书……所有人都是团员，而安德烈却不是，这让他很受冒犯。他想和所有人一样。总之，往往当他意识到，自己和所有人不一样时，他会非常想成为一个普通的、平凡的男孩和少年。所以他也写了入团申请书。然而在会议上，他的一个朋友（如今已经作古）发言说，安德烈不够资格入团。安德烈没有被接纳，他很伤心。”

意识到自己与众不同，所以想趋同，这是一件非常有诱惑力的事。在青春期它会把人推向大无畏精神，推向一种最为极端的展现内在的自由的方式。

安德烈·塔可夫斯基在《雕刻时光》中写道：“戏剧性在于——我们不擅长做自由的人——我们为自己要求的自由是要由别人买单的，但我们却不愿为别人放弃任何事情，认为这会有损我们自己的自由和权利。我们今天所有人都是难以置信地自私自利！然而自由不在于此，自由在于，要学会不向生活和周围的人作任何索取，但严格要求自己，乐意付出。自由寓于以爱之名所作的牺牲中……潜行者看上去很弱小，但是，由于自己信仰的力量和服务于人的意愿，实际上恰恰他才是无法战胜的。那些认为他们正在自由地创造自己，并且认为这是可以做到的艺术家令我惊讶——一个艺术家注定应该明白，创造了他的是时代，以及他身处于其中的人们。”

因此，这甚至不是感觉，而是十九岁的安德烈对于未来应该是另一种样子的预感,而事实表明这种预感胜过对父母,以及对他自己的责任感,因为在与母亲进行了漫长而沉重的掏心掏肺之后,他发誓要一直做对的事情,并“改邪归正”。但是在最关键的时候(就像留级生洪都拉斯那样)他失足摔倒了,他摔跟头不是因为不会走路或瘸腿,而是因为他敏锐地感到这不是他自己的路。

我既年轻又衰老,既智慧又愚痴。
紫罗兰散发着死亡的味道,夹竹桃——像是希腊榛子。
生气时的唇角那嫌恶的皱纹
仿佛带着勉强的笑,轻轻地说“用不着”。
但是有没有爱过,我不知道,可是
我所记得的,正唱着走调的和谐音,
而头发蓬乱的差生大衣里藏着手枪,
你纠缠不休又正派地在一旁迈步。
假如一旁是墙——你在墙上打了滑,
如果是水洼——你就在阳光下的水洼里颤抖……
即便在黑暗的公寓里也可以如此……在皮带上……

我不能没有你！我当然需要你！
你将帮我在口袋里面摸到扳机，
并抬起黑色的蓝皮钢枪膛指向脑袋，
从此你永远孤身一人了，
我忠诚的、缄默的、目盲的、温顺的朋友。

这首叫作《阴影》的诗，是安德烈·塔可夫斯基于一九五五年四月完全以父亲的风格写成的。这个时候他的生活中发生了一系列事件，用未来导演的话说，在很多方面改变了他，几乎对他个性的形成、对自身命运的领会起到了最重要的作用。

一九五三年冬天，在玛丽亚·伊万诺夫娜的努力下，安德烈被莫斯科金矿勘探科学研究所（现在的中央有色和贵金属地质勘探科学研究所）附属的图鲁汉勘探队柳马康分队录用为标本采集员，同年五月他就去库列伊卡河（叶尼塞河在图鲁汉斯克地区的支流）勘探了四个月。这是新生活的考验与波折的有趣而充满前景的开端！

玛丽娜·塔可夫斯卡娅回忆：

用安德烈一位同学的话说，他是个一等潮人：他喜欢爵士乐，这当时苏联还是禁止的，他的穿着打扮也很爵士。在当时这某种程度上当然是对灰头土脸、千篇一律——衣着、思维等等——的社会抗议。当时有一些青年团体，他们是朋友，他们穿着相仿，留着相似的发型，听一样的爵士乐……跳摇摆舞。安德烈舞跳得很棒，很懂音乐，总之他在音乐上非常内行，有绝对听力。他甚至可以玩乐队——弹钢琴，玩打击乐。

妈妈特别不喜欢这些。首先她觉得这是无所事事的表现。其次，这很危险。潮人会被捉拿，剃头，蹲小号，瘦腿裤会被剪开。身穿一样制服的共青团员在大街小巷巡逻。

我们只能猜测，这位“潮人”对命运如此出乎意料的转折会有多么错愕的反应。他不会不明白，去图鲁汉斯克地区这种独特的“流放”（一九五三年三月斯大林同志去世，他当年也曾流放此地）是母亲有意识地为他安排的。因为他后来承认，从东方学研究所出来后，他陷入了“发臭的谢尔普霍夫卡”的一个“坏团伙”，不工作也不学习，而如果不下点狠手将他“驱逐”到库列伊卡，真不知道事情会如何收场，因为在这种意义上能提供给一个莫斯科河外区二流子的选择是很有限的，要么“被做掉”，要么被抓起来。

一九五三年三月二十七日苏联最高苏维埃主席团令：

> 作为巩固苏联国家和社会制度、提升国民福利和文化水平、提高公民觉悟，以及公民诚实履行自己社会责任的结果，法制和社会主义秩序得到了加强，国内犯罪也极大减少。
>
> 苏联最高苏维埃主席团认为，在这种情况下无须继续在监禁地拘押那些所犯罪行对国家危害不大，并且已用他们对劳动的勤恳态度证明，他们能够重返诚实的劳动生活，并成为对社会有用的一分子。

政治局委员、苏联内务部长拉夫连季·贝利亚在这项法令的说明书中说，这是苏联的人道主义行为，而在古拉格的两百五十二万六千四百零二人中，只有二十二万一千四百三十五人是“极为危险的罪犯”。也正是在那时取消了苏联内务部下属的特别会议①,这意味着任何人未经法庭审判都不能被判刑。

也就是说,安德烈去往图鲁汉斯克地区的时间节点,正是成千个过去的囚犯从那里返回社会的时候。

显然,这不是用这种方式改造自己已经成人的儿子的最佳时机,至少因为无法从这趟旅途回来的可能性还是很大的。据制图工程师(一九五三年是实习地质勘探员)奥莉迦·甘钦娜回忆,叶尼塞河上很多船由刑满释放犯劫持,各个区中心城市里实际上并没有苏维埃政权,警察系统不再运转,商店和储蓄所经常被抢劫,大城市里调入了常规军。但是做出的决定无法收回,安德烈正是在这种时候来到了这些地方。

玛丽亚·伊万诺夫娜·维什尼亚科娃-塔可夫斯卡娅在日记里写道:“星期一安德烈走了。当然这不是出路,但总是条路。他会发火,斗殴,粗鲁,但是我孤身一人……需要一个男人当家的、气氛其乐融融的好家庭。”

最初,塔可夫斯基并没有给这些富有阅历的大地测

---

① 一九三四至一九五三年间苏联内务人民委员部/内务部下属的一个行政机构,可以不通过司法程序将其判定的违碍人士送去流放或投入劳改营,在二战期间甚至可以直接予以枪决。

量学家、地质学家、制图员留下太好的印象。这个年轻人的首都习气,总在大家面前演戏(“他自认为很像某个法国演员”),谢尔普霍夫卡的潮人形象都令人不快,但随着时间的流逝大家都明白了,这不过是一种独特的防御反应,他想把某种隐秘的东西深深地掩藏起来,他害怕自己内心的痛苦会成为羞辱或粗鲁玩笑的对象。

奥莉迦·季莫费耶夫娜·甘钦娜回忆,在他伪装的玩世不恭的外表下,安德烈遇难事从来不会躲在别人身后,总是乐于助人、信守诺言。这些品质给他带来了荣誉,以往关于他的那些不快的印象很快就烟消云散。

至于塔可夫斯基是自己情绪化和自省倾向的人质,则是另一回事。它来自战时的童年,来自他所经历的苦难、疾病,来自经常要面对的父母之间、父亲和他第二个家庭之间、第三个家庭之间,以及母亲和他本人之间激烈的冲突。勘探队同事回忆,有时会撞见安德烈在哭泣,会陷入“某种深深的忧伤……他总是这样自己坐在河岸边,就在河水上一点,还不止一次……不得不把他从这种状态中拉开……拽着袖子让他远离水边”。

从图鲁汉斯克地区回来后,安德烈把那种自杀状态写进自己的诗歌《阴影》,或许,这很可能正是他对个人孤独的种种阴暗体验的后果，正是在这里，远离文明、亲友，令这种孤独更加清晰，更难以承受。

当然，安德烈也知晓父亲在四十年代末想自我了断的意愿（他并不曾掩饰这一点），因为当时他作为断了一条腿的残疾人，一切都要从头开始。

你将帮我在口袋里面摸到扳机
并抬起黑色的蓝皮钢枪膛指向脑袋
从此你永远孤身一人了，
我忠诚的、缄默的、目盲的、温顺的朋友。

安德烈·阿尔谢尼耶维奇的抒情主人公和缄默的、目盲的、温顺的影子互动，然而，在莫斯科的话这不过是诗歌的假定性、意象的一部分，但是在库列伊卡，在大自然阴郁的伟岸面前空虚是没有边际的，是一道根本没有可能迈过去的深渊，因此死念不请自来。

众所周知，安德烈很少提及那次勘探的往事。

由母亲一手操办的，强迫儿子深入极端恶劣条件下，试图让他磨砺自己的行为，既是一种绝望，也是一种良苦用心。作为一个女性，玛丽亚·伊万诺夫娜对真正的男人应该是什么样的有自己的想象：勇敢，果断，有行动力，连在雨中点燃篝火都会，还能劈柴，要知道这些能力她自己都具备，只不过觉得有什么地方不对（因为她是女人，而不是男人），但是没有别的出路，因为选择早已做下，不得上诉。

从一个方面来说，母亲看到儿子是父亲的翻版，她很害怕，因为她知道她的前夫日子多么艰难，给周围的人带来了多么大的痛苦。从另一个方面来说，玛丽亚·伊万诺夫娜以她自己的严厉、顽强和残酷的方式深爱着儿子，准备给他她所有的一切，与此同时她又非常清楚，他们之间的隔阂与日俱增，她的努力成效日渐衰微。很可能，这既是一种异化，也是一种绝望的（濒于疯狂的）克服它的尝试。

据安德烈的朋友们回忆，他从勘探队回来后完全变了个人——变得智慧，经历了许多严肃的考验（其中包括心灵方面的，与奥莉迦·甘钦娜之间第一次“成人的”狂风暴雨般的亲密关系，只有熟人知道），感受过孤独和恐惧。

玛丽娜·塔可夫斯卡娅回忆过一件发生在哥哥身上的相当奇怪的，甚至神秘的事件，不过她觉得这是他捏造的："我很了解他，我觉得他在说谎。但是当他在讲述的时候，感觉很瘆人。他很会演戏，会讲故事。"

有一回，白湖的圣基里尔感到奇怪的困倦，就在一棵松树下睡觉，但他刚闭上眼睛，就听见一个声音说："基里尔，快跑！"圣基里尔刚醒来并起身离开，那棵松树就倒在了他刚才睡觉的地方。他用这棵松树做了个十字架。另一回，在清扫森林的时候，他差点被烟和火熏死，但是神庇护了自己的侍者，并解救他于大火中。

有一个叫约翰的商人去索洛夫基的圣萨瓦季那里，请求给他渡海到岛上的祝福。但圣萨瓦季没有祝福他。因此约翰当天不得不留在陆地过夜。当夜海上起了大风暴，很多船只倾覆，很多人淹死。

七岁的男孩普罗霍尔·莫什宁在谢尔吉喀山大教堂的钟楼上一脚踩空摔了下来，惊恐的围观者等着看到孩子的惨死。然而就在快落地的时候，地面上出人意料地聚集起一层厚厚的气团，托住了孩子并使他安然落地，毫发无损。所有人都见证了这个奇迹，孩子到最后都没明白自己是怎么回事儿。

深秋，希腊人费奥凡与安德烈·鲁布廖夫的同侪，圣像画师基里尔在回救主修道院的路上迷路了，并遭遇了狼群。一时间似乎他无法得救了，这时在他面前出现了一个林中的湖，画家进入湖中后，凶猛的野兽就无法靠近了。狼群在岸上嚎叫了一夜，但始终没敢攻击基里尔，天亮就散去了。

热烈的祈祷不仅使圣像画师免于野兽的袭击，还令他在冰冷的湖水中保持温暖。

有一次考察队领导派安德烈去很远的一处垦地，这里距营地有三天的行程，不得不在猎人的窝棚或在古树根处挖的土窖里过夜。有一次安德烈在这样的土窖里沉睡的时候，梦中他听到一个陌生的声音："起来赶紧走！"说了第三次的时候他才醒，从土窖爬出来。就在那一刻，巨大的松树被狂风吹折，正好压在安德烈睡觉的地方。

当然，大家都知道这个故事，因为它在泰加森林里成年累月地待着的地质学家和大地测量学家中间流传很广。然而安德烈无论在库列伊卡还是在莫斯科，都狂热地要让所有人相信，这事儿恰恰发生在他身上，正是他听到了三次陌生的声音，且当他看到倒下的、有可能砸中自己的树时，感到巨大的恐惧。

这棵根部被用来搭建住所，同时又是生命源泉的树，就像是希伯仑的麦比拉洞，里面安葬了亚伯拉罕、以撒和雅各。

达·芬奇在他未完成的油画《三博士来朝》中如此构思，画面上，在巨大的、树冠占据半边天的树下，有一个女人抱着一个孩子。

我们看到，树根如同蛇一般盘旋着扎进大地，我们看见马槽，我们看见人群从茁壮的树干后探出头来，惊讶地看着那个年轻的女子，我们看见了骑士和石阶，以及跪着的老人，他们看起来甚至像在装疯卖傻，期待着自己的命运，因为他们是前来朝拜基督圣婴的。

第十一章　星　表

父亲从书架上抽了本书，拿着它走向凉台。

他在桌边坐下，戴上眼镜，对着书看了一会儿，因为自己的某种想法而微笑着，然后合上书本。

标题上写着：赫尔曼·约瑟夫·克莱因：《天文学夜话》。

这是他小时候的书，奇迹般地挺过了二三十年代，挺过了战争，战后无数次的搬家、更换房间和家庭。

父亲小心地翻着书，用手指触碰泛黄的书页，就仿佛瞥一眼个别的段和行，便能用手指阅读文本。翻到八十二页，合上书本。

他摘下眼镜。

父亲记得滚瓜烂熟，就在这一页，德国天文学家、气象学家赫尔曼·约瑟夫·克莱因讲述了意大利神父、占星家安杰洛·彼得罗·塞基的故事。

他把书放到一边，在一张格子纸上用铅笔写下：

就在这儿，在罗马，漫长的放逐后
他头发灰白，眼睛半瞎，半死不活，
光着头独立在天光中。
罗马的呼吸——像是干草。
最后一级台阶，你好！
命运狡猾，皇帝不公，
但是这一天毕竟来到。
他没有力气让衰老的双手离开
梅尔茨牌的赤道仪。
乌拉尼娅不能再像往常那样
在这空旷的塔楼里筵席。
吞咽着苦涩的空气，塞基抚摸着
很久没有清洁的铜器。
“好朋友，永别了，
如今让我安宁地死去。”

他沿着荒芜的台阶下去，
走向死亡，化为青灰，去接受最后的审判，
而赤道仪上飞翔的燕子
好像遗忘的信使，不绝如缕。
小时候我就为这个高个儿的
让我亲切的身影哭泣，
为了能够追随他边走过世界，
边祝福台阶的最后一级。

车站传来了蒸汽机车尖锐的汽笛声，紧接着就是调车机车的长啸作为回应，它们是运输货运车厢往白俄罗斯车站方向去的。

邻家的狗懒懒地叫着。

大街上行驶的大车吱吱嘎嘎的声音。

又是一片莫斯科以西五十公里外省小城的静寂。

戈利岑诺无产阶级大街（这立刻令人想起阿尔谢尼·塔可夫斯基曾与安东宁娜·博霍诺娃所居住的谢尔普霍夫卡区的无产阶级巷）上的这座木质房子，确切地说，是这房子曾用作制靴工坊的那一半，是阿尔谢尼·塔可夫斯基和他的第三个伴侣，塔季扬娜·阿列克谢耶夫娜·奥泽尔斯卡娅在一九五一年购买的。在塔季扬娜·阿列克谢耶夫娜的努力下,这座别墅进行了装修,接通了自来水和中央供暖,装上了电话和浴缸。

选择戈利岑诺不是偶然的。一九三二年正是在这里的共产主义大街上,开设了作家创作之家,这里本来是剧院老板、剧作家、翻译家费奥多尔·阿达莫维奇·科尔什的产业。在不同的年代,“科尔什家”住过亚历山大·库普林、安东·马卡连柯、玛丽娜·茨维塔耶娃、尤里·多姆布罗夫斯基、安娜·阿赫玛托娃、亚历山大·梅日罗夫、阿纳托利·阿格拉诺夫斯基、弗拉基米尔·科尔尼洛夫。戈利岑诺的创作气氛对于诗人来说是必要的,与佩列杰尔金诺或马列耶夫卡(距鲁扎城不远的作家创作之家)没有什么区别。

政论作家加林娜·费奥多罗夫娜·阿格拉诺夫斯卡娅当年经常去戈利岑诺,她回忆道:“所谓别墅,说得夸大了:这是带一些微型房间和一个微型院子的半幢房子。塔可夫斯基夫妇在作家之家的食堂里用餐,确切地说,只吃午饭。傍晚我们常去他们家度过。这是一个非常开放的房子,里面聚集着一些非凡的人。围绕一切令心灵关怀的话题都会展开坦率的谈话。这是一九五三年的冬天，还没到三月，那位一国之主还没死，仍是要为不慎说错的话而恐惧的时日。但是在塔可夫斯基家里谁都不怕，对两位主人和客人们就是这么信任。孩子们也令这个家温暖：有阿尔谢尼的孩子，安德烈和玛丽娜，还有塔尼娅的儿子阿廖沙。我原来一度不知道这几个孩子是没有血缘关系的，他们在我看来跟阿尔休沙与塔尼娅都很像。三个孩子都很爱阿尔谢尼……塔尼娅是很有办法的。阿尔谢尼是中心，是这里的大神。塔尼娅是背后的女人，同时也是这个家主要的护佑家神。”

正是在这个远离首都喧嚣的地方，在自己位于戈利岑诺的僻静处所，老塔可夫斯基重燃对天文学的兴趣。这是他自孩提时代便沉迷的爱好，赫尔曼·约瑟夫·克莱因的那本书过去就已翻烂了，如今这本书又有了一种新的、神秘主义的力量，毕竟它的每一页都不仅包含着从青少年时代就无比熟悉的文本，而且还能产生回忆、形象、情节，令人担忧、激动，就好比翻阅电话号码簿寻找一个需要的号码却遍寻不见，只不过他现在翻阅的是星表。

阿尔谢尼·亚历山德罗维奇一旦着迷，便全身心投入于斯的能力也体现在对天文学的钻研上。他收集了相当丰富的藏书，包括稀有的天文学理论、历史、实践的书籍，积极参加全苏天文学与大地测量学协会的工作，与学者以及天文望远镜架设者通信，他甚至着手自学研究阿尔伯特·爱因斯坦的相对论和亚历山大·弗里德曼的宇宙膨胀论。

塔可夫斯基在自己的笔记中推断说："我们这个世界有多少维度的问题，是二十世纪最令人迷惑、令人兴奋的问题之一。我们生活在哪一个维度当中？到底什么应该被认为是一个维度？我们的宇宙是否在运动，首先是什么推动了它的运动？爱因斯坦的理论摧毁了习以为常的、僵死的、早已定型的用来阐释宇宙结构的准则，而从此往后，人在原则上再也无法妄图将自己与宇宙相提并论，也无法在时间——指它那种新的、显眼得令人震惊的语境——的流动中将自己与宇宙相提并论，并会在尝试将这种宇宙论的多维奇迹与自己微不足道的、全方位受局限的'封闭'的生活进行对比时遭受极大的困难。弗里德曼的宇宙则好比一个正在被吹起来的肥皂泡，其表面的面积和半径不断地增大。它不断地增长，而为了用生命填补自己的空间，它需要许多新成员，通过在它们之中显现，它就能继续运动。"

塔可夫斯基最后在哲学层面进行类似总结的这种情

况，让我们可以推测，诗人遵循着最初选择的道路，最后终于（追随爱因斯坦）摧毁了根据需要而被创造的人世间，如今转而只投向作为上帝纯洁之可见象征的遥远的、不可触及的星际。因此，在这里我们复述一下第一章里提过的阿尔谢尼·亚历山德罗维奇的话是合适的："如果有人在我临死前问：你为何活在大地上，实现了什么，想要什么，寻找什么，渴望什么，我会毫不犹豫地回答：'我梦想让诗歌回归本源，让书籍回归其生于斯的、很久以前诞生过全部早期人类的大地母亲的怀抱。'"

转向广袤的宇宙并不是偶然的。因为没有比这个形象更能展示"大地母亲的怀抱"了。在这种情况下，诗歌便是《约翰福音》中所说的"道"："**太初有道，道与神同在，道就是神**。"[①]福音书作者的这句话很清楚，神之道的存在有一种非被造的特质，"道"是在祂所创造的世界的时间之外的存在所固有的。神之道与圣三位一体的第一位格——圣父的位格之间那存在意义上的联系毫不含糊地阐明了道的属灵本性。于是，根据诗人的想法，他的语

---

① 《新约·约翰福音》1：1。在福音书的希腊语原文和俄语译本中，表示"道"的词（logos / слово）的本意都指语言。本书作者在谈论语言（слово）时，有时也是在强调其作为"太初有道"之"道"（Слово）的双关意义。

言用生命填充了死亡空间,将灵赋予这一空间,而他本人是宇宙的歌手,圣灵赋予他诗歌创作的天赋。

第一眼看上去,阿尔谢尼·亚历山德罗维奇对天文学的爱好会被认为是对那种将自己与宇宙、与时间、与永恒所做的宇宙学对比——这种对比是任何一个创作者都会做的——所进行的字面转换。

从这一视角来看,新闻记者、电影编剧阿纳托利·阿布拉莫维奇·阿格拉诺夫斯基(1922–1984)的回忆就很能说明问题:"这是去年夏天的事情。诗人阿尔谢尼·塔可夫斯基请我去戈利岑诺自己家看星星。他对天文学的爱好由来已久,几乎将所有的收入都用于购买望远镜了。我们将他其中一只神秘的长筒拖到院子里,然后他在黑压压的夜空中搜索着。然后他让我看。景观如童话一般。这位长筒的主人将行星和星星指给我看的样子,就好像这是他本人参与创造的一样。他和星星之间有着某些复杂的关系。有一些星星是他非常喜欢的,而另一些我觉得他并不喜欢。他与星星像是在玩耍,这种成年人的爱好中有某种可爱的、小男孩的特点。"

但是,通过早在四十年代初就写下的诗作《星表》(痛苦地寻找一些电话号码、姓名,其中一些已经被擦去大半，是站在走廊里的挂式电话机旁，用铅笔在本子的边缘记下的），能让我们稍稍从另一个角度来看诗人塔可夫斯基的新爱好：

直到现在我也想不通：
为什么我需要星表？
星表中有千万个
天际的电话号码，
千万个海市蜃楼、
千万个世界的电话号码，
一整个照耀、闪烁的苍穹，
宇宙用户的名单。
我知道每颗星星的名字，
我还能找到他们的号码，
我要等到大地的序列，
要拨动钢铁的字母表：
A－13－40－25。[①]
我不知道，去哪里找你。

---

① 当时苏联的电话号码第一位是字母。

从电话的听筒传来：

"现在是猎户星座的阿尔法星在回答。
我在路上，我现在是星星，
我已将你永远遗忘。
我是一颗星——白昼的姐妹，
我不想被你梦到，
我和你从此无关。
三百年后再给我电话。"

于是，三百年之后，响起了电话铃声。

父亲放下铅笔，摘下眼镜，从桌旁起身，回到屋里。

这儿狭窄的过道里的"值日灯"永远亮着，墙上挂着一部电话。

父亲拿起听筒。

电话是安德烈打来的，他从勘探队回来了，他的声音是愉快的，他问，什么时候可以去戈利岑诺，因为他有好多事要讲、好多话要聊。

父亲回答，什么时候都可以，因为他总是乐于见到儿子的。于是安德烈坐晚班通勤火车来了。

他们将彻夜交谈。

儿子情绪激动，话很多。

父亲沉默着，倾听着，沉思着。

或许，因为他在安德烈身上完全看到了自己，或许，因为度过了一个没能看星空的夜晚，今天阁楼里望远镜的罩布最终也没有被取下。

安德烈·塔可夫斯基在《雕刻时光》中写道："激情在静态绷紧的情况下会具有最大的敏锐度，会比在逐渐变化的条件下表现得更清晰，更有说服力。因为这种偏好，我也喜欢陀思妥耶夫斯基。我对那种表面平静、内心因掌控了他们的激情之能量而绷紧的人物更感兴趣。"

次日早晨安德烈回莫斯科了，而父亲还要在房前的长凳上发呆好一会儿，没有一点儿工作的精神，要等到午饭后才能恢复。

不得不认为，如今下一通电话得过三百年才会响起。

也就是说，还有时间……

评论家、文学研究者谢尔盖·丘普里宁在文章《阿尔谢尼·塔可夫斯基：通往世界之路》中写道："'在我没有死时，我就是不死的……'这是阿尔谢尼·塔可夫斯基的诗歌信念，这是他时间概念的内核，是他在世界诗歌那由来已久的传统争论——关于存在的各种根本问题,关于人生的意义和个人的使命——中所道出的自己的观点。诚然,人是会死的,诗人同意这一点。诚然,没有人能够使自己的灵魂超脱于肉体的生命。但只要人活着,他就有权利将自己视为永恒的同龄人,打通时间的边界,面向过去,面向未来。通过用自己的个人经验融入全人类的历史文化,人会因将个体生命的精神空间无限拓展的能力而强大。这就好比安泰俄斯只要接触到大地便不可战胜一样。文化与历史在'道'中具体化,它将不朽赋予诗人,这种不朽不受自然那残酷的意志所限制,因为这种不朽受制于另外的,非肉身的法则,即精神的法则。"

宇宙也有着自我中心主义的观念,宇宙与个人一起拓展(当然,他得具有自我拓展的能力),与个人的精神世界,与他的道出的言语一起发展,因为他被赋予的言语就是神之道的雏形。至于不是每个人都能完整地认识到这一点,完全将个人之"我"奉献于这种上天所委任的顺服——创造诗歌文本,则是另一回事情。

塔可夫斯基意识到了,并且顺服:

我的永生已经足够我

让我的鲜血从一个世纪流淌到下一个世纪。
当生命的飞针
不再把我如一根线般引向全世界，
为了一个可靠而恒定温暖的角落
我愿付出生命的代价。

安德烈上了通勤火车，车上还没坐满一半人。

他望着窗外，一片片小树林飞驰而过，砾石堆成了一条带子，乡镇的别墅、铁路工人的板棚，扎沃龙基、佩尔胡什科沃、少先队站、奥金佐沃等站台疾驰而过。

明亮的阳光刺破树梢，让人感觉仿佛是火苗在撞击着火车的车窗，在木头座椅上弥漫，但是没有燃烧，而是令车厢充满了暖黄的烟，透过烟雾无法分辨细节：平移门上的把手，车窗的锁键，顶灯的玻璃灯罩。不过，当完全在想其他事情的时候，这并不重要，没必要关注无关紧要的事情。

早班火车回莫斯科之旅既是真实的，又发生在梦中。

或许，眼前一切都在漂浮是因为没有休息好，因为与父亲坐在房前长凳上，在星空下彻夜长谈。然而这场面试并没有令他轻松些。这个词用得非常准确："面试”。好比在考大学或找工作的时候，一个人必须得向另一个人证明自己够格。多年后，安德烈·塔可夫斯基承认：“我越久见不到他（父亲）、不去他那儿，就越令我忧、害怕。我对父母有一些明显的情结。我在他们身边总感觉不到自己是个成人。我感觉他们也不把我当作成年人。我们之间有一些折磨的、复杂的、没法说的关系。”

火车正在驶过奥特拉德诺耶。

为数不多的乘客就像是坐在枝头的鸟雀：打瞌睡，啄鼻子[1]，在耀眼的阳光下眯缝着眼睛。

车厢里的画面仿佛就在安德烈眼前，但与此同时画面在晃动，在沿着自己的轴线旋转，同时形成了一种所谓的“柔焦”感受，也就是只能猜重要的、构成意义的内容，而总的画面则需要靠想象来补齐。

多年后，在一九八〇年代，安德烈·塔可夫斯基购置了一台美国宝丽莱公司产的拍立得相机。当时他已经是世界著名的导演了，正在给自己的电影《乡愁》收集素材，而他自己拍的这些偏光照片能帮助他探索未来胶片拍摄

① “啄鼻子”在俄语中是打盹的意思。

的造型效果。

如今审视着这些照片，遥远的、五十年代的感受不禁涌上心头。模糊的轮廓，发黄的底色，抖动的镜头，深深的阴影，几乎成了黑色的盲区，过曝的背景，褪色的云彩，仿佛刚从水里捞出来的面孔，透过疾驰的通勤火车车窗拍摄的风景。这些偏光照片拍的是——米亚斯诺耶、陶尔米纳、圣格雷戈里奥、巴尼奥维尼奥尼、罗马、奇塔杜卡莱、阿纳尼、安东尼奥尼的别墅、安德烈、拉里莎、托尼诺·圭拉、多米齐亚娜·焦尔达诺、阿纳托利、安娜。

安德烈·塔可夫斯基在《雕刻时光》中写道：

> 对特殊性质色彩的接受，是一种生理学和心理学的现象，人们通常不对它投以特别的关注。电影镜头的**绘画特质**（通常只是一种可以由胶片的特质来解释的机械的绘画性）让画面又负载了**一项额外的假定性**，这种假定性是必须克服的，假如对你来说，生活的真实特别重要的话。应当让色彩尽量中和，以免对观众施加过多影响。假如色彩本身变成了镜头主要的戏剧性因素，就意味着导演和摄像是

从绘画中借用了对观众产生作用的方法。正是因此，如今观看一部平庸的影片常像是在观看一些“奢华”插图的杂志。出现了图像的表现力与彩色摄影术之间的冲突。

或许，应当中和色彩作用力的活跃性，让彩色与单色的场景交替出现，让完整色彩波谱给人留下的印象缓和、暗淡。看起来，镜头只不过是忠实地把生活记录在胶片上——可为何彩色镜头总是会给人一种不可思议的、丑陋的虚假感？显然，这是因为机械地精准复制的色彩中缺少艺术家的观点，他失去了自己的组织功能，在这个层面上丧失了选择的可能性。有着自身发展逻辑的电影的色彩总谱缺失了，被技术流程从导演身上剥夺了。对周围世界的色彩元素进行有选择的重新强调也正变得不再可能。奇特的是，尽管我们周围的世界是彩色的，黑白胶卷为它再现的形象却更接近于建立在我们视觉（不仅仅是听觉）特性之上的心理的、自然主义的、诗性的艺术真实。实质上，真正的彩色电影是与彩色电影技术以及所有的色彩斗争的结果。

安德烈从白俄罗斯站坐地铁环线到了谢尔普霍夫卡,在这儿从地铁站到希波克街的家步行不超过十分钟。他在清晨的莫斯科漫步,和父亲的彻夜交谈在他的脑海中久久不散。

再过几天,父亲就要和新伴侣塔季扬娜·阿列克谢耶夫娜·奥泽尔斯卡娅一起去位于“过客皆别离”的创作之家了。

这就意味着,他们下一次的会面就没那么快了。

如前所述,对于阿尔谢尼·塔可夫斯基来说,与诗歌同行之间的交流是生命所必需的。正是因此他非常喜欢佩列杰尔金诺和戈利岑诺,莫斯科的中央文学创作者之家,当然还有阳光灿烂的“过客皆别离”。

卡拉达格死火山脚下这座创作之家的历史要追溯到一九一〇年,当时马克西米利安·沃洛申刚把“过客皆别离”海边的房子建好,邀请莫斯科和彼得堡(彼得格勒,列宁格勒)的作家和艺术家前去做客。

在不同的时期,不同的作家在这里疗养、创作:玛丽娜·茨维塔耶娃与尼古拉·古米廖夫,阿列克谢·托尔斯泰与奥西普·曼德尔施塔姆,马克西姆·高尔基与科尔涅依·楚科夫斯基,伊利亚·爱伦堡与瓦列里·勃留索夫,安德烈·别雷与米哈伊尔·布尔加科夫,亚历山大·格林与维肯季·魏列萨耶夫,弗拉季斯拉夫·霍达谢维奇与薇拉·英蓓尔,叶夫根尼·扎米亚金与米哈伊尔·普里什文。可想而知,这个名单并不完整,但是,我觉得,它可以说明“过客皆别离”那种独特的氛围,二十世纪初和上半叶的创作者们都渴望投身于这种氛围中。

毋庸置疑,它的主人马克西米利安·沃洛申的人格在其中起到了关键作用,当时自认为是个文学家的人都可以去他家做客。

一九三一年,沃洛申将自己的宅子上交给全俄作协,到了一九三五年,就已有三百九十二人——作家和他们的家人——在这里疗养。到了五十年代初,创作之家的面积大大增加,建起了若干石质的、适合一两个家庭居住的房子,还建起了露天电影院、食堂、行政楼。

到了晚上,文学基金会的人员就和他们邀请来的客人们一起,在谁家的露台上或者跑去海滩聚会,他们一起读诗,分享各自的阅读体会和见闻,喝葡萄酒。

诗人、翻译家亚历山大·米哈伊洛维奇·列维奇

(1921–2012)回忆那个年代，以及自己与阿尔谢尼·塔可夫斯基的相逢：

一九五三年(或一九五四年夏天)我们去南方(我当时一穷二白，但是我在迈科普[1]翻译了一部糟糕的阿迪格作家的书，书在克拉斯诺达尔出版了，我意外地得到了一笔丰厚的稿酬)。我们当时有钱去某个地方看看，有人说服我们去“过客皆别离”。我们到了这里，租下了离作家中心不远的一座小房子。我们是从一户乌克兰家庭租来的，他们顶替了被放逐的鞑靼人住在那里。我们去海边游泳。有时候去野沙滩，有时候去作家之家的沙滩。有一天我们去石头房子那边，看到一个人光着一只脚(他只有一只脚)在那儿的石头上一跳一跳地走路。他肤色黝黑，黑眼睛，黑直发。我当时并不明白，他非常英俊。他的这种无助……(他少了一条腿，没拿拐杖，一跳一跳地走路)。他身旁有一个小男孩在走。他说话声音很高很独特，带点乌克兰口音：“廖沙，廖沙，这儿有块小石头，你弯下

[1] 俄罗斯南方城市，阿迪格共和国首府。

腰，捡起来。”他们在收集石头。这是阿尔谢尼和塔尼娅的儿子阿廖沙。随后塔尼娅出现了，白皮肤，蓝眼睛。然后我们闲聊起来，我才明白他是塔可夫斯基。在这之前我读过他那现象级的密茨凯维奇译文……我们在自我介绍的时候，我对他说，我非常熟悉这首诗，我是在波兰语环境里长大的，完全可以说，这是自普希金以来最好的密茨凯维奇译本。他对此反应冷淡，有点吃惊。他说："是吗？您这么觉得？"我说是的。后来我了解到他是个爱卖弄风情的人。实际上这令他很开心。那里聚起了一群很可爱的朋友。其中包括科拉布什金夫妇、杰斯尼茨基、加布里切夫斯基夫妇、阿斯穆斯一家、玛丽埃塔·沙金娘、谢尔盖·瓦西里耶维奇·舍尔温斯基……他们也都在捡石子。那儿是真正的上流社会……我跟阿尔谢尼从此以后成了好朋友。他为没能带来望远镜而伤心透顶。他说："萨沙，等我们回莫斯科的时候，您一定要来戈利岑诺找我，我指星星给您看。"我这才知道，阿尔谢尼·塔可夫斯基是热爱星空的人。我明白了他的这种热爱从小时候就开始了。

当然，阿尔谢尼·亚历山德罗维奇不可能对"过客皆别离”的星空无动于衷。众所周知，他特别后悔没有把望远镜带来，来欣赏南国的天穹。

在塔可夫斯基翻译的艾布·阿拉·麦阿里（973-1057）的诗歌中有这样的句子：

> 漆黑夜空中的星星——它们有没有生命？
> 也许，有理性，也能感觉自己的光明？
> 有人说：“报应在墓地等着我们。”
> 还有人说：“我们终将腐朽，如同田间的草木。”
> 可我要告诉您：“多行善业，
> 不吝善行，小心谎言恶行！”

卡拉达格山上夜空的漆黑实际上并不是某种阴郁或模糊不清的体现，而是被成千上万颗星星的闪光刺破的宇宙的黑暗，当诗人超越时空之外和宇宙面对面时，观测星星也就是在下意识地编纂星表。

在“过客皆别离”的那个夏天，阿尔谢尼·亚历山德罗维奇结识了很多有意思的人，通过他们回莫斯科后又结交了诗人、翻译家薇拉·兹维亚金采娃，文学研究者奥莉迦·古德佐娃（纳佩尔鲍姆），以及传奇纪录片导演吉加·维尔托夫。在“过客皆别离”的朋友中，还有电影编剧阿列克谢·卡普勒，塔可夫斯基是一九五四年认识他的，当时阿列克谢·雅科夫列维奇[①]刚恢复名誉不久。完全出人意料的是，关于电影的话题进入了塔可夫斯基的家庭。其中的一个话题是，卡普勒试图说服塔可夫斯基，他就是为电影而生的，但诗人一笑置之——他最好的年华已经过去，而且已经走上另一条路了。

那么，也许他的儿子可以？

这是阿尔谢尼·塔可夫斯基写给电影评论家、艺术学博士、战争老兵、全苏电影学院教师罗斯季斯拉夫·尼古拉耶维奇·尤列尼奥夫的信：

> 亲爱的斯拉沃奇卡！我的孩子们就要去你那里了：男孩叫安德烈，女孩就是那个玛丽娜。我亲爱的，我强烈请求你跟他们聊聊，帮帮他们，尽你所能，以你的善意给他们建议，帮他们做事，给他们善意：他们梦想进电影学院。我亲爱的好人儿，我请求你不要拒绝我，帮他们安排进学院——他们都是

---

① 即卡普勒。

很好的、有才能的孩子。而我，是他们可怜的爸爸，我没有什么本事和精力帮他们进高校读书，只能指望你的友谊了。你和他们开诚布公地谈谈，你就会发现，他们是多么优秀。请你就像帮我一样去帮助他们吧……爱你的阿尔谢尼·塔可夫斯基。

显然，星辰是如此乐意升起，为了让这次的会面收获那众所周知的、著名的续篇。

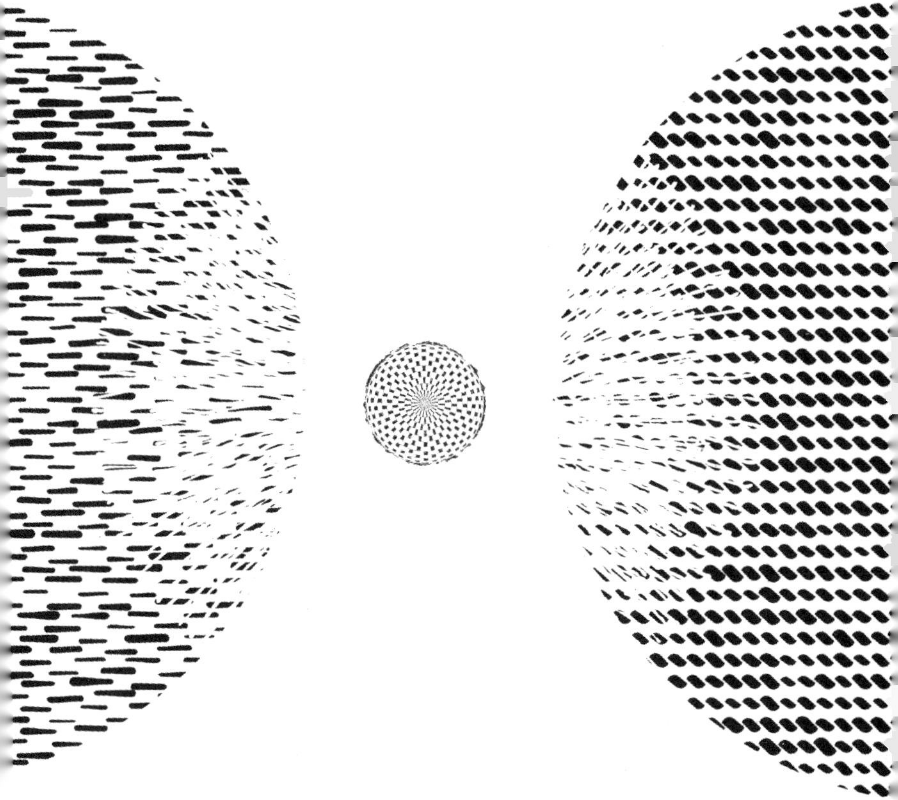

第十二章　走在老路上

一九五四年六月的一天。我们已经熟悉的穿着黄色夹克、黑色瘦腿裤的年轻人走到教室中间。他的神情中有一种克制的专注，似乎他深思熟虑过每一个说出的字，要为它注入意义和自己的独特感受。“列夫·尼古拉耶维奇·托尔斯泰的小说《战争与和平》片段”，他大声宣布，竭力不去看在窗前坐成一排的面试委员会，稍微停顿了一下后他开始朗诵，不过已经完全是用另一种语调了：

决斗地点选在离停雪橇的大路八十步的地方，是松林中一块小空地，地上的积雪这几天刚开始融化。决斗双方站在空地边上，中间相距四十来步。两个副手从他们站着的地方走到相距十步插着聂斯维茨基和杰尼索夫军刀的地方，数着步子，在潮湿的深雪上留下脚印。天还在融雪，又起了迷雾，四十步开外双方都看不清楚。三分钟后一切都准备就绪，但双方还是迟迟没有动手。大家都不作声。[1]

年轻人不说话了，在教室里走了几步，仿佛是在适应他正在听众面前展开的画面，适应马上就要随之发生的那些事件，然后他奇怪地笑了一下，突然就急速地，几乎是歇斯底里地喊了出来：

皮埃尔一听到“三”，就快步向前走去，离开踩出来的小径，走到洁白的雪地上。他握着手枪，伸出右手，仿佛怕打在自己的身上。他把左手放在身后，他原想用左手撑住右手，但知道不能这样做。皮埃尔走了六七步，从小径走到雪地上，回头看看脚下，又迅速地望了一眼陶洛霍夫，按照人家教他的样子，弯

① 托尔斯泰译文选自草婴译本，下同。

起手指扣动扳机。皮埃尔怎么也没有料到枪声会那么响，吓得浑身打了个哆嗦，接着为自己的胆怯笑了笑，站住了。硝烟加上迷雾，使他最初一刹那什么也看不见。但他等待的还击并没有打响。只听得陶洛霍夫急促的脚步声，还透过烟雾看见他的身影。陶洛霍夫一手按住左腰，一手握着下垂的手枪。他的脸色煞白……

教室里响起了掌声。

“好的，谢谢，”坐在中间的一个矮壮、秃顶、戴眼镜的人说着，一边往印着“全苏国立电影学院”抬头的表格里填写着什么。然后他抬眼望着穿黄色夹克的年轻人，问道：“为什么您想当导演？”

“当我看到一部好电影时，就会很懊恼：我跟它竟然没有任何关系。”他答道。

和全苏国立电影学院的关系要追溯到一九四九年，玛丽亚·伊万诺夫娜·维什尼亚科娃-塔可夫斯卡娅在莫斯科郊外的镇子克拉托沃租了别墅过夏天（这一点全家都当作惯例）。

玛丽娜·阿尔谢尼耶夫娜·塔可夫斯卡娅回忆：

根据熟人、翻译尼娜·格拉西莫夫娜·雅科夫列娃的建议，妈妈租了别墅过夏天——一座不大的独栋小房子，在莫斯科郊外的克拉托沃。一九四九年夏天，我们的邻居竟是当时的轻工业部副部长谢尔盖·德米特里耶维奇·罗季切夫一家。他（这是很久以后才知道的）从小学时代就跟与大导演佩里耶夫共事的“莫影厂”摄像师瓦连京·叶菲莫维奇·帕夫洛夫是好朋友……安德烈经常去罗季切夫一家在塔甘卡的住所，跟季马（谢尔盖·德米特里耶维奇的儿子）和柳芭兄妹成为好朋友，柳芭至今还保留着安德烈中学时的一些日记。严肃的谢尔盖·德米特里耶维奇几乎不在家，总是由季马和柳芭的母亲，神奇的尼娜·斯捷潘诺夫娜亲切地接待安德烈和我。

季马了解安德烈喜欢演戏，知道他很有学识，就建议他去考导演系……当时安德烈只是作为一个普通的观众了解电影，并不知道电影导演的工作其实是怎么一回事。但是季马的热情感染了他，于是他开始为考试准备证书……我们的爸爸衷心地接受了安德烈的决定。当时的焦虑是很多的。爸爸找了跟电影有关的熟人,给维克多·鲍里索维奇·什克洛夫斯基写信(抑或致电?)。什克洛夫斯基欣赏爸爸,在他困难的时候出手相助(战时帮他转到莫斯科的野战医院),什克洛夫斯基让我和安德烈去找一个人,他有一个大名鼎鼎的姓班德尔①,好像是电影学院担任助理教授……正在开班的米·伊·罗姆从什克洛夫斯基和尤列尼奥夫那里得知,诗人塔可夫斯基的儿子要考他那儿……安德烈非常认真地备考,通过了所有的考试,专业课都是优,只有作文是及格,大概是因为拼写的问题。

据说,安德烈还是大学生的时候就常被请去给电影学院一年级学生朗读诗歌和散文片段。这种对文本的爱,以及通过让词句充满深刻的心理内涵从而体悟文本的才能,无疑来自他的父亲。

有意思的是,多年后,亚历山大·尼古拉耶维奇·索

---

① 在苏联民间极为流行的伊里夫、彼得罗夫合著的长篇小说《十二把椅子》和《金牛犊》的主人公是一个叫奥斯塔普·班德尔的骗子。

库罗夫[1](塔可夫斯基的学生)在关于是什么使他成为一个导演的采访中回答,是俄罗斯文学。千真万确,对于艺术家来说,文本体验打开了心理、造型甚至技术(对于电影来说很重要)方面各种新的可能性。诗歌和散文文本可以积蓄情感,将情感隐蔽在内容里,将心理埋藏在有时候极为平凡的情节中,而构成真正创作之对象的,正是这种对深层意义——可以被称作原初意义——的提炼,亦即从自身内部获得体验的最重要的细节。而这也就是牺牲的注定性,电影导演塔可夫斯基将在其影片中对此进行探讨。

在这个意义上,将安德烈在电影学院入学面试时朗读的《战争与和平》片段和上文提到过的、他本人一九五五年创作的诗歌《阴影》进行比较分析是很重要的。

实际上托尔斯泰已经为自己的主人公的状态提供了独特的分镜头:

> 皮埃尔向前走去,离开踩出来的小径,走到洁白的雪地上。他握着手枪,伸出右手,仿佛怕打在自己

① 当代俄罗斯著名电影导演,在电影界常被误译作"索科洛夫"。

的身上。他把左手放在身后，他原想用左手撑住右手，但知道不能这样做。皮埃尔走了六七步，从小径走到雪地上，回头看看脚下，又迅速地望了一眼陶洛霍夫，弯起手指扣动扳机。皮埃尔放下冒烟的手枪，但同时紧紧抓住枪的左端，浑身打哆嗦。

而安德烈·塔可夫斯基这样描写类似的状态：

他沿着砖墙穿过一个个穿堂院，跳过许多水洼，与此同时不断落入太阳光带的照耀下，他回头看着自己的影子，似乎是要逃离它，却甩不掉，他双手插兜，其中一个兜里有把手枪，他轻轻触碰着扳机，触碰着蓝皮钢枪管，就像想一个此刻会掏出这把枪往自己脑袋上开枪的陌生人那样想自己，他现在如此着急赶去的房间很暗，因为窗户是朝向里面的院子的，楼梯扶手上晃荡着某个邻居遗忘的皮带，不过这里还总是亮着“值日灯”，他感到头晕恶心。

光影游戏作为手法。

临界状态作为方法。

精神紧张作为风格。

仿佛是从遥远的回忆中提取的模糊的画面作为概念。

安德烈·塔可夫斯基同班同学亚历山大·戈尔东回忆：

> 有一天晚上很晚了，我们一起去他家。我们沿着人行道走着，绿树成荫，街灯玩起了自己的光影游戏。树枝和我们的身影如同旋转木马，时而落到脚下，时而溜到我们身后，旋即又出现在我们前方。对青春和生命本身的欣喜，瞬间那迷人的表现力令安德烈鼓舞。他突然站住了，沉默了一会儿说道："知道吗，我要把这一切都拍下来！这些脚步，这些影子……这一切都是可能的，都会实现的，会实现的！"

也就是说，他对自己电影语言的构想在拍摄毕业作品前很久就完成了。这是某种直觉性质的寻找，无论在希波克街、戈利岑诺还是从戈利岑诺开出的通勤火车上，还是在莫斯科与朋友们长时间逛街时都不曾中断。然而反思的倾向令塔可夫斯基最终都没能完全确信自己走的路是对的。

《雕刻时光》中写道:“我从不知道电影为何物。很多去上电影学院的人已经知道电影是什么了。对我来说这是个谜。此外,我从电影学院毕业时,已经完全不知道电影是什么了——我感受不到这一点。我没有从中看到自己的使命。我感到自己被教授了某种职业,明白这种职业中有一种类似戏法的东西。然而要说能通过电影接近诗歌、音乐、文学——我没有这种感受。我刚开始拍《伊万的童年》时,实际上,不知道何为导演。这是在寻找与诗的碰触。拍过这部电影后我感受到,经由电影我们能够碰触到精神的某种实质。因此对我来说,《伊万的童年》的经验是极为重要的。在这之前我完全不懂什么是电影艺术。我至今还觉得这是一个巨大的谜。不过,任何一种艺术都是这样。直到《乡愁》,我才感觉到,电影艺术在很大程度上有能力反映作者的心灵状态。我之前没想过这是可能做到的。”

这里的关键词是寻找碰触。而与诗歌碰触是首当其冲的!也就是说,电影不是产生于情节的架构,也不是产生于戏剧、历史、事件,更不是产生于摄制团队的技术水平和职业技能,而是来自灵感、饱经苦难的内心倾诉、姿态，父亲的诗就是那样诞生的。

因为安德烈很清楚地记得，自己小时候在希波克是怎样透过小锁孔去观察父亲工作的。父亲久久地、一动不动地坐在书桌旁，背对着门，然后起身，打开气窗抽烟，然后将卷烟掐灭在八角星形烟灰缸里。然后又坐在桌前，用铅笔在纸上写着什么。顺便说一句，当时得到这些书写纸是不容易的，因而父亲非常节省，写得密密麻麻，字斟句酌。

或许，安德烈在拍摄现场漫无边际的完美主义就是从这里开始的。

年轻人从教室出来，刚刚他在那里面对面试委员会，朗读了列夫·托尔斯泰长篇小说《战争与和平》的片段。

走廊里是无法描述的忙乱：考生和他们的家长在窗台上坐着，搬动着从别的教室拉过来的椅子，大声喧哗，手舞足蹈，交流着感想。

这个叫作安德烈·塔可夫斯基的年轻人从这一片嘈杂中走过。他吃惊地看着这些兴奋的脸庞，它们仿佛慢镜头一样在他面前摇晃，他听不见他们的声音，只能看到他们张开的嘴。他明白，这是等待中的宁静。

与此同时，面试委员会主席，电影导演、编剧、苏联人民艺术家、五次斯大林奖获得者米哈伊尔·罗姆，即刚才那个戴眼镜的矮壮的秃顶男人，跟面试委员会的其他成员讨论着考生安德烈·塔可夫斯基。

所有人都激烈反对。罗姆很困惑，尽管他当然知道为什么：这个高傲的首都知识分子（或者说演出来的高傲的首都知识分子）不能不令艺术官员们感到触怒：他过于聪明，以后准会引起太多麻烦的。经过一番争论，这位苏联人民艺术家、俄罗斯功勋艺术活动家最终坚持了自己的立场，而安德烈·阿尔谢尼耶维奇·塔可夫斯基，生于一九三二年，成了全苏国立电影学院一年级学生。

罗姆在日记中写道："大师班有十五个学生。他们或成为导演，或成为演员。一个优秀的、有经验的教育家总会知道，这个大师班里面有两三个才华非常突出的学生，那么这个大师班就是正常的。说实话，他自己也可以不用教了。他们自个儿会互相学习，他们会自学。一群厉害的孩子形成了大师班的方向，它的导火索，如果可以这样说的话，它的思维体系。于是大师班的水平就会非同寻常地提升了……舒克申和塔可夫斯基是完全相反的两种类型，两人也不怎么喜欢彼此，他们并肩作战，这对于大师班来说是大好事。这一点是鲜明而矛盾的。他俩吸引了很多有才华的人在自己周围。不是在他们周围，这么说吧，是多亏了他们的存在。”

罗姆是为数不多的懂得安德烈的人，而这部分是因为他认识他父亲。更准确地说，是他的哥哥，语文学者、诗人、翻译亚历山大·伊里奇·罗姆认识阿尔谢尼·塔可夫斯基和玛丽亚·伊万诺夫娜。他们同为“基萨拉”诗歌小组的成员，索菲娅·帕尔诺克、马克西米利安·沃洛申、霍尔农兄弟（前文提到过，列夫·霍尔农是塔可夫斯基一家的朋友，他拍摄了很多玛鲁夏、阿尔谢尼、安德烈和玛丽娜的照片）都是这个小组的成员。一九四三年，四十五岁的亚历山大·罗姆自杀身亡，阿尔谢尼·亚历山德罗维奇对罗姆一家这个可怕的家庭悲剧非常感同身受。

在电影学院期间，米哈伊尔·伊里奇某种意义上代替了安德烈的父亲。他不仅是老师，而且是他最亲近的亲人。钱不够花时给他经济支持，有麻烦时帮他抽身而退，推他去各家电影厂实习。不分白天晚上，安德烈随时可以去找他。

多年以后安德烈说到自己的老师：“他总是说，艺术是无法被教授的。他是一个伟大的教育家,因为他从来不摧残我们,从不把自己的理念强加给我们,他让我们保持自己的样子,尽量不妨碍我们……最重要的是,他教会我要做自己。”

如果我们知道,罗姆(一九三九年起就是联共〔布〕党员)拍过一系列绝对苏维埃的电影巨制,例如《列宁在十月》《列宁在一九一八》《弗拉基米尔·伊里奇·列宁》《秘密使命》《海军上将乌沙科夫》,那么读到塔可夫斯基对导师的评价时我们会更吃惊。但是,与生俱来的高贵、稳重的举止、全面的教育(罗姆先后毕业于莫斯科绘画雕塑及建筑学校和高等艺术技术学院;他的专业是雕塑以及法语翻译,在校外教学法研究所研究电影问题)使得他保持了尊重不同观点的能力,使得他无论在整体的艺术中还是在电影艺术中,都极其反感官方规定的手法,使得他对自己的学生无论天赋高低都有一种父亲般的爱。在那个年代,在米哈伊尔·罗姆那个阶层,这样的人极为稀有。

或许,直到拍摄于一九六二年的《一年中的九天》,才让观众见到另一个罗姆——自省的、饱经痛苦的、首先是艺术家的罗姆,然后才是获奖者、受勋者、著名苏维埃社会活动家。塔可夫斯基对此也不可能没有感受。

与此同时，青年导演的大学生活充满了波折，不光是在创作上。

玛丽娜·塔可夫斯卡娅在《镜子的碎片》中写道：

> 我往教室里看了一眼，一年级导演系刚下课——我得把从家里带来的三明治转交给安德烈。外边是大白天，教室里却亮着灯，暗灰色的窗帘紧紧拉着。房间里的空气因为有十五到二十个年轻人而闷热、昏浊。我已经认识安德烈的许多同学了，能叫出名字的有红头发的希腊女孩玛丽亚·贝卡，通过安德烈的话我已经知道了她那悲壮的、游击队的光辉历史；迷人的男孩柳库·法伊特[①]，他是一个著名演员的儿子；瓦夏·舒克申，他是个有着高颧骨、狭长的灰眼睛的西伯利亚美男子；萨沙·戈尔东，他当时似乎已经爱上了我……
>
> 还有她，著名的伊尔玛·劳什，安德烈已经爱上她半年了。她个子不高，黑色呢绒裙子包裹着她那

① 指的应该是演员安德烈·法伊特之子尤利·法伊特（1937– ）。

感受，以及当他们在不断的争执和火热的约会间平衡游走时，他们想从对方身上得到什么。最终，一九五七年四月，安德烈·阿尔谢尼耶维奇·塔可夫斯基和伊尔玛·雅科夫列夫娜·劳什结婚了。

《镜子的碎片》中写道：

我们（指玛丽亚·伊万诺夫娜和玛丽娜·阿尔谢尼耶夫娜——作者注）一发现装证件的箱子里安德烈的身份证不见了，就明白他是要去结婚了。过了段时间他告诉了我们自己的决定。本应当很开心的，因为安德烈对劳什那种漫长而折磨人的爱情史诗终于修成了正果。可是不知为何，一九五七年四月的这天，当我知道合法婚姻已经成了事实的时候，我一个人在家里哭了很久。本应当很快乐，可是却哭了。因为我知道，安德烈永远离开我们了……

按严格的标准来讲，一切就是这样的，但按不严格的标准来讲，他又仿佛哪里都没离开。小两口决定不办婚礼，虽然没跟我们商量，但我和妈妈同意他们的决定。妈妈认为所有的婚礼都是些小市民的玩意儿，瞎花钱，再说反正钱也没有。

小两口一开始跟我们挤在一起住了一小段时间——用通常的说法，这叫住户口所在地，后来妈妈给他们租了房子，但很快这对有大好前途的俊美、欢乐的璧人就双双去敖德萨参加生产实习了。

一个值得关注的有趣的细节让我们又想到了父亲关于“蹚平暗礁险滩”的话——母亲给儿子和儿媳租了房间，以便他们能够独自生活。安德烈，可以理解，很幸福，他相信要开始新的生活，相信自己是自由的，因为爱情给他插上了翅膀，令他鼓舞。但是实际上确实如此吗？

欢愉会减退，节日总会让位于日常生活的例行公事。

我认为，玛丽亚·伊万诺夫娜当时就已知道，安德烈走在父亲的老路上，他下意识地，在感觉的层面上走着，或许，他甚至内心在否定父亲的孤芳自赏，为父亲的离家出走而难过（且不能原谅父亲的出走），努力不要成为他这样的人，但与此同时他注定要成为这样的人。

不过，这也是合乎规律的，因为冲动中有时会说出来的那些话没有任何意义，有意义的是实际行动，是对自己的内心看法，而安德烈无疑认同自己是艺术家、创造者，完全没有精力、愿望和自己那些为自己所熟知的弱点作对。所以他只有跟着《白痴》中的卢基扬·季莫费耶维奇·列别杰夫哀叹:“低微,我感到自己地位低微!”

“听我说,列别杰夫先生,关于您的传言是不是真的,据说您在阐释《启示录》?”阿格拉雅问道。

“千真万确……第十五年啦。”

“我听说过您。您上过报纸,对吗?”

“不是的,这是另一个阐释者,另一个,那个人已经死了,就剩下我一个了。”列别杰夫不禁喜形于色。

“看在邻居的分上,您最近什么时候来给我讲一讲,我一点都不懂启示录。”①

玛丽亚·伊万诺夫娜放下书本,将香烟掐灭在贝壳形状的烟灰缸里,它不知从哪儿冒出来,出现在了阳台上,取代那个老旧的铸铁烟灰缸,她从厨房出来,让“值日灯”在被熏黑的,因潮湿、漏水和没完没了煮床单而起斑点的天花板下兀自亮着。

---

① 《白痴》选自臧仲伦译本,本书译者有改动,下同。

第十三章　德高望重的衣柜

一九六二年。两个女人艰难地拖着一只高大的浸染橡木衣柜,走在从比留廖沃货运站台一路延伸的荒地上。

铁路那边传来内燃机车的汽笛声和大喇叭里难以分辨的人声。

两个女人在一棵不知从哪里冒出来的、半干枯的树旁停下,稍事休息,其中一个抽了一会儿烟,然后她们继续这个不轻松的事儿。

终于她们将柜子拖到峡谷旁。

这里很安静,暮色苍茫。

让人有种感觉,仿佛我们是在犯罪(比如命案)现场。

那个抽烟的女人从像一只大口袋一样的穿旧了的羊

羔皮领子大衣里掏出一把锤子，砸向柜子。

另一位用手捂住嘴，惊恐地看着。

然而要把柜子毁掉没有那么容易。这是一只古老的，因而是实沉的器具，用手工削出的橡木面板钉得结结实实的。

在锤子的敲击下，柜子发出了低音提琴一般的共鸣声。

两个女人交替进行着这项奇怪而可怕的工作。

最后终于两侧板松动了，缝合处拆解了，门扣眼处的裂缝随着一阵阵噼啪声越来越大，漆皮绽开了，而手工雕刻的木质的花与叶脱落并掉到地上，可以设想，真花与真叶在开败时也是这番模样。

最复杂的是要把带镜子的门拆下而且不损坏它，因为决定保全它。

柜子其余的部分都大势已去。

逐渐低音提琴的怒吼变成了中提琴的声音，还有锻造而成的铆钉在迸出时所发出的刺耳的尖叫。

抵抗锤子的敲打让柜子受了致命的劳累，最后它投降了。

工作结束时，天已经黑了。

物品和内衣酸涩的味道，混合着胶水和枯干龟裂搁架的味道，飘荡在空气中，可能会让人觉得，虽然这个柜子已经被拆散，最终它还是会为自己找到站起身，把碎片和木屑拼起来和复活的力气。

可是并不会，不可能！它已经被杀死了。

两个女人拿上了带镜子的门，开始慢慢地从峡谷边撤退，尽量不往回看——刚才浸染橡木衣柜在那里全身抽搐。

它的碎片应当很快会被附近几户的小流氓给烧掉。

在拆解柜子的时候，这两个女人全程无话，她们是母女。如果可能，这会是一些关于为此举辩护，关于对牺牲品的怜悯，关于忏悔的对话。但是对话终究没有发生。涂了汞的镜子在她们的手上晃动着，让人感觉她们在提着一个装有纯黑色水的鱼缸，这黑水晃晃悠悠，但是没洒到地上。或许，在这黑色的水里面养着鱼，但天色很黑，根本看不见。

地平线上出现了比留廖沃货运站的灯光，一如既往地传来内燃机车的汽笛声和大喇叭里难以分辨的人声。

母女二人走到孤零零地杵在荒地上的一棵枯树旁，将镜子小心地支在地上，看着通勤火车如何沿与地平线重合的铁路线疾驰而过。

从母亲大衣口袋里杵出了锤子的木柄。

当然,安德烈后来不止一次去戈利岑诺父亲那里,坐最后一班或次日凌晨的通勤火车回来。但是冲突最终还是难免发生了。

可以想象,儿子的婚姻令父亲触怒。他所有的话、建议、愿望竟然都没有被听进去,更有甚者,这一切发生得这么不管不顾,犹如雪崩,显而易见地表明,安德烈根本没有准备听他的这些话、建议和愿望的意思。他自己决定了一切！他轻视父亲的丰富的人生经验,这难免引发种种不同情感的风暴——从暴怒到遗憾,从冒犯到不解。

不过,如上一章所说,节日已经过去,取而代之的是日常生活及其种种问题,首当其冲就是金钱问题。很可能正是钱的问题(这很常见)引发了公开的对立,让塔可夫斯基父子潜在的矛盾尖锐化。

至少,有保存下来的安德烈写给父亲的一封信间接为证:“不,不会有比我更爱你,也就是父亲,的儿子了……我感到非常委屈,我们的关系被金钱问题所玷污。往后这不会再发生了——否则我就是不爱你。我们就这么说好了。我一辈子都在远远地爱着你，将你看作一个在身边可令我意识到自己有完全价值的人。这不是胡话，也不是弗洛伊德主义。但这正是为什么我要指责你——不要因为‘指责’这个词生气——你一生都在把我当小孩子看，但我则暗暗把你当作朋友。说我……只是在需要的时候来找你——这是一种令人忧伤的误解。假使可能，我不会离开你半步。这样你就不会认为我是在跟你求什么，在为自己寻好处。那样我脑子里也从来不会想，还要请求别的什么人……你在信中写自己对我的关心，就像是在写金钱援助一样——难道你真的粗鲁到已经不明白，关心不总是等同于金钱吗？我从来都无法确信你对我的好意，朋友般的好意。因此使你厌烦曾让我感到不自在（大实话）。所以我很少和你见面。相信吧，我需要你，而不是你的钱，让它们见鬼去吧！那么我就写到这里吧。可还有很多话没说。我还没丧失改正这一点的希望。亲爱的，原谅我这个粗鲁的人。可为什么我带给大家的只有失望？”

读到这里，没法不想起父亲写给儿子的两封信。当时尚完全年少的安德烈，然后是中学高年级生，第一次体验到内心翻江倒海的感觉。时过境迁，如今安德烈来回应父亲了。而且先以行动(结婚),后用语言(这封信)。

需要指出的是,金钱纠纷在这件事里并没有那么重要。让安德烈更深刻、更情绪化地体验的是完全不同的东西。“**我从来都无法确信你对我的好意,朋友般的好意。**”他写道。这句话的确充满深刻的戏剧性。“这怎么可能发生?”提出这样的问题是顺理成章的。或许,问题在于,阿尔谢尼很少见自己的儿子,他为自己描绘了一幅完全不同的儿子的肖像(当年这种命运也触及了玛鲁夏·维什尼亚科娃,老塔可夫斯基没她不行,但和她在一起也不行)和形象,而这种形象当然是和生活中鲜活的真人有很大出入的。父亲以其特有的诗性情绪化为儿子赋予了他所不具备的天才,以及未成年人根本不可能有的审慎与智慧。与安德烈这么一个粗暴的、易怒的,有时放肆的人的冲突引发沮丧和排斥。父亲那时相信,儿子“跟不上”他,达不到他的水准。这里只须回想一下阿尔谢尼·亚历山德罗维奇怀疑安德烈毫无才华,还有建议他将来去做随便某种简单的、易懂的工作,比如靠双手吃饭那种。

另一方面,可以做一个有意思的设想,儿子这封信会让父亲联想些什么,要知道后者也有过自己的故事,有过自己当儿子的经验。亚历山大·卡尔洛维奇·塔可夫斯基——波兰贵族出身，民粹主义者，政治流放犯，新闻记者，有恰到好处的严厉，有父亲式的关心，有一个巨大的苏格拉底式的额头，目光如炬，留着修剪得很体面的唇髭和船长式络腮胡。他们之间没有亲密到让阿尔谢尼敢写这样坦率的信的程度，或者相反，他们永远都在一起，所以彼此之间完全了解，不必再把事情付诸书信。

而毕竟想象力好歹可以为他描绘出这样的一封信（弗朗茨·卡夫卡写给父亲海因里希·卡夫卡的信，一九六八年叶夫根尼娅·亚历山德罗夫娜·卡采娃译本）："我承认我在跟你战斗，但战争有两种。一种是骑士的战争，双方势均力敌，各自量力为自己争输赢。另一种战争是寄生虫的战争，它不仅咬人，还为了存活而吸血。真正的职业战士就是这样的，而你也是这样的……我认为，这封信还是达到了某种如此接近于真实的东西，以至于它能够稍许安慰我们双方，让我们的生与死都轻松一点。"

当然，儿子在给父亲的信中提到的梦想——如"让生轻松一点"与"**改正这一点**"（不理解，不信任，害怕不被倾听，无法避免的隔阂），以及**希望"说出没说的话"**——开始实现了，只不过和安德烈·阿尔谢尼耶维奇最初希望的并不完全一致,更不用说阿尔谢尼·亚历山德罗维奇了。

根据西格蒙德·弗洛伊德的思想,男孩的意识里,在客观原因的作用下,会形成一个特殊的阶段——“超我”,也就是他体验到对父亲敌意嫉妒的冲动,与此同时又将自己与父亲视为同一。如此一来,父亲曾经采用过并引起儿子排斥的方法,随着儿子自己的成熟也会本能地成为他的方法。然而,这种“超我”必然(由年龄决定)的经验不足和少年的情绪化,经常会把完全正当的行为和合理的举止变成闹剧。最后的结果是变成一个死结:父与子这样亲近的人,因为彼此交流而痛苦,但是与此同时,又会体会到因为缺乏交流而造成的痛苦。随着年龄的增长,这个“戈耳狄俄斯之结”越拉越紧,一下斩断它的可能性越来越小。确切地说,这么做没什么好处,虽然在这种情况下,给别人造成痛苦往往已是某种陈年宿疾。

我们在阿尔谢尼·塔可夫斯基翻译的十至十一世纪阿拉伯诗歌中找到了这样的诗行:

我们在自己的无知中走得这么远,
以至于认为自己是鸟儿与野兽的主宰;

我们曾在地球的每个角落寻欢作乐，
最后只换来理智空耗尽。
给诱惑鞴鞍，把缰绳抛弃，
或疾驰，或快跑，去往那未知的地方。
心灵本能庇护身体避免所有的损失，
只要大地暂时还没有把大门紧闭。
这一点也要教授给妇女，她们的财富——就是名誉，
但一定要小心！万物都有自己的界限。

忍耐的界限，理解的界限，怜悯的界限……只是谁也不知道，这些界限在哪里。界限的获得是一套本能的程序，对于每个人来说都是极为私人经验的，对这套程序只能去相信，不能强行去教授。

安德烈·塔可夫斯基在《雕刻时光》中写道："艺术肯定了人所能够的那些事物中最好的：希望，爱，美，祈祷……或是他梦想的东西，他希冀的东西……当把一个不会游泳的人扔进水里，他的身体，而不是他本人就会本能地进行运动——他就开始了自救。艺术的存在也好比扔进水里的人的身体——它的存在是精神意义上的人不

想被淹死的本能。艺术家身上能体现出精神意义的人的本能。而在创作中体现出人类对永恒、崇高与完善的追求,尽管诗人本身甚至也常是有罪孽的。”

安德烈信件的最后一句话:“**可为什么我带给大家的只有失望**?”“永远的失败者”的形象,自阿尔西克·塔可夫斯基一九二〇年代进入莫斯科文学圈以来,就如影随形一直跟着他。这个形象不会称安德烈的心,既跟他的性格不一致,又因为他的童年是在希波克、尤里耶韦茨、扎夫拉日耶和小雅罗斯拉韦茨,在那些不欢迎牺牲者情结的人中间度过的,而自我陶醉于个人的不幸,在战争期间是有些令人无法接受的。但这些话到底还是从安德烈的口中说出来的。

更准确地说,是下意识地说出来的。因为生来就在不断寻求父亲的关注,同时又要担心、困窘于会引起父亲的厌烦,引起他的不满与失望。这种寻找的尝试年复一年。

电影《牺牲》中,海边枯树旁的场景:

亚历山大:过来,到我这儿来,帮帮我,孩子。你知道吗,有一天,那是很久以前了,有个修道院的长老，名叫庞巴，他也是这样往山上插了一棵枯树，然后吩咐自己的学生，修士矮者若望，这是一座东正教的修道院……他命令学生每天给枯树浇水，直到它活过来……把石子儿放这里……就这样，每天早上若望将水桶满上，就往山里去了，给这棵枯枝浇水，晚上天黑了才回修道院。就这样过了整整三年。在一个美好的晴天，他登上山看见，他的树已经开满花了……毕竟不管怎么说，方法、体系是伟大的事情。你知道吗，我有时候觉得，如果每天在同一个时间做完全同样的一件事情——就像是仪式那样——成体系而且确定不变——每一天，在同一个时间地点——世界会变化的。总会有些事物是要变的！不可能不变的。

一九六二年。母女二人走到孤零零地杵在荒地上的一棵枯树旁，将镜子小心地靠着树放好，看着通勤火车如何沿与地平线重合的铁路线疾驰而过。

从母亲大衣口袋里杵出了锤子的木柄，刚才她们用这把锤子砸碎了那个古老的浸染橡木衣柜。这个衣柜一辈子都待在希波克头道巷的房子里，但等到住在房子里的人被迁去比留廖沃之后,房子就交还给工人宿舍了,结果发现这个衣柜放不进小面积住宅,连门都挤不进去。

某段时间它被放在楼梯过道里。邻居们往里面放雪橇、儿童自行车、洗衣盆,以及家里不要却不知为何又舍不得扔的各种破烂。不过防火检查的时候要求马上扔掉它,因为说它把过道都堵死了。

它的确挡住了过道,不过大家都早已习惯了。

不过如今摆脱掉它了。

然而,伫立在比留廖沃荒地里的那棵枯树,不知为何却无法摆脱。

影片《镜子》中,在娜杰日达·彼得罗夫娜家里那场戏进入了成片:

娜杰日达·彼得罗夫娜:我们现在把鸡杀了吧。只是我有个小小的请求。我现在怀孕三个月了,总是觉得恶心。连挤牛奶都会觉得恶心。可现在要杀鸡……您自己也明白的。您能来动手么?

母亲(完全茫然地):您知道的,我自己……

娜杰日达·彼得罗夫娜:怎么,您也怀孕了?

母亲：不，不是这个意思，只是我从来没有杀过……

娜杰日达·彼得罗夫娜：啊……这个小事一桩……莫斯科人吃杀好的、现成的……我全都得自己来，就在木头上杀，这是斧子。德米特里·伊万诺维奇早上已经磨好了。

母亲：这是？就在房间里杀？

娜杰日达·彼得罗夫娜：我们会在下面放个盆。明早我也给您带一只小母鸡。您不用当作礼物。

母亲：您知道的，我做不到。

娜杰日达·彼得罗夫娜：看来这是我们女人的弱项。要不然叫阿廖沙来试试看？他毕竟是个男的。

母亲：不用，干吗叫阿廖沙……

娜杰日达·彼得罗夫娜（把鸡抓过来，放在木头上）：那您就抓好，抓好，抓紧点，不然它就飞了，会把餐具都打碎的。来呀，我好像还是有点那啥……来呀！……

（鸡开始在母亲手中扑腾……）

我们逃也似的离开。我们回去的时候，天都黑了，还下着雨。我看不清路，时不时会踩着荨麻，但我没有出声。母亲在一边走着，我听得到她踩在水洼里的刷刷声，以及她在黑暗里碰到灌木丛的动静。

突然我听到一声抽泣。我凝神屏息，努力不发出声响，倾听着，观察着暗处，但什么也没听到。

毕竟还是把柜子的镜子门带回家了。它被安到墙边，用来增加房间的面积，虽然仅仅是视觉效果。在镜子表面的水银上还保留着火柴的划痕，这是安德烈违抗母亲和外婆的禁令，在家庭宝贵遗产上划出来的。

不过随着时光的流逝，衣柜这一话题逐渐退居中景，然后是远景了。假使有人提起它，那就好比列昂尼德·安德烈耶维奇·加耶夫[①]在说话，带着我们熟悉的契诃夫的腔调："亲爱的、德高望重的柜子！我向你致敬，你向往善良和公正的光明理想已经超过了一百年，百年以来，你沉默地号召富有成果的工作，从未松懈，一代又一代，你支撑着我们的朝气蓬勃，和对最美好未来的信念，教育我们善良和社会自觉的理想。"

① 契诃夫《樱桃园》主人公。

一九五七年,阿尔谢尼·亚历山德罗维奇·塔可夫斯基和塔季扬娜·阿列克谢耶夫娜·奥泽尔斯卡娅及其儿子搬到了位于机场二道街(后来叫切尔尼亚霍夫街)的作家合作社大楼,邻近地铁机场站(大楼周围是苏联影协的住宅楼和莫斯科地铁建设者合作社)。诗人的邻居包括伊拉克利·安德罗尼科夫,叶夫根尼·加布里洛维奇,米哈伊尔·斯韦特洛夫,康斯坦丁·西蒙诺夫,亚历山大·加利奇以及鲍里斯·斯卢茨基。

玛丽娜·塔可夫斯卡娅这样描写父亲的新家:“房子非常体面,带电梯,有干干净净的门厅,有人看门……父亲有了一个小书房,在那里他可以安静地安排自己的时间……他工作不规律,有时候一连几天都无法进入工作状态,但他一旦开始,就会工作得很快,出色地完成任务,然后重新陶醉在自己甜美的消遣时间中:听音乐,朗读自己喜爱的诗歌或自己写诗。”

不过,塔季扬娜·阿列克谢耶夫娜经常抱怨阿尔谢尼,说他在偷懒,不愿意工作,要很长时间才能振作起来,有时她不得不催促爱人进入工作状态,因为任务不等人,随时又要等着钱花。阿尔谢尼·亚历山德罗维奇的孩子,安德烈和玛丽娜,虽然不频繁,但有时还是会来父亲在机场街的房子，他们听说此事会觉得很奇怪，毕竟这里的一切——从带全套芬兰家具的厨房，到墙上挂着老版画、法尔克和方维津水彩画的诗人的书房——都有助于静心工作和创作。当然，书柜在这个家里有着特殊的地位：诗集、选集、艺术画册和天文书籍、学术专著以及厚杂志[①]的合订本。所有来阿尔谢尼·亚历山德罗维奇家做客的人，无不赞叹这不计其数的宝藏，这在很大程度上也是诗人食粮的一部分，他可以一连几天待在家里不出去：写作，读书，听音乐，或者纯粹冥想。

就这样，到一九五〇年代，老塔可夫斯基终于得到了他所求的——一间创作实验室，这里谁也无法妨碍他一个人独处，独自面对自己的诗歌。至少，他是这么感觉的……

塔季扬娜·阿列克谢耶夫娜·奥泽尔斯卡娅与阿尔谢尼·亚历山德罗维奇同龄。她是莫斯科人，毕业于外语学院，他们相识于战争将结束时，那时候她已经是个相当著名的翻译家了。她所翻译的德莱塞、欧亨利、克罗宁、约翰·布莱恩刊登在《外国文学》杂志上。塔季扬娜

---

① 帝俄和苏联时期重要的严肃文学杂志通常被统称为“厚杂志”。

翻译的大受欢迎的小说,玛格丽特·米切尔的《飘》,尤其出名。

作家因娜·利沃夫娜·利斯尼扬斯卡娅(1918–2014)回忆道:

> 对塔可夫斯基而言,他的第三个妻子塔季扬娜·奥泽尔斯卡娅握着权柄,实际上成了他的母亲……她非常懂得阿尔谢尼·亚历山德罗维奇的性格……至于塔·奥泽尔斯卡娅本人……我承认我不是特别喜欢她这种类型的女人:人高马大,强硬,世故,精于算计,锱铢必较,是那种掌控一切的女人。她让我感到特别不舒服的一点是,她强调阿尔谢尼·亚历山德罗维奇孩子般的无助,对她那种孩子般的依赖,甚至在某种程度上还培养他身上的这种无助的依赖。听说在生命的最后几年,阿尔谢尼完全离不开她,如果她离开一小段时间,他就会四下张望,不停地问:塔尼娅在哪里,塔尼娅在哪里?
>
> 然而必须对塔季扬娜·阿列克谢耶夫娜·奥泽尔斯卡娅做出应有的评价。多年以来,她几乎每天都对诗作未曾出版过的诗人重复:“你,阿尔休沙,是天

才！”关于这一点塔可夫斯基不止一次地对我（更像是对他自己）提起，尤其是因为塔季扬娜的粗鲁而苦恼的时候。而多年来无法发表诗歌的诗人是如何需要这样的支持——“阿尔休沙，你是天才”——然后就没什么可说的了。或许，正是我所反感的奥泽尔斯卡娅的那些性格特点，才促成诗集《雪落之前》和《大地的归大地》的问世。

因娜·利沃夫娜上述的这些塔季扬娜·阿列克谢耶夫娜的特质，很多人都注意到了，她那男性化（有别于阿尔谢尼）的决断力和麻利做派让很多人不适。毫无疑问，她对丈夫严加管束，但是也不能抹杀塔季扬娜·奥泽尔斯卡娅为推出、支持阿尔谢尼·亚历山德罗维奇所做出的非常人所能及的、高尚的努力。很可能她深信，惟有如此，她丈夫的诗歌天才才能够获得官方承认。

而她为此做了很多。

五十年代末、六十年代初，老塔可夫斯基的人生与命运之处境非常微妙。一方面，诗人得到了全身心投入到创作中，尤其是语言中的自由与可能性，而他已经为这语言牺牲了一切；但是另一方面，阿尔谢尼·亚历山德罗维奇的身边出现了一个人，她整个儿规划他的生活，用军队般的压力迫使他完成各种文学任务。如今一清二楚，躲到书柜后面去逃离这种压力是不可能的。

而且它涉及生活的方方面面，其中也包括日常生活。

诗人、作家基里尔·科瓦利吉回忆：

> 有一回，我去佩列杰尔金诺他们那儿做客，来了两个崇拜者，是年轻的女大学生。简直膜拜他。他兴头很好，精神焕发，朗诵诗歌。时间过得很快，不知不觉天都黑了。最后塔可夫斯基夫妇需要去莫斯科，建议我和女孩子们与他们同行。塔季扬娜·阿列克谢耶夫娜开车。走了还不到一百米，她突然想起来，阿·亚有个东西忘记带了。我的天，她是那么粗鲁地骂他，斥责他糊涂，还说了什么乱七八糟的我都记不得了。崇拜者们吓得呆若木鸡。可是阿尔谢尼·亚历山德罗维奇知罪地、温柔地安抚她："对不起，塔纽莎，没事儿，咱们回去吧……"于是他们回去了。
>
> 我慌张地小声对姑娘们说："不要赋予这事儿任何意义。他高于这些，他是大诗人！"幽默感拯救了

阿·亚。他曾有一次对我说：我是我们家里惟一一个跟响尾蛇结婚的人。

他还唱起来：

> 我们的妻子——是暴脾气的猫，
> 这就是我们的妻子！

但是，可想而知，幽默感不总是有用的。

塔可夫斯基很想让女儿玛丽娜搬到机场街的家里来，他温柔地称之为“我的考狄丽亚[1]”，既然房间也很宽裕，但是塔季扬娜·阿列克谢耶夫娜激烈反对此事，她认为，阿尔谢尼、阿列克谢·斯图杰涅茨基（奥泽尔斯卡娅与新闻记者尼古拉·斯图杰涅茨基的儿子）、玛丽娜和塔季扬娜·阿列克谢耶夫娜本人住在一块很不合适，彼此会很拘束的（首先是对于天才诗人本人而言），因为这会不利于他紧张的工作。

塔可夫斯基不得不听妻子的。

我们已经知道，一九六二年，玛丽亚·伊万诺夫娜和

---

① 莎士比亚《李尔王》中李尔王的小女儿。

孩子们在比留廖沃的预制板新楼中分得一套房子。阿尔谢尼与成年的子女见面机会变得更少了，尽管那时他已经当外公了——一九五八年，玛丽娜·阿尔谢尼耶夫娜生下了儿子米哈伊尔。

玛丽娜的丈夫，安德烈的同学，电影导演亚历山大·维塔利耶维奇·戈尔东在《一个未摒弃渴望的人……》一书中写道，阿尔谢尼·亚历山德罗维奇“知道自己做外公时，他非常震惊，襁褓中的孩子令他非常感动，对女儿特别温柔。在玛丽娜从产房回家那天他送来一张后背打磨得很光滑的床。但与此同时，很难称阿尔谢尼·塔可夫斯基是一个恒常关心亲人的人。他的爱与关怀的流露是顺其自然的，且通常与获得稿费或塔季扬娜·阿列克谢耶夫娜不在家的时间重合”。

当然，比留廖沃货运站附近荒地上的枯树很快就被砍掉了，开始在那里建造新的住宅。而峡谷里柜子的碎片早就被当作柴火烧了，不然又能派什么用场呢……

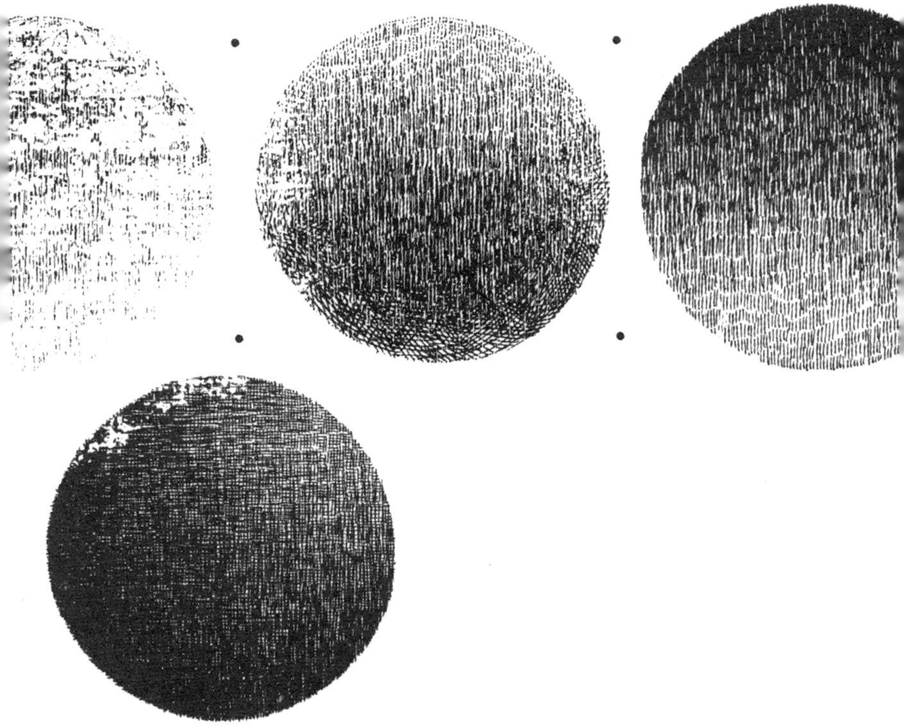

第十四章　平行运动

一九六一年，安德烈·塔可夫斯基以优异成绩从电影学院毕业，分配到莫斯科电影制片厂，任三级导演。当时他已经有三部作品——《杀手》（罗姆对此片评价很高），《今天不离去》和毕业作品《压路机和小提琴》（获纽约大学生电影节大奖）。

然而，这个电影学院的毕业生却对自己选择的道路是否正确充满疑惑。

回忆那段时光，安德烈·塔可夫斯基说："非常遗憾，直到对创作有自觉需求前，电影对我而言只是个如此这般的物自体，以至于我很难设想我的导师米哈伊尔·伊里奇·罗姆为我准备的角色。这是某种没有交集点，没有相互影响的平行运动。未来和现实没有关联，我无法设想自己未来的精神功能。我看不到那个只有在和自我的斗争中才能达成的目标，它意味着一个看具体问题的视角，而这个问题在一定意义上是被一劳永逸地表达出来的。接下来能改变的只是策略，而目标则不会改变，因为它意味着伦理功能。”

安德烈喜欢逢场作戏，一股颓废派作风，很多认识他的人总是指责他故作姿态、装腔作势，说他——大师的宠儿、优秀生、权威影展获奖者，怎么能一再说自己没有创作能力，说自己不理解电影的真谛？

某些指责并非空穴来风。不自信的艺术家形象很称小塔可夫斯基的心，无疑是他从他父亲那里继承的。但是想一下安德烈·康查洛夫斯基对塔可夫斯基的描写就会明白，这不过是太表面化的观点。他是这样说的：“我们是在电影学院的剪辑室里认识的。塔可夫斯基头发乱蓬蓬的，咬肌鼓鼓的，啃着指甲。”

几年后，在拍《安德烈·鲁布廖夫》时，因为圣母安息大教堂的屋顶起火，这个画面又在弗拉基米尔宾馆的房间里准确重现了。而且未来还将发生不止一回。

实际上，毕业作品《压路机和小提琴》是塔可夫斯基第一次尝试用电影手段讲述自己，因为任何一个艺术家首先讲述的就是自己（尽管有时候他自己不承认这一点）。他抽取了自己内心深处的一些很深的、隐秘的东西，而观众们则对此有所回馈，因为艺术中没有比每人都能从中认出自己的人性故事更有意思的了。

我们知道，开始写作毕业作品的剧本时，安德烈·塔可夫斯基和安德烈·康查洛夫斯基制订了一个相当“拿破仑式的”计划——决定推翻伊万·佩里耶夫（苏联影协第一书记，苏联人民艺术家，六次斯大林奖获得者，莫斯科电影制片厂厂长）的“胶合板式”（康查洛夫斯基语）电影风格，发扬当时堪称先锋的米哈伊尔·卡拉托佐夫的电影风格。安德烈·谢尔盖耶维奇·米哈尔科夫康查洛夫斯基在《卑微的真理》一书中写道：“我们当时不接受好莱坞美学，也不接受对我们而言一样的斯大林美学。我们感觉整个世界在我们的脚下，没有我们克服不了的障碍……我们带着西班牙征服者的感觉在莫斯科电影制片厂的走廊上走来走去……有一种奇妙的精力和才华过剩的感觉……”

然而第一部作品的任务，尤其是短片，远不止是不容易。塔可夫斯基不可能不知道这一点，因为在朋友圈里显摆自己的才华是一回事,出去拍完东西,拿到剪辑台上剪拍完的材料,然后恐怖地发现,你所拍的和“胶合板”没有任何区别,又是另一回事。

《压路机和小提琴》剧本是一个教学导向剧本的经典范例,由几个经过加工的故事大纲组成,各位主人公的性格是这些大纲的附加物,就仿佛是既定框架内的客观事实。

小男孩萨沙——少年小提琴手,知识分子类型,教育良好,内心痛苦。

工人谢尔盖——压路机司机,天性开朗,富有洞察力,智慧。

姑娘——谢尔盖铺沥青的搭档,爱上了他。

严厉然而善良的音乐老师。

严厉然而善良的妈妈。

院子里的小痞子,他们是无法无天,但心存高贵的小伙伴(他们不敢去拿小提琴)。

顺便说一句,音乐学校里扎蝴蝶结的小姑娘是玛丽娜·阿朱别伊扮演的,她是尼基塔·谢尔盖耶维奇·赫鲁晓夫的重孙女(对“解冻”之父的一种致敬)。

一切从一开始就规定好了,就差冯维辛剧本里主人公的那些别有深意的名字了。[1]

> 电影中最吸引我的是各种诗意的联系，诗的逻辑。我认为这种逻辑更为契合电影作为最诚实、最富有诗意的艺术之潜能。无论如何，这种逻辑都比传统戏剧创作法更令我亲近，在后者之中，通过情节直线的、逻辑连贯的发展，各个艺术形象被联系起来。这种详细的“正确的”事件关联通常都是在随意的算计和各种抽象投机论断的强大作用下产生的。但是甚至当这些都没有，且由性格来支配情节的时候，关联的逻辑竟也会建立在对生活复杂性的简化之上。但是有另外一种将电影材料组合在一起的方法，其中最重要的就是揭示人思维的逻辑。在这种情况下正是这种逻辑决定了不同事件的顺序，以及将它们联系成整体的蒙太奇。

这些关于电影中的情节结构和实际拍戏之间关系的

---

① 冯维辛是十八世纪俄罗斯古典主义戏剧代表人物，其剧本中的人物有强烈的程式化倾向，而他们的名字往往能让读者联想起他们的性格特征和道德水准。

话是安德烈·塔可夫斯基很久以后才说的，而现在他只是电影学院五年级学生，刚涉足这个行业，当被组织过的生产方案和向往纯艺术的内心激情同时存在，冲突就是不可避免的，惟一的解决方法就是搞清楚对自己来说，什么是创作自由的表达，换句话说，什么能尺度全开地允许你表达自己的思想。

为此，有人需要严格的大纲和使用指南，有人则需要倾听自己的内心状态，忠实于它。塔可夫斯基属于后一种。最令他恐怖的一个词就是“简化”（为了解决各种技术上的、意识形态上的、资金上的任务），这就是自我背叛的内面。

当然，镜头中的行为，各个片段衔接的顺序都必须有自己的动机，不过，必须清楚的是，有时候这种动机不可能有非常系统的逻辑解释。这时我们就可以理解为何要去信仰导演在现场和剪辑台的表现。假如他听到或感受到了什么，绝对没有必要让大家都听到，感受到。个别的片段、场面、镜头、景，活在他作为导演的意识中。接下来要做的只有等待，等待所有这些（第一眼看上去的）不和谐变成完整的统一体，发出自己的声音。

而目前是《压路机和小提琴》……

安德烈·康查洛夫斯基嘲讽地看着自己的合作者：他看上去完全找不到自己的位置。他总是跑来跑去，改来改去，反映出他内心彻底的不自信。摄像师瓦季姆·尤索夫（1929–2013）耐心地听着导演的话，并透过他那冗长混乱的陈述，抓住最重要的——看见并拍下见所未见的。

就这样，萨沙去音乐学校上课（影片中的音乐学校是在波良卡街的少先队和中小学生文化宫取景的，安德烈·塔可夫斯基中学时在此间的戏剧小组学习过）。

院子里的小痞子嘲笑他，并夺走了他的小提琴。

为萨沙出头的是富有洞察力、睿智而高尚的谢尔盖。

少年小提琴手脸上幸福的笑容。

压路机司机灿烂的笑容。

皮划艇运动员在引水运河上划水。

萨沙在洒满阳光的路上走着。

这些视觉图像中没有任何东西预示着新发现。在塔可夫斯基之前、在他之后都是这样拍幸福的童年的：刻意的装饰，摆拍的肖像，过于简短的对白，鲜亮得不自然、过于花哨的颜色（想想安德烈·阿尔谢尼耶维奇关于彩色电影的论述）。

突然出现了一个无法解释的闪光：萨沙在商店的橱窗旁停下了：数字“1”（正在为庆祝五一节做准备）飘到天上去了，男孩视角下的商店橱窗的镜子中一切都发生了错位。镜子有很多，而镜子里的莫斯科多彩多姿：街道和克里姆林宫里的大教堂，起重机和气球，钟表和散落在柏油路上的苹果。

这段奇怪的、出人意料的引子导向一种和我们习惯在银幕上看到的完全不同的东西。

有一只手从地上捡起散落的苹果中的一只，更确切地说，是很多只手捡起多个苹果，而且已经无法明白到底发生了什么。当你已经无法知道接下来会发生什么的时候，这或许就是净化了。

可以推测，在这个片段之前，安德烈·塔可夫斯基只是在选择语言／道，逐渐进入表现手法，追求图像的可塑性，感觉语调、状态，而语言／道突然就来了。更准确地说，它降下了，就像在文学，尤其是诗歌创作中那样。

到这里，影片中的一切多了一种额外的声音，也可以说，在发生着一种平行运动：表面的和内在的。

萨沙送给扎蝴蝶结的小姑娘一个苹果。她在少年小提琴手去严厉然而善良的老师那里上课的时候吃掉了它。

不是像布列松、布努埃尔、戈达尔或特吕弗会表现的那样，按照庸俗的圣经传统咬一口，而是整个儿吃光，只剩下一个苹果核留在饰有哥特雕塑的椅子上。这根本不是什么禁果，就像创世记上说的，“园中各样树上的果子，你可以随意吃；只是分别善恶树上的果子，你不可吃，因为你吃的日子必定死”。这只是一个普通的苹果，是在波良卡街或者普柳希哈街某处的菜市场（根据《压路机和小提琴》的外景地选址）买回来的。

导演惊恐不安地流露出这个奇怪的声音，它来自童年的某处，来自他自己（我们还记得这一点）不甚圆满的音乐课，来自对各种过度、狂热爱好的志趣（女音乐教师因此责备萨沙），来自准备完全屈服于情感风暴的状态。

在这层意义上，影片中出现了电闪雷鸣、暴雨和推倒老房子的镜头就很能说明问题。此处蒙太奇的节奏完全贴合阿尔谢尼的诗歌《小市民头道街的冰雹》：

塔楼的钟声大作，
风在上扬
行人躲入门厅
门在吱呀作响

光着脚的女子在人行道上奔跑
雨在身后追赶着她们
心在怦怦跳
裙子极为不便
玫瑰花也湿透了。
冰雹
落在椴树上，
粉身碎骨。
窗户
还是稍微打开，
在布满银色鳞片的马路上，
孩子们嚼着冰冻坚果。

当然，这是一个发现——蒙太奇的节奏就是音乐的节奏，安德烈有绝对听力，他感觉到了这一点，并在这个方向上走下去。比如，据悉，塔可夫斯基在剪辑《压路机和小提琴》时是按照格伦·米勒的爵士乐剪的。安德烈·康查洛夫斯基这样说："他（指塔可夫斯基）在忙着把图像和音乐结合起来。我现在记得，他如何把格伦·米勒的《星尘》的萨克斯风旋律用于压路机的画面……当然,后来他放弃了。”

然而在毕业作品里,他没能实现在整部作品中都使用这种手法。这是可以理解的,短片的长度本身需要情节极其紧凑、表达有节制。安德烈在电影学院受到的教育也没有学到类似的前卫手法。

最后影片按照既定的胶卷长度和剧本纲要的框架完成:男孩跳上了压路机,谢尔盖驾驶,他们一起驶出画面。镜头从高处往下拍。柏油马路上洒水车的洒下一道道水流在阳光下闪着光。这种描写手法当时很流行(玛格丽特·皮利欣娜和谢尔盖·乌鲁谢夫斯基都如此回忆)。

不过正是通过毕业作品,安德烈找到了自己的电影“眼睛”:摄像师瓦季姆·尤索夫。瓦季姆·伊万诺维奇一九五四年毕业于电影学院(鲍里斯·沃尔切克的大师班),同年分配到莫斯科电影制片厂担任助理摄像师,一九五七年已经担任总摄像师。他们的结识,是安德烈看了瓦季姆的作品后,提出想结识他,由无处不在、无人不识的安德烈·康查洛夫斯基介绍的。

在一次采访中,瓦季姆·伊万诺维奇说:“我记不清他是怎么联系到我的了,但我第一次见到他时,首先打动我的是他的面孔。他是跟安德烈·康查洛夫斯基一起来的，他极为紧张，看上去是一个很敏感、神经质的人。他穿着讲究，甚至可以说优雅，短发剪得整整齐齐。我相信他有一个很棒的理发师。他看上去像是个重视时尚潮流的人。很快就能看出来，他风度翩翩，非常有教养。在跟比自己大的人交流时不失气度……他像对待专家、顾问或老师那样对待我。最后我同意掌镜《压路机和小提琴》。”

塔可夫斯基在拍摄期间提出的影像要求，复杂程度根据他本人的声音、腔调、风格而变化。可想而知，摄影机完全被他视为一种表达工具，而且是自由的，未经简化的表达工具（无论机器本身的技术特性如何）。

因此，有时尤索夫所面临的任务是极难执行的。此外我们还应该明白，必须从摄影机和光学仪器中榨取最大的潜能，把导演创作思路的翱翔写入客观的技术现实中。

五十年代末到六十年代初，苏联的工厂（更准确地说是电影设备制造厂）为职业电影人提供了一系列摄影机，通过在各种摄影机之间保持平衡，包括瓦季姆·伊万诺维奇在内的摄像师能够达到他们所需完成任务的水准。

“祖国”牌35毫米摄影机可以同时用于内景和外景

的拍摄，它配有改变滤光器（定期遮挡光线的机械设备）张角的专门装备，从而可以实现“淡入”镜头的转换，在拍摄中就可以直接完成“淡出”，不用等到之后的洗印来完成，它还可以实现倒带的功能，这在混合拍摄的时候是必需的，还有镜头的变速器——18、24、68 帧。

“友谊”牌 35 毫米摄影机主要用于拍摄内景。它和“祖国”牌带有同样的匀速改变镜像滤光镜的半自动系统，和透过镜头的实时取景功能，这就可以使影像不被扭曲。这种摄影机还装配了宽尺镜头和变焦镜头。为了剪辑方便，在多机拍摄的情况下，它有设备将起始标注和剪辑序号印在胶片上。为了能够在低温下拍摄（在拍摄大型项目时“友谊”牌还是要用于外景拍摄的），摄影机还带有自动电加热装置。

“孔瓦斯”牌 35 毫米摄影机一直到九十年代中期还在生产，被认为是一种最常用的、最便宜的采访摄影机。根据炮塔上镜头的数量又分为“单眼”“三眼”和“孔瓦斯”。因为没有降噪盒，只能用来拍摄将在棚里进行后期配音的素材，但是快速换带的功能让“孔瓦斯”成为尤其受新闻纪录摄影师欢迎的工具。

最后，还有“罗斯”牌（16-CK）16 毫米摄影机。它的镜头聚焦是依靠距离线和聚光透镜的磨砂表面实现的。它装备有外置电子驱动装置。这款摄影机的优点是简单、可靠、稳定,尤其适用于野外拍摄,比如《安德烈·鲁布廖夫》的部分野外镜头就是用“罗斯”牌摄影机拍的。

这番五十年代末、六十年代初苏联电影技术的简介对于我们理解塔可夫斯基拍摄第一批电影的条件是有用的。自然(默认情况下),这些技术设备总的来说还并不理想,因此在拍摄中总会有些“小插曲”,例如胶片“烧着了”,镜头“不稳”(镜头抖动,现在在一些老电影打的字幕中看得很清楚),抓钩(拉胶片的设备)挂住了,胶片曝光等等,这让拍摄过程更加令人紧张焦虑。不到洗印的胶片从实验室里拿出来,并经过质检的那一刻,谁都不能确信在片场的努力是否付诸东流,是否需要重拍。

所以,能让拍摄结果符合构想的惟一保证就是总摄像师。

在这个意义上,瓦季姆·尤索夫不仅是塔可夫斯基的合作者,还是这一整个庞大的电影车间和各大实验室的“钥匙掌管者”(摄像师在显影和洗印胶片的时候必须在场,修正进程,检查成片样品是否与片场的构思契合等等)。还是那句话,由于摄像机的技术特点,导演必须和总摄像师就一些最复杂片段的拍摄达成一致:“淡入”,“淡出”,把已经曝光的胶片片段互相重叠(合成拍摄),迅速拍摄(即加快胶片卷入速度,从而在荧幕上产生慢镜头效果),光学试验(《压路机和小提琴》中的镜像效果),否则等到了剪辑台上所有的构想就都来不及实现了。

可想而知,像安德烈这样性子急、有着精神病变式性格的人得怎样削足适履才能适应电影工业(更不用说拍电影严格规定的预算了),但他同时不会对自己的创作目标妥协半步。或许正因为如此,看见安德烈在片场或剪辑台的人都会注意到他“头发乱蓬蓬”,慷慨激昂,精神高度紧张,再则,电影厂和国家电影局都有类似艺术委员会这样的机关,在他们这儿(就像在摄影机、胶片、演员和天气这儿一样)等到什么样的结果都是可能的。

塔可夫斯基在《雕刻时光》中说:“经常有人问我,‘禁区’究竟是什么,象征着什么,并作一些没有意义的猜测。对此我总是感到恼火和失望。‘禁区’,如同在我的电影中出现的一切事物,没有任何象征意义:‘禁区’就是‘禁区’,‘禁区’就是生活,穿越‘禁区’,人可能会挫败,也可能会坚持。人能否坚持,取决于他自身的自尊感,他区分轻重的能力。”

就这样，一九六一年去莫斯科电影制片厂任三级导演后，塔可夫斯基心慌意乱，不是因为他认为自己不适合做导演，不知道**怎么**拍电影，而是因为他完全不确定自己能否做到，以及（这一点更重要）是否会让他拍自己看到的，想拍的，在内心感受到的，并会称作是自己作品的那种电影。

不过，这种疑惑只是瞬间的。塔可夫斯基被制片厂的艺术委员会叫去，让他去拍摄（确切地说是重新拍摄）根据作家弗拉基米尔·博戈莫洛夫的短篇小说改编的电影。小说名字是《伊万》。当时就弄明白了，莫斯科电影制片厂之前的这个改编版本的名声不好。

原来两年前，小说《伊万》的电影改编交给了谢·尤特凯维奇大师班毕业的爱德华·阿巴良（阿巴洛夫）。然而在审看第一次剪辑的毛片时搞出了风波：电影厂的领导对这部影片很不满意，片子的质量无法接受，领导指责导演曲解了构成剧本基础的弗拉基米尔·博戈莫洛夫小说的核心思想。爱德华·阿巴良的工作被停，已有的花费算作亏本，电影停拍了。但是半年过后这个电影项目突然又启动了，这回就让塔可夫斯基来拍，但是预算已经严重削减了，拍摄日期也很紧张。

安德烈·塔可夫斯基回忆:“我是莫斯科电影制片厂最后一个被提议拍这部戏的导演。谁都不接,因为已经浪费了上百万旧卢布,也就是十万新卢布,而总预算只有二十五万新卢布,几乎空耗了一半预算。[①] 然后拍出来一部废品。但我还是接了,重写了剧本……拍摄时非常怕。怕是因为我知道,如果不成功,我就没任何希望接下一部戏了。从另一方面来说,这部戏是对我本人的一次考试。”

尽管有不安和恐惧,多年后安德烈·塔可夫斯基承认,像《伊万的童年》拍得这么轻松,这样充满灵感,是第一次也是最后一次。整个拍摄团队包括:安德烈·康查洛夫斯基、瓦季姆·尤索夫、维亚切斯拉夫·奥夫钦尼科夫、瓦连京·祖布科夫、伊尔玛·劳什、瓦连京娜·马利亚温娜、叶夫根尼·扎里科夫以及年轻的科利亚·布尔利亚耶夫是一个家庭,新的艺术创意不是在痛苦以及对这种工程而言很常见的争吵中,而是在友善和互相尊重的氛围下产生的。

电影拍了五个月,到一九六二年六月上映,被评为

---

① 六十年代初苏联进行币制改革,用每十旧卢布折合一新卢布。

最高等级，做了一千五百个拷贝，八月荣获威尼斯国际电影节大奖。

一切都来得这么突然，似乎这是才华、成功、运气的爆发，一切巧合仿佛是本应如此。塔可夫斯基兴高采烈——对于一个刚开始的、三十岁的导演来说，这是一个辉煌的突破！

同一年，已年满五十五岁的阿尔谢尼·亚历山德罗维奇·塔可夫斯基出版了他人生的第一本诗集《雪落之前》，诗集出版取得的成功要少得多，而且，几乎没有人被察觉。

无非是父与子走在平行的轨道上，而众所周知，平行线是不会相交的。

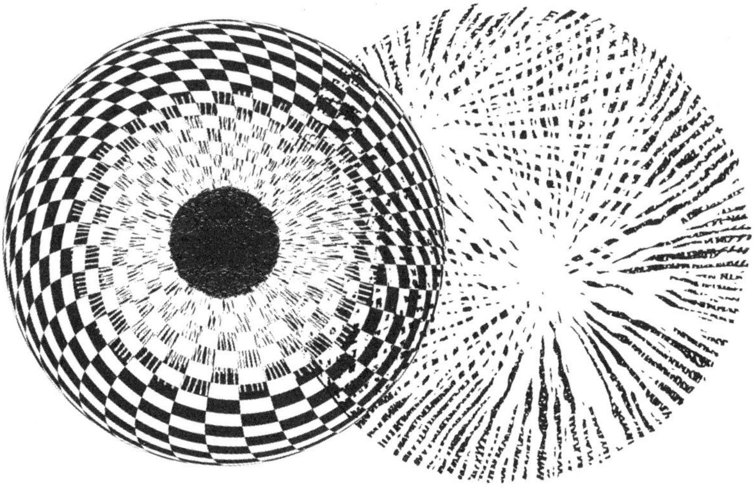

第十五章　自己去看[①]

骑士们下马，放马。

马儿逐水而走，饮水。

岸边散落着苹果。

这些骑士是谁——不清楚。

确切地说，可以猜到，却难以令人置信。

问题在于，他们不止一个世纪地被描绘成给大地带来并传播死亡的形象，不知为何他们在这里下马了。

---

① 典出《新约·启示录》第六章中多次重复的一句呼语。“自己来看”系根据《圣经》俄译、英译本转译而来（更精确的译法为：“你来并看”），而由于使用的希腊语母本不同，中文和合本此处译作“你来”。此外，“自己去看”也是塔可夫斯基的同学、苏联著名导演埃列姆·克利莫夫执导的一部电影（莫斯科电影制片厂、白俄罗斯电影制片厂合拍，1985）的片名。

他们一个人手里拿着剑，一个拿着秤，一个拿着镰刀，一个拿着弩，而弩在中世纪就已经被认为是蛮族的兵器。

骑士们面黄肌瘦，他们因为无尽的追逐而疲惫，但是他们没有别的选择。

男孩仔细地翻阅着其中一幅画，这是纽伦堡的画家阿尔布雷特·丢勒在一四九八年绘制的，男孩的眼中充满仇恨，因为他认出了这是启示录的四骑士。

他的嘴角因为冷笑而扭曲，在莫斯科闭门放映《伊万的童年》时看到这个微笑，法国存在主义哲学家让-保罗·萨特感慨："疯狂？现实？两者兼而有之：战争中，战士都是疯狂的，而这怪物般的小孩就是他们疯狂的客观证明，因为他就是疯得最厉害的那个。所以，这里关系到的，并不是表现主义或象征主义的问题，而只是情节本身所要求的叙述方式的问题……即便最后存活下来，战争还是杀死了那些进行它的人。同时，还有一层更深的涵义：历史用同一个浪头召唤自己的英雄们走向生活，它创造他们，又毁灭他们——通过剥夺他们生的能力，让他们无法感受自己帮助保全的那个社会中的苦难……真相在于，对于这个孩子来说，整个世界正在变成一个幻觉，就连他自己，小怪物、殉难者，对于别人来说都是世上的一个幻觉。”

的确，一切如梦如幻。

马儿在河边喝水，啃着散落地上的苹果。

在河流拐弯的地方有一棵巨大的、被雷电劈过的树。

骑士们在树下休息。

如果说第一次雷电击中了它，那么第二次没有击中，这就好比航空炸弹，不可能两次击中同一只乌鸦。

因为树上没有树叶，所以没有阴凉。

骑士们张开的嘴里散发着臭味儿。

他们被欲望折磨。

《启示录》第六章写道：

1. 我看见羔羊揭开七印中第一印的时候，就听见四活物中的一个活物，声音如雷，说：“你来！”

2. 我就观看，见有一匹白马；骑在马上的，拿着弓，并有冠冕赐给他。他便出来，胜了又要胜。

3. 揭开第二印的时候，我听见第二个活物说：“你来！”

4. 就另有一匹马出来，是红的，有权柄给了那骑马的，可以从地上夺去太平，使人彼此相杀，又有一把大刀赐给他。

5. 揭开第三印的时候，我听见第三个活物说："你来！"我就观看，见有一匹黑马；骑在马上的，手里拿着天平。

6. 我听见在四活物中似乎有声音说："一钱银子买一升麦子，一钱银子买三升大麦，油和酒不可糟蹋。"

7. 揭开第四印的时候，我听见第四个活物说："你来！"

8. 我就观看，见有一匹灰色马，骑在马上的，名字叫作死，阴府也随着他，有权柄赐给他们，可以用刀剑、饥荒、瘟疫、野兽，杀害地上四分之一的人。①

看丢勒版画的男孩正和妈妈在河边走着。

确切地说，是妈妈在走着，男孩在浅滩飞奔，大喊大笑，躲进岸边的树林里。

"伊万，你是怎么了？"母亲停下，手搭凉棚挡住炫目的阳光。

---

① 《新约·启示录》6：1–8。

“没什么，没什么，妈妈。我就是有点儿神经。”

最后母子二人来到河滩的一口井旁。

他们往里看。

深井中，毛玻璃般的，宛如胶质一样的星星在闪烁，仿佛触之可及。

母亲放下辘轳，打上来一桶冰凉晶莹的井水。

伊万喝着水，微笑着。

坐在枯死树下的启示录骑士怀着妒意看着男孩，因为他们没有那么多可以止息他们欲火的水。

他们的嘴唇干裂得起皮了。

玛丽亚·伊万诺夫娜打开书，绘声绘色地读着：

“听我说，列别杰夫先生，关于您的传言是不是真的，据说您在阐释《启示录》？”阿格拉雅问道。

“千真万确……第十五年啦。”

“我听说过您。您上过报纸，对吗？”

“不是的，这是另一个阐释者，另一个，那个人已经死了，就剩下我一个。”列别杰夫不禁喜形于色。

“看在邻居的分上，您最近什么时候来给我讲一讲，我一点都不懂启示录。”

“我不能不警告您，阿格拉雅·伊万诺夫娜，这一切，无非是他冒充内行，招摇撞骗罢了，请相信我，”伊沃尔金将军突然插进来说道，他如坐针毡，一直在等待时机，千方百计地想要发表高论；他挨着阿格拉雅·伊万诺夫娜坐了下来，“当然，在别墅赋闲有自己的权利，”他接着说道，“也有自己的娱乐，接见这么一个非同一般的冒牌货[原文是法语]，请他讲解《启示录》，应当说，跟其他娱乐一样，也是一种娱乐，甚至是一种启迪智慧、别开生面的娱乐，但是我……您似乎在很诧异地看着我？我有幸自我介绍一下，鄙人是伊沃尔金将军。我还抱过您呢，阿格拉雅·伊万诺夫娜。”

母亲放下书，走到窗边，打开窗户，坐在窗台上，边抽烟边想着，很久没见安德烈了，不过可以理解，他已经成年，有自己的家庭，工作很努力。

玛丽亚·伊万诺夫娜有段时间住在比留廖沃，后来，把衣橱劈了之后，她搬到了暖营镇，那里都是一模一样的九层楼，仿佛希波克的生活又搬到了一个遥远的城市。

她回到桌子旁，拿起书，但已经没有力气大声读了。她当然非常热爱陀思妥耶夫斯基，特别是《少年》《白痴》《群魔》，但此时不知为何感觉累得要死。

合上书，她走进房间，躺到床上，面朝墙，墙上挂着吉内薇拉·达梅里戈·德·班琪肖像的复制品。

玛丽亚·伊万诺夫娜闭着眼睛，心里在笑，因为昨天阿尔谢尼打电话给她了，说他过得多么不容易，因为塔尼娅完全不理解他，而她听着他说话，感到怜悯，心里在想，这就是她的生活，一年又一年，由一些不齐全的、互相排斥的事件、零碎的情感，由全然的不和谐和从未间断的紧张感组成，以至于度过的每一天都会引发一种快感，那就是她终于又过了一天，又克服了一天。

或许，安德烈明白这一点……

至少一九六七年的访谈中他触及了这个话题："整体产生于相互矛盾的现象与和谐的组合。生活产生于不和谐。而在生活的碎片上又建立起某种和谐的，其中又包含着彼此争斗现象的东西……当世界被战争分裂，马上就会产生对幸福、对时代变迁的希望……我只有一个问题——超越。我很难描述我的主题是什么样的，但我想要不断地加工的那个基本主题就是——会超越自我，会不去与自然、和谐发生冲突。但是这一切只是在人与周遭事物处于不间断的不和谐的情况下发生的。超越这种不和谐,就可以通过苦难,而不是通过消极旁观去领悟生活。”

苦难,在超越自我意义上对自我的暴力——这个主题对塔可夫斯基而言在《伊万的童年》中就已经关键词,且恰恰是创作中的关键词。最后的那个保留条件具有原则性意义,因为诸如生活中要忍耐痛苦、自我忏悔和自省,这是安德烈从小就自我修行的。但是,从另一个方面来说,这种宣称的苦行主义和一个原则上不能忍受任何条条框框的艺术家的自由自我表达有着深刻的、戏剧化的矛盾。

于是,在从威尼斯凯旋之后,安德烈(即便没有这一出,他也是个非常自负的人)的行为不能说是极端,也是极其放飞自我的。

阿尔谢尼·塔可夫斯基在给他们家的朋友,电影学者罗斯季斯拉夫·尤列尼奥夫的信中说:“也就是说,你喜欢我的孩子的作品?当然我不掩饰自己的喜欢。只是我害怕,他绕不过这头狮子去(威尼斯电影节的金狮奖——作者注),它保不准会变成一条蛇或者毒龙。安德烈也保不准会骄傲。你知道的，我一辈子都在绕着这种‘认可’走，希望安德烈也是。”

亚历山大·戈尔东和动画导演沙夫卡特·阿卜杜萨拉莫夫说过，塔可夫斯基对于苏联电影经典大师的态度傲慢而冷漠，在同龄人面前也很高傲。没错，在第二种情形下，尖锐的批评和友善的笑话很快就能让安德烈回到现实。

当然，他开始骄傲，当然，他开始奔忙，并因为这些奔忙而受罪。但与此同时这些奔忙也让他有一种特别的快感，只有他自己能体会到，就好比陀思妥耶夫斯基的主人公，他们因为自恋而精疲力竭，与此同时他们完全知道自己的缺点，并暗恨自己。

尼古拉·特罗菲莫维奇·吉布，电影导演，在电影学院读书时就认识塔可夫斯基，他回忆道：“在和他（指安德烈——作者注）的交往中能感到某种年轻人的漫不经心，但是这大概率源自年纪，对光明未来的信或不信。我们是后来才历经磨难，遭遇不公，忍受屈辱。到那时我们才知道这些偶然的邂逅的温柔与价值，知道它们已经一去不复返了。”

偶然的邂逅：军人与护士（《伊万的童年》），基里尔与安德烈(《安德烈·鲁布廖夫》),母亲与路人(《镜子》)——这些都是对偶然性本身,还有其不可复制、不可复返特征的实现,并且都是信与不信的明显体现。信的是一切都是预先注定,不信的是自己的力量以及自己选择道路的正确性。

不信将人推入沮丧的境地,按照圣亚他那修的话说,会引发“惰性”,而用大卫王在《诗篇》中的话说,会招来“正午的小鬼”。[①] 而信是提升,类似于爱,“爱是恒久忍耐,又有恩慈;爱是不嫉妒,爱是不自夸,不张狂,不作害羞的事,不求自己的益处,不轻易发怒,不计算人的恶,不喜欢不义,只喜欢真理;凡事包容,凡事相信,凡事盼望,凡事忍耐。爱是永不止息。先知讲道之能终必归于无有,说方言之能终必停止,知识也终必归于无有”。[②]

坐在枯树下的启示录骑士观察着孩子并嫉妒他,因为没有足够的爱可以消除他们的孤独。

他们的嘴唇干裂起皮,心里早如磐石了。

---

① 指的是《旧约·诗篇》(91∶6)中所云“午间灭人的疾病”,而“正午的小鬼”则是教会斯拉夫语译本中不太准确的译法。

② 《新约·哥林多前书》13∶4–8。

母子二人看到，怎样从烧焦的枯树上升起了“正午的小鬼”。这用来形容恶风，它让本来就干枯的树干布满龟裂，吹起一团团砂子，扬到启示录骑士张开的嘴里。

这个片段拍完后，树就被从土里拔出来，轰然一声落入水里。

如同从被冲刷的悬崖拔起的树，
树根朝上倾覆，
在上方泼溅泥土，
又如急流拨弄树枝，
我的影身顺另一条急流
从未来退入昨天。
跟随自己我登高望远
感慨万千。是谁给我
簌簌作响的枝条，粗壮的树干，
和软弱的、无助的树根？
死是腐臭的，可是生更加腐臭，
而生命的任性不受拘束。
你走吗，拉撒路？好吧，快走开！
身后的半个天空还在烧。

你和我之间再也没有联系。
睡吧，恋生者！双手放在胸前，
躺下，睡吧！

这些诗行是一九六二年作家出版社出版的诗集《雪落之前》中《战后》一诗中的句子。

诗集的作者是阿尔谢尼·亚历山德罗维奇·塔可夫斯基，以苏联出版业的标准来看印数非常寒酸——只印了六千本。

塔可夫斯基感到窘迫，他不相信这件事终于发生了，因为一九四六年的第一本诗集记忆犹新，它经过漫长的折磨最后也没能面世。

可要知道从那时起已经过了十六年。

漫长还是短暂？这要取决于如何理解时间的流转，假如它确实是在流转的话。

假如总的来说有时间这种东西的话……

阿尔谢尼一九五八年在诗歌《在世界的中央》里对此进行了思索：

我是一个人，我在世界的中央，

我身后是数亿计的纤毛虫，
我前方是数亿计的星辰。
我挺直身子横躺在它们之间——
犹如连接两岸的大海，
连接两个宇宙的桥梁。
我是涅斯托尔，中古的编年史家，
我是未来时光的耶利米。
手持时钟和日历
我被卷入未来，如同俄罗斯，
诅咒过去，犹如乞丐之王。
我比死人更知晓死亡，
我是活人中最活的生命。
而且——我的上帝啊——某一只飞蛾
像个小姑娘一样笑话我，
犹如一小片金色的丝绸。

钟表和日历——这都不过是一种假定的迁就，是虚构。如果钟表厂资源耗尽，那么指针就停摆，而数字罗列到 28 或 29，30 或 31，都只是纯粹的数学，和永恒之间没有任何关系，因为永恒无法捕捉，而数字冰冷干硬。

当然,这令人想起潜行者的台词:“人之生也软弱、柔韧,其死也坚强、干硬。草木之生也温存、柔嫩,其死也枯槁、坚硬。是故干硬、强力者,死朽之伴,软弱、柔韧者,万有之鲜。是故硬者不胜。”

拥抱青春,我匆匆地
躲避着父亲的足迹
却没有注意到,在我的诗行中
编织了埃斯库罗斯悲剧之巢。

谢尔盖·丘普里宁在《阿尔谢尼·塔可夫斯基:通往世界之路》一文中写道:“这就是塔可夫斯基。这就是他特有的语调,一座由他升起的,看不见却坚固的桥梁,令他通往罗蒙诺索夫、杰尔查文时代的传统,这就是他的宇宙观。这是他的作诗法的运动,其匀整的、颂诗般的诗步让人想起了古人的诗步,散发金属光泽的战斗诗步……阿尔谢尼·塔可夫斯基抒情诗中诗人与世界的关系,或许可被公正地称为‘中世纪的’——尽管我很清楚这个隐喻的全部局限性。类似于宗主与附庸、大主教与教民、骑士小说中的美妇人与吟游诗人之间的关系。没有任何内在交流与平等可言：将人与世界隔离的等级差距太大了，他们的命运实在无法相提并论。”

否则，诗人就缄默，从自己的命运出发观察着。

除此之外，安德烈·比托夫也论及阿尔谢尼·塔可夫斯基这一惊人的特点。例如，塔可夫斯基喜欢长时间地观察下棋或玩台球的人，而且他绝非漠然观看，而是怀着内心的强烈兴趣，甚至是紧张，仿佛他在与周遭共情，仿佛他想深入到别人的激情当中，把自己的暂时搁置一旁。他从来不出主意（别人在这种情况下有时就会这么做），举止像是一个旁观者，在这种情形下他可以一连好几个小时完全自我沉浸。

于是，在从中世纪转换到卫国战争，从古希腊罗马转到一九二〇年代，从战后莫斯科转换到编年史家涅斯托尔、安德烈·鲁布廖夫时代的时候，诗人存在于游戏与现实、情节与语境、时间与空间之外。

一九六四年十一月，莫斯科电影制片厂二级导演安德烈·塔可夫斯基获批拍摄电影《安德烈·鲁布廖夫》。

这个项目始于（电影的构思是关于伟大的俄国圣像画家和他的时代的构思）一九六二年，有一回演员瓦西里·利万诺夫来找塔可夫斯基和安德烈·康查洛夫斯基,建议他们拍关于鲁布廖夫的电影(自然是他自己演主角),这个建议遭到了嘲笑,因为在那个年代这个想法看起来非常怪异,但是在对这个想法细细分析后,他们认为并非完全不可行。

他们给国家电影局递交了申请:“鲁布廖夫的身世——完全是一个谜。我们并不想揭开他命运的秘密。我们想通过诗人的眼睛一窥那个精彩而艰难的时代,那个伟大的俄罗斯民族开始站起来,并走向强大、昂首挺胸的时代。”意外的是,得到了善意的答复。“这是无与伦比的独特性,是自我表达的自由,是告解,是对让灵魂激动的秘藏元素的揭示,而不是‘选题计划’”——在苏联电影业中也有过这种对多少符合国家订货要求的作者独创电影进行财政扶持的举动。

如果考虑到一九六〇年代对俄罗斯中世纪史,尤其是古罗斯艺术的兴趣很高,那么国家电影局官员正面的回复看起来完全是合理的。再说了,申请者已经是电影界的名人,是有创作才华的人,而且安·谢·康查洛夫斯基的家族关系是直达天听的。

于是,就去米哈尔科夫家位于尼古拉山上的别墅写剧本了。

安德烈·康查洛夫斯基回忆:“我们写剧本写了很久,写得很陶醉,光是研究材料就花了半年时间。我们读了关于古罗斯历史、日常生活的书籍,努力去理解当时的生活是怎样的,一切都是从零开始。《安德烈·鲁布廖夫》的剧本或许是才华横溢、奔放且充满想象力的,但却不是一个合乎职业精神的剧本。它不符合戏剧形式的任何一项参数。它有两百五十页,转换为正常的、可以使用的拍摄脚本就至少会有四百页。当安德烈开拍时,长度溢出了,就好像发的面从桶里冒出来。他不安地打电话给我:‘我不知道该怎么办了。所有一切都在不断发展,我们做一些删减吧。’我们就开始毫不心软地砍剧本,我们完全删除了关于瘟疫以及很多其他的段落。因为实质上这不是电影剧本,而是一首关于鲁布廖夫的史诗。我并不是说,优秀的电影必须有一个精确的、完善的剧本——有时候电影能不顾剧本如何而被拍出来。只不过,本应在剧本阶段完成的内容若是等到拍摄时再完善的话,就要耗费远多于前者的心血、精力、钱财。”

由此可见,给国家电影局的报告中的“**我们想通过诗人的眼睛一窥……**”这句话,其实并非简单的一句话而已。很可能，都没有人注意到这句话，没有赋予它意义，可能觉得这就是种修辞（或许这还是最善意的推测），但这就错了——对于安德烈来说这是电影的关键词。一个鲜活词语的形象性正是图像和节奏工作中的出发点。

例如，我们知道，安德烈·鲁布廖夫的形象是根据莫斯科诗人谢尔盖·丘达科夫（1937–1997）来写的，他是个精神病院的病人，也是地下出版杂志《句法》的作者（最后亚历山大·索洛尼岑将鲁布廖夫演绎得耀眼醒目）。

不然的话本来会有另外一种语调，甚至很可能是这样的：

当我被关在精神病院
当我被捆起来抽打
某位大师在评论我
时而赞扬，时而刻薄。
左手风格，右手形象
这边比较，那边对照。
上帝啊，我们的一切都被拿走！
到今天都没人送还。

还有一个相关的例子，说明塔可夫斯基关于诗人视角的这句话，不仅是在认可诗歌写作——作为他与诗人父亲彼此复杂关系中一个不可分割的部分，还是一种在大银幕上自我表达的自然手法。

《安德烈·鲁布廖夫》的开头是飞翔的庄稼汉叶菲姆的桥段，他坐着热气球飞过涅尔利河上的艸嵘教堂。叶菲姆是由另外一个莫斯科诗人（他的外号叫“阿尔巴特街诗人”）尼古拉·格拉兹科夫（1919－1979）扮演的，他也是《句法》的作者之一。

我从小桌板下面向世界。
二十世纪——不寻常的世纪。
越是让历史学家感兴趣的百年，
对当代人来说越悲哀……

……然后，叶菲姆当然掉下来，摔死了。

我们不知道阿尔谢尼·塔可夫斯基如何看待与自己同时代的俄罗斯地下诗歌及各位地下出版物的作者，但无疑肯定会是另外一种态度。在他儿子的理解中，这位诗人——“巅峰的歌手”，看起来完全不一样：他总是醉醺醺的，疯疯癫癫，穷得要乞讨为生（字面意思），他没有家，他的作品都是写在小纸片和香烟盒上的。他不知道像“出版社”“稿费”“佩列杰尔金诺”这样的词，他死得很荒唐也很可怕，他可能是冻死、淹死、吊死，他悄无声息地失踪，但他是自由的江湖艺人。

影片《安德烈·鲁布廖夫》剧本中的“江湖艺人”在成片里保留了。

一四〇〇年。

雷声隆隆，天色暗下来了。暴雨敲打着一行人的脊背。他们撩起被雨水泡胀的衣襟，向在暴雨中依稀可辨的村落方向跑去。

一角木屋的偏房，夯土结实的泥墙泥地，挂着马具、绳索和钉耙。

几个庄稼汉坐在靠墙的干草堆或窗台上。地上有一只大桶，里面有私酿的啤酒和长柄勺子。庄稼汉们大声嬉笑、喊叫，有一个瘦弱的人在干草堆上耍宝，他脑袋很大，急促地摇着铃鼓，用刺耳的嗓音说唱关于剃了胡子的老爷的歌，他非常可怜这个贵族，因为他现在看起来跟个娘们似的，必须害臊地躲起来。

说唱的节奏越来越快，歌词也越来越急，连珠炮一般，听起来像是咒语。但是庄稼汉们止不住地笑，因为流浪艺人非常好笑地挺起肚子，做着滑稽的鬼脸，无需词语也很清楚……随后流浪艺人开始歇斯底里地自言自语，铃鼓急促作响，吹口哨，上跳下蹿，在如雷般的笑声中扯下自己的短裤，给所有人看自己又瘦又白的屁股。这是最高潮……突然他摔倒在地，他害怕地看着门口的修士们，呼吸困难。

对于塔可夫斯基来说，这正是一个自古以来的冲突：无视一切的自由与为一切的自由之间的矛盾——江湖艺人和僧侣久久地相视，然后江湖艺人移开了目光。

银幕上响起了奇怪的、凄凉的音乐，甚至都不能称之为音乐：大雨的喧声，庄稼汉的嘟囔，婆娘的吼叫，大雨泥泞中酒鬼的哀号，羊圈里的咩咩声。

而团练过来抓江湖艺人，折断他的古斯里琴，把他带到外面，撞击一棵孑然伫立在院子里的树，再把血迹斑斑的他拖走，这已是后来的事了。

几乎听不到什么音乐了，隐约听到鸟鸣声。雨停了，修士们又上路了。

但需知这个音乐作品（尽管它简单，乃至贫乏）能够以不同的方式演绎，也就是说，它能够有不同的时长，从而延缓或加快情节。

安德烈·塔可夫斯基在《雕刻时光》中写道：

> 时间在这种情况下只是位于一种特定秩序中的因与果的一个条件——它在这种情况下具有抽象的、哲学的性质。而电影可以在时间的各种外在的、可以被情感理解的客体中记录时间。这样，电影中的时间就成为基础的基础，就像声音之于音乐，色彩之于绘画，性格之于戏剧。
>
> 因此，节奏不是一个个片段之间的格律交替。节奏来自镜头内部的时间挤压。我深信，正是**节奏**才是电影中主要的形式构成元素，而不是通常认为的镜头剪辑……电影中的节奏，是透过镜头里客体那可视、可记录的生命来传达的。好比根据河里水草的摆动，我们可以确定水流的性质与水压。同样，宣告时间之运动的，是生命进程本身，是在镜头中复

现的它的流动性……导演通过对时光的感受和节奏呈现自己的个性。

雨终于停了。

安德烈从刚才江湖艺人耍宝的小屋里走出来。

刚迈出第一步就被泥泞滑了一下。

险些跌倒。

我们看见他走过田野,走进森林。

他边走边看,一言不发。

只是,我们说的是哪一个安德烈呢?

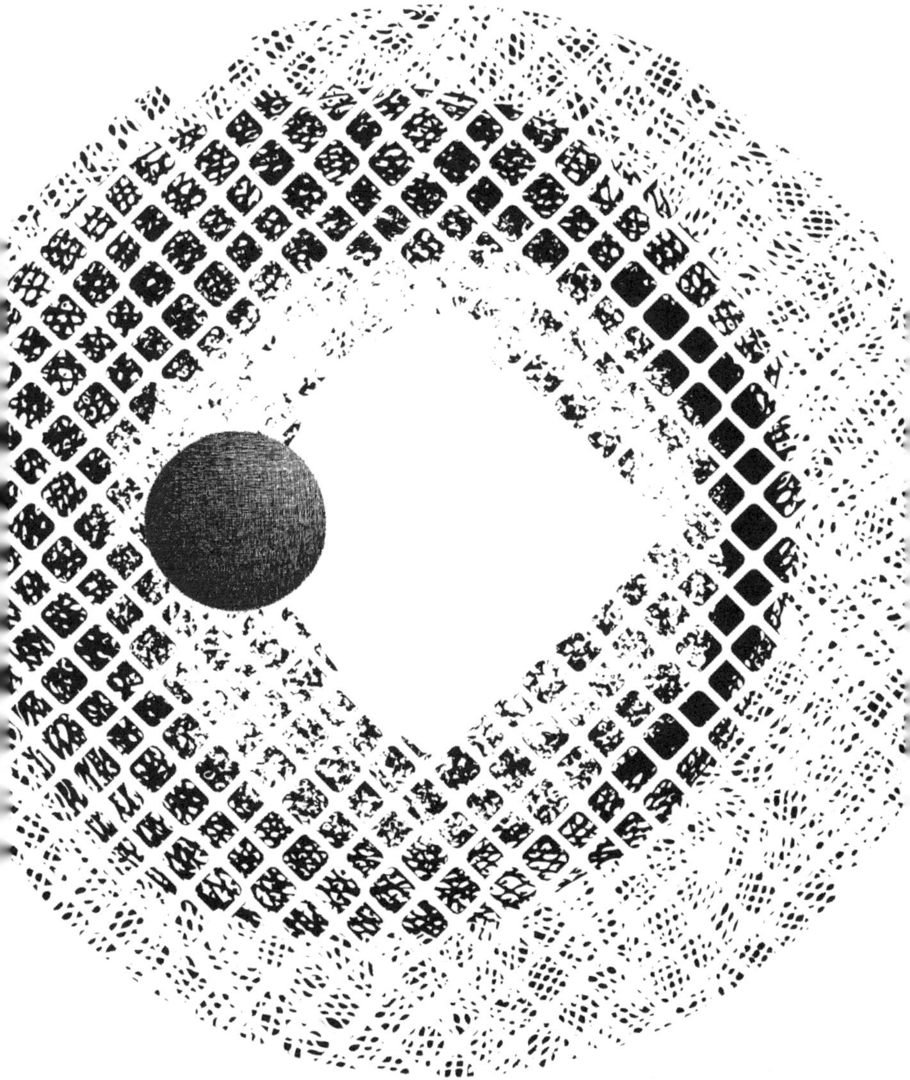

第十六章　寻找安德烈

“帕斯捷尔纳克在写作《日瓦戈医生》期间，在一次谈话中说，信仰之于他是一种严肃的类型。‘应当严肃，’他继续说。我觉得，类似的观念可以解释塔可夫斯基对待实验和探索的态度。对他来说，就像对帕斯捷尔纳克一样，这些活动并未在二十世纪下半叶的艺术中得到正名。对于他们来说，艺术的首要定位是表现某些基本的精神价值。因此，当艺术家开始工作时，他已经找到了他想表达的东西。已经没有留给探索的时间了。在这个意义上，是信仰排除了它。”语言学家、符号学家、人类学家维亚切斯拉夫·弗谢沃洛多维奇·伊万诺夫在看了《安德烈·鲁布廖夫》之后写道。

或许,艺术家的信仰可以被看作一种先验存在的特性,就像客观现实一样。而他能否保持严肃,换句话说,能否专注和苦修,能否因对自己所做的深信不疑,而做到没有遗憾和怀疑地绕过探索这一步,则是另一回事。

至于塔可夫斯基,可以肯定地说——不。

大司祭亚历山大·缅(1935–1990)在回忆安德烈时说:“塔可夫斯基是非常复杂的。很遗憾我跟他很少见面,虽然我们是中学同学。他走了一条非常复杂和艰难的道路……他对东方的各种学说感兴趣。而在这件事上我只看到一点,这个创作型的、辗转不安的人无法为自己找到真正的基督教的本源——他找不到,真的找不到。取而代之的是他在学校里读了各种神智学的书。那怎么办呢,假如他……要知道我们长在斯大林时代,我们在普列汉诺夫学院对面的学校生活、学习。我们的脑子里被灌注了什么?我们只能偷偷读……我读地下宗教书籍,他拿了神智学的书。有什么就读什么。但我后来听说,他在一定程度上转向了基督教……在电影《安德烈·鲁布廖夫》中他已经接近了,虽然还不理解基督教是什么,但他已经感受到很重要的基督教真理。其中的一个真理在于,就像过去一个诗人所说的,‘黑夜越黑,星星就越亮，越接近……苦难越深重，越接近上帝’。正是在这个混乱的年代，产生了鲁布廖夫的《圣三位一体》，要知道就是这样的！塔可夫斯基拍出了这一点。要知道，当我们在说我们这个时代的恐怖的时候，我们忘记了这位《圣三位一体》《兹韦尼哥罗德救世主》以及其他圣像画创作者周遭发生的事情。这部电影就是讲这个的。虽然被渲染过，但拍出来了……是的，生活是苦难恐怖的，但是‘光照在黑暗里……’[1]这就是《安德烈·鲁布廖夫》的福音书箴言。”

因此，塔可夫斯基的信仰（以《安德烈·鲁布廖夫》和《牺牲》为例）在某种意义上有着包罗万象的特点。因为它混合了基督教传统和知识分子激情，东正教神话和多神教习俗，神智学玄虚和相当程度的苏联历史哲学。要马上弄清楚这一堆庞杂的，且往往互相排斥的特征是很不容易的。再说，就连艺术家本人都不觉得容易，更不用说观众了。

安德烈回忆，在莫斯科电影制片厂《安德烈·鲁布廖夫》内部看片会结束后，父亲来找他，并惊奇地指出，他刚才看的是一部深刻的东正教电影，并且，他的儿子并不是一个守仪轨的教徒，他不去教堂，完全根据苏联的书籍（可是

---

① 语出《新约·约翰福音》："光照在黑暗里，黑暗却不接受光。"（1:5）

那时又有别的什么书呢）研究圣谢尔吉和安德烈·鲁布廖夫的时代。他感到惊奇，还因为安德烈再次没有听从父亲的建议（阿尔谢尼·塔可夫斯基在《安德烈·鲁布廖夫》拍摄期间强烈提醒儿子，他的电影恰恰缺乏宗教思想），但与此同时他用某种无法解释的方式绝对精确地传达了谢尔吉时代罗斯的氛围，震惊了父亲的想象。

显然，这就是在给国家电影局的申请中提到过的那个“诗人的眼睛”之视角。它不可能属于任何教派。

诗人塔可夫斯基，显然能感知到这一点。

不过，远非所有人都能捕捉到这种音调。

比如，亚·伊·索尔仁尼琴写道：“您的鲁布廖夫个性之独特是在宗教思想之外的（剧本中这种独特性在艺术上是与之对立的），而实际上其独特性恰恰是在这种思想中的。不和谐不可能是他的基本灵魂动力。这种不和谐是二十世纪的，它是颓废派的基础，产生它的是这么一种冲突：创作意志源于没有才华。”

后来塔可夫斯基顺带反驳了《伊万·杰尼索维奇的一天》和《古拉格群岛》的作者：“我在关于鲁布廖夫的电影里最不想做的就是完全准确地还原修士安德烈·鲁布廖夫的生活环境。我想表达出我所理解的艺术家精神的苦难和倦怠……我的目标是：在我自己的思索，自己的苦难，自己的境遇中寻找到安德烈和他的道路，以及反之。我只不过是（可惜？）拍我所知道和感受到的。”

回应是得体的，而且也完全是可想而知的。安德烈就这样回答了父亲，尽管父亲以及索尔仁尼琴的问题也自有其道理。

安德烈·鲁布廖夫（一九八八年被俄罗斯东正教会地区主教会议册封圣徒之列）是一个僧侣圣像画家，但不是艺术家，更不是创作者（因为只有造物主才是真正的创作者），他不会经受世俗画家所能遭遇的种种倦怠和苦难：画作无处展出，无人理解，或是无人购买。圣像画是一种圣务（就像在唱诗班歌唱、敲钟、诵经、在修道院厨房和菜园工作一样的圣务），安德烈完成得很有才华，甚至可以说是天才。根据东正教苦修原则，各种劳动（包括圣务在内）的基础都是祈祷，只有祈祷给予僧侣的生命以意义，给他以力量，而他则从祈祷中汲取灵感。

早期教会教父们的学说表明，祈祷是精神生活的标志，因此被称作“精神的呼吸”。的确，如果肉体有呼吸，肉身就活着，而若呼吸停止，生命也停止了。精神也是同样的：有祈祷，精神就活了，没有祈祷，精神就没有生命。这对于理解圣像画术之于圣徒安德烈·鲁布廖夫的意味，非常重要。

首先，对他来说，这是一种不间断的、神秘的体验神性的可能性（正如圣亚他那修所言，“上帝成为人，是让人成为神”），通过颜料进行的神学思考，但不包含任何的自我表达，因为那是全然的造作，会导致虚荣、傲慢和妄自尊大。

所以，画圣像画或者装饰教堂是不可能自作主张，完全专注于个人之“我”，按照自己的感觉、经验或童年回忆的。这也是世俗和宗教艺术的根本分野，但它们之间并非完全对立。

严格遵循圣像画的法则，也是圣像画家铺设自己通往天国的艰难道路的“针眼”。然而正是在这种自律和自贬中，逆着时人的狂暴和遍地血海、动荡和自然灾害、“恐怖的时代”和各位当权暴君，产生了美，因为美“不属于这世界”。①

重要的是要理解，安德烈·塔可夫斯基所说的苦难本身并非这个僧侣所能感受到的，因为他已经死去，他不在这个充满诱惑和欲望的世界上，他没有什么可遗憾、失去

① 《新约·约翰福音》18：36。

的，也没有谁可害怕的，因为“神的恐惧”就是他的护盾，而这位修士惟一的、永无疲厌的力量只有心中不止息的祈祷。很可能阿尔谢尼·亚历山德罗维奇对儿子说过这些，但作为职业导演，安德烈明白电影要比纯净的诗歌粗得（具体得、物质得）多，因此神圣恰恰不可能是电影言说的对象，也不应该直接表现，所以重点转换是不可避免的。

安德烈·塔可夫斯基在《雕刻时光》中说：“我们无法在字面意义上再现那个十五世纪，无论我们多么深入研究它的文献和遗物也无济于事。我们对它的感受也和那个时代的人完全不同。但要知道我们对鲁布廖夫的《圣三位一体》的感受也与其同时代人的看法不同。然而毕竟《圣三位一体》从那时候一直流传到现在：它活在当时，也活在当下，它将二十世纪的人和十五世纪的人连接起来。可以把《圣三位一体》看作圣像画。可以把它看作博物馆的、某种特定绘画艺术风格的伟大馆藏。然而还有一种接受这幅圣像画、这件古迹的方式：我们诉诸《圣三位一体》的那种人类的精神内容，这对于我们二十世纪下半叶的人来说，是鲜活易懂的。这也是我们进入诞生《圣三位一体》那个时代的方式。采取这种方式之后，我们就得在镜头中剔除给人以异域风情和博物馆修复品的印象。”

一四〇〇年。

雨终于停了。

安德烈从刚才江湖艺人耍宝的小屋里走出来。

刚迈出第一步就被泥泞滑了一下。

险些跌倒。

他停下了，因为自己的笨拙而笑笑，然后走过田野，走进森林。

他一言不发地走着，看着森林慢慢地，然而真实不虚地容纳了他，将他引入密林，拨开林木。

雨后，这里凉爽而喧闹。

雨滴从枝头滴落到落满针叶的地面，滴落到宛如波洛韦茨①古墓一般的蚂蚁窝上。

安德烈想起来，几年前就是在这片林子里，他遇到一个穿紧袖长袍②、又高又瘦的老人，他留着飘逸的灰色胡须。

这次相遇完全是意外的，因为他深信密林里只有自己一个人。

老人坐在倾倒的树上，将自己光着的、青筋虬结像

---

① 古代南俄草原上的突厥游牧民族。

② 修士法衣里面穿的衣服。

树根一样的腿插进蚁穴里。

安德烈走近,向他行礼。

“你从哪里来,神的人儿?”老人大声问,头也不回。

“我从亚乌扎河①上的安德罗尼克修院来。”

“到哪里去?”

“院长给我祝福了,我来找谢尔吉。”

“已经来了……”老人摇摇头,看上去他在想着什么,闭着眼睛,嘴唇翕动,随即问道:“你来做什么?”

“我想出家。”

“你不害怕?”老人急遽地转向安德烈,眼睛一动不动地盯着他。

“怕……”

“你不要害怕,”谢尔吉的声音突然安静下来,他的声音并没有提高或压低,但是其中有一种不可思议的清晰,“不要害怕遭受责骂和屈辱,甚至,你要去寻找责骂和屈辱,不要陷入与恶人的争吵和交谈,因为任何与他们的交谈都是和欲望,和魔鬼的交谈。”

① 流经莫斯科及莫斯科州的一条小河。

“神父啊，可会不会这样呢，你跟随救世主，照着他行事，由于自己的不完善而落入诱惑，于是你检视自己，觉得已经很擅长祈祷，有足够多和罪恶之源的魔鬼斗争的经验了吗？”

“是的，这有可能，也经常发生，”谢尔吉说，沉吟片刻，思考着这个问题，然后将脚从蚁窝抽出来，抖落碎屑和小虫子，站起身，目光移向雨后重新焕发生机的森林深处，“我的一生中有一些类似的诱惑，我会告诉你的。只是不要认为必须引我的例子为戒，因为上帝给予每个人独一无二的经验，给他独一无二的，只有他个人知晓的得救之路。就好像我第一次到这片森林的时候，祂跟我用野兽、鸟儿、树木的声音，风和峭壁的声音交谈”。

“祂跟你说了什么呢，神父？”

“瓦尔夫洛梅①，你如此年轻，就这么傲慢，抛弃了父母亲人，进了林子，以为在这里你可以躲避世上欲望的诱惑，”谢尔吉不说话了，弓着背，似乎回忆那个时代令他痛苦，可是他又继续说下去，用一种低沉的、仿

---

① 圣谢尔吉出家前的名字。

佛来自这位拉多涅日圣徒未知深处的声音说，“我回答森林——这不是真的！我到这里来不是为了躲避世界，而是为世界祈祷，为爱我和恨我的人祈祷！”

“而森林用哈哈大笑回应我。然后我知道了，是在跟谁争论。到了第三天，当我力气耗尽，因为争论而口干舌燥时，我看到一个神秘的修士，他对我说：‘不要空耗时间，要用祈祷和不断的劳作战胜魔鬼。’从那时起我就不跟任何人争论，只是劳作、祈祷。”

“然后森林沉默了吗，神父？”

“是的，它沉默了，”谢尔吉的声音又恢复如初，非常明晰，“尽管我知道，我们身旁的每一棵树上都藏着魔鬼的千军万马，但毫无疑问必须对抗它的凶残，一点都不要害怕，而神一定会帮助我们的。”

然后他们默默地在林中走着，安德烈记住了谢尔吉跟他说的每一句话。

不知不觉走到了在树根之间蜿蜒的溪流旁，它消失在砂土坡中，在一片风滚草中喧闹。

他们便在岸边停下了。

安德烈望着溪水。溪水不知从何而来，流往何方。水流蜿蜒，如同一条藏在蕨草中的黄颔蛇。

“请告诉我，”谢尔吉的声音又高又刺耳，“难道你心里的阴暗处，是没有罪的吗？”

“怎么会没有呢……”安德烈漫不经心地挥挥手。

“我也有，主啊，你饶恕我，容忍我，让我顺服！”谢尔吉深叹一口气，他的胡须在颤抖，静下来一会儿，然后又继续温和地，显然是自我克制地，努力不让眼泪掉下来：“不过没关系，最后的审判就要到了，我们所有人都将像蜡烛一样燃烧。记着我的话，当这一幕开始的时候……人们将彼此推卸恶孽，在全能的主面前给自己辩解！”

“神父，你怎么可以怀着这种想法离群索居独自祈祷，我不明白……你不是还接受王公和俗人们的赞誉吗，”安德烈快步从水边走开，“不，我不懂！我宁愿与世隔绝一辈子！”

“我侍奉的是主，而不是人们，”谢尔吉的脸上出人意料地浮现出微笑，准确地说，似笑非笑，“赞誉和尊敬吗？可这都是从魔鬼那儿来的。今天赞扬你，明天诋毁你，就为了昨天赞扬你的那些理由，到后天就完全忘却。把你也忘了，把我也忘了。把一切都忘了。一切都是虚幻，一切都会衰朽！就连不是这样的事物也已经被忘记。人类已经造下了所有的愚蠢和卑鄙，如今只不过是一再重复……”

“这怎么可能呢？”

“一切都转回原道，不住地旋转，不住地旋转。假如耶稣再来到世间，他还会被钉上十字架的！”

“可如果只记住恶的话，在上帝面前当然是永远不会幸福的。”

“什么？”谢尔吉盯着安德烈的脸，痛心地摇摇头，转过脸去，用几乎听不到的声音自语，“为什么要和你说这么多啊……”

“是，或许有些东西是要被忘记的，只是不是全部……我不知道怎么说……我不会……”

“你不会，那就闭嘴听我说，”谢尔吉得意洋洋地喊道，“你在看什么？”

“神父，你的意思是，善只能在孤独一人的时候创造出来吗？”

“善?! 善?!”长老的声音又变得激烈，语调中逐渐透出他不想容忍反对意见，“你好歹读过新约吧？”

“读过。”

“那就回想一下！耶稣不也在圣殿召集人群，教导他们，但后来他们又是为了什么聚集在一起的？为了钉死他！‘钉上十字架，’他们喊，‘钉上十字架！’他的学生呢？犹大出卖了他，彼得背弃了他，所有人都散了。这都还算是最好的那些！”

“但他们忏悔了！”安德烈答道，他自己也感觉到，他的声音有些喑哑，没有说服力。

“这是后来的事了！懂吗，后来的事，那时一切都晚了！必须忏悔，是在魔鬼往你手里塞了一把悬在无辜者头上的剑的时候，而不是这无辜者的人头已被你斩落尘埃的时候！你要明白！”

和谢尔吉在森林里的这次邂逅改变了安德烈的生活。

完全改变了，彻彻底底。因为他仿佛重生了，他过去的那个生命死了。

众所周知，以上段落在电影里没有。

确切地说，有安德烈跟费奥凡的段落。[1] 但是，根据整部影片的基调和时代的实际情况，给人一种感觉，天才

① 见本书第三章。

圣像画家和其精神之父——修道院院长拉多涅日的谢尔吉的邂逅是理解塔可夫斯基这部电影的构思和各种深层意义的关键，这在今天看起来无疑很清楚，但在影片拍摄和（历经艰难）上映的六七十年代，这一点却是个秘密。

最后，这是父与子之间的、只能按照银幕版本进行的对话，而且恰恰是以儿子想让它被看到、听到的形式，因为六十年代初安德烈的生活已经有太多的改变，扎夫拉日耶、图奇科沃和希波克的生活已成遥远往事。

而且这段对话一开始有着明显的神学色彩，而这恰恰是阿尔谢尼·塔可夫斯基的强项，但是它逐渐带有了感情色彩，充满了日常生活体悟，它的部分源头来自儿子青春年代父亲写给他的信，以及在戈利岑诺的凉台上，父子那些开诚布公的长谈。

要在这回忆与典故、形象与陈年伤痛的字里行间为安德烈寻找安德烈绝非易事。塔可夫斯基害怕陷入戏仿、闹剧，害怕沦为那个“异域风情和博物馆修复品”，其中一切似乎都做对了，符合时代了，不会引发专业历史学家的非难了，但是在银幕上它已经彻底死了。

或许，正是因此在银幕上出现了残酷的一幕幕：被烧死的母牛，被扔下城墙的马，工匠被挖掉的眼睛，被灌进嘴里的熔化的铅，被棍子活活打死的狗，鞑靼人马刀下的惨死。安德烈试图突破正确的电影陈规，哪怕用这种惊人的手段。

但是在电影中，拍摄期和剪辑期都有终点（虽然会有新的拍摄和剪辑来接替），这是一回事。而生命结束后就不会有任何变化了，这是另一回事。结果其实是在生活里，而不是银幕上，更容易陷入戏仿。

一九六二年，安德烈·塔可夫斯基的儿子阿尔谢尼降生，名字是为了纪念爷爷。

一九六三年，塔可夫斯基成为苏联电影家协会会员，同年他从国家电影局分到位于契卡洛夫街的一套房子（靠近库尔斯克火车站）。

一九六四年，莫斯科电影制片厂批准拍摄《安德烈·鲁布廖夫》。

一九六五年，在拍摄《安德烈·鲁布廖夫》期间，安德烈·塔可夫斯基结识了导演助理拉里莎·帕夫洛夫娜·基济洛娃。

亲友回忆，儿子的降生非但没有让安德烈和伊尔玛的家庭更坚固，而是相反。

亚历山大·戈尔东是玛丽娜·塔可夫斯卡娅的丈夫、安德烈的同学，他写道，安德烈和亲戚们相处时“觉得非常无聊，没劲。他觉得是在浪费宝贵的时间……吸引他的是成功、著名的友人、对艺术的爱和他自己的创作。他顾不上亲人，哪怕是最亲的。我和玛丽娜都是他的兴趣，他的小圈子的边缘人物。影响他和亲人联系的当然还有甜美的女性补充，没有这种补充那些有趣的小圈子就转不动的，安德烈出于道德义务将我，他的妹夫，排除在外”。

在家庭和朋友（包括安德烈·康查洛夫斯基、瓦季姆·尤索夫，谢尔盖·格拉西莫夫与塔玛拉·马卡罗娃的养子阿尔图尔·马卡罗夫，瓦连京娜·马利亚温娜，电影学院老同学的圈子）之间，安德烈选择朋友。他完全被刚开始的《安德烈·鲁布廖夫》的工作所吸引，参加拍摄的伊尔玛·劳什吸引他的是作为她所扮演的傻女人这个角色，而不是作为他的妻子，儿子的母亲。

历史一次次重演：疯狂的追求，猛烈的激情，为了爱情准备献出一切，包括生命，这些都随着对新欢的爱情烟消云散了，当目标已经达成，一成不变的日常，连同生活以及新生的儿子，都与艺术家的创作自由形成了无法解决的矛盾。安德烈职业生涯的荣誉不断提升(一九六四年他成为威尼斯电影节评委),过去甚至不久之前的人和事都变得不再重要,都配不上他的层次,完全无法在一个世界著名电影导演的地平线上被认出来。

看来,正是在完成了《安德烈·鲁布廖夫》的拍摄之后,安德烈和父亲持续多年的争论才完全有理由告终,至少在安德烈会这么觉得。他在《伊万的童年》的凯旋,开始终结这条时隐时现但永远紧绷的绳索(这当然是一种形象的表达):寻找创作自由总是首先伴随着寻找如何摆脱一个一直缠绕脑海的意识——要向父亲证明自己有才华,有出息,不再需要他胡搅蛮缠的建议,有只需礼貌地听他说话,但不必马上执行的权利。

史诗般的《安德烈·鲁布廖夫》无疑是这意见分歧的分水岭,但并不是终点。

然而类似的分歧不是由于声音不同,而是因为生命立场是完全对立的,它无法被每时每刻地治疗,它根本是不可救药的,因为生命终究是高于诗人或导演的普通的野心的。这一点在阿尔谢尼十七年后写给儿子的信中可以得到验证。这封信已完全是关于其他事件的,但是它所隐藏着的那股调调、那种催策是我们熟悉的,藏不住的,尽管那个时候安德烈·塔可夫斯基已经是世界电影的巨星,公认的大师,被授予各种可能的或不可能的桂冠。

这封信我们在前文引用过,现在再抄录如下:

> 亲爱的安德烈,我的儿子!我很伤心,你一行字都没有给我或玛丽娜写。我们都如此爱你,都很想你。我听到的一些在莫斯科传播的关于你的消息让我惊惶不安。在这儿,在我们这里,你是头号导演,但同时,在国外,你永远无法实现自己,无法施展自己全部的才华。你无疑应该回到莫斯科;你将会有完全的自由指导你的电影。你所想的都会实现:你想拍什么都可以拍。这是那些说话很有分量,而且得听命于他们的人的承诺。我感到自己非常衰老、虚弱,六月我就七十七岁了。这是高龄,我害怕我们的分别将会是永别。儿子,快点回来吧。离开母语,离开家乡的大自然,离开小安德留沙,离开谢尼卡你怎么过得下去?不能那样活着,只考虑到自己——这是空洞的存在。我非常想你,我很伤心,在等着你回来。我希望你能回应你父亲的请求。难道你的心

将会安之若素吗？人家的土地怎么会有吸引力呢？你自己清楚得很，俄罗斯很美，值得爱。难道不是它孕育了那些人类最伟大的作家？不要忘记，那些最有才华的人在国外、在流亡中以疯癫或自杀收场。我想起，我翻译过天才的诗人马赫图姆库利的长诗《远离祖国》。你应该害怕自己成为“不幸的人当中最不幸的那个人”——“被驱逐者”，他就是这么称呼自己的。

深爱你的爸爸阿斯

安德烈只能在回复中叹道：“我很遗憾。”签名是“你不幸的、痛苦的儿子”。

要知道这封信中可怕的那句话：“不能那样活着，只考虑到自己——这是空洞的存在。”听到父亲说出这句话，就意味着什么都没改变，没有人理解任何事，也没有人可解释任何事。

顺便说一句，这个大家其实都知道，只是拒绝相信，不知为何还要空耗时间、精力、生命去解释。

阿尔谢尼·亚历山德罗维奇应当知道这一点：

我完成书稿,画上句号,
就没法再翻阅手稿。
当心灵改头换面,
我的命运在字里行间烧尽。
于是浪子从肩上撕下衬衫,
于是先知又是祝福又是诅咒
海里的盐和大地道路的尘土,
在独自动身去会天使的途中。
我是那个活在自己的时代
却身不由己的人。我是人和鸟类家庭里
年龄最小的那个,我和所有人一起歌唱,
我不离弃生者的盛宴——
他们家族荣誉方正的纹章书,
他们深层联络方正的词典。

安德烈就要从林子里出来了。

这里,在一棵仿佛能被榨出水来的白柳树那古老、纠缠的根系中间,坐着一个人。

安德烈走近去,恐怖地闪开。

这个人没有眼睛,眼眶处是血淋淋的伤口。

他喑哑地呻吟着，手往前乱挥，用手指抓住树皮剥落的树枝，不知为什么他想用指甲抠进去，然而白费力气——他那肮脏的指甲已经在泥土里被磨秃了。

旁观者看来，他像是在寻找什么，但因为一片漆黑，他什么都找不到。

这个人因为疼痛而哀号。

安德烈转过脸去。

现在他能做的只有重复《马太福音》中的话："他们是瞎眼领路的，若是瞎子领瞎子，两个人都要掉在坑里。"①

安德烈走到了峡谷的谷底。

又往上爬一个陡坡，但是瞎子的哀号还在跟随着他，他感觉要一直留在脑海中了。

尽管这，当然，并非如此……

---

① 《新约 · 马太福音》15：14。

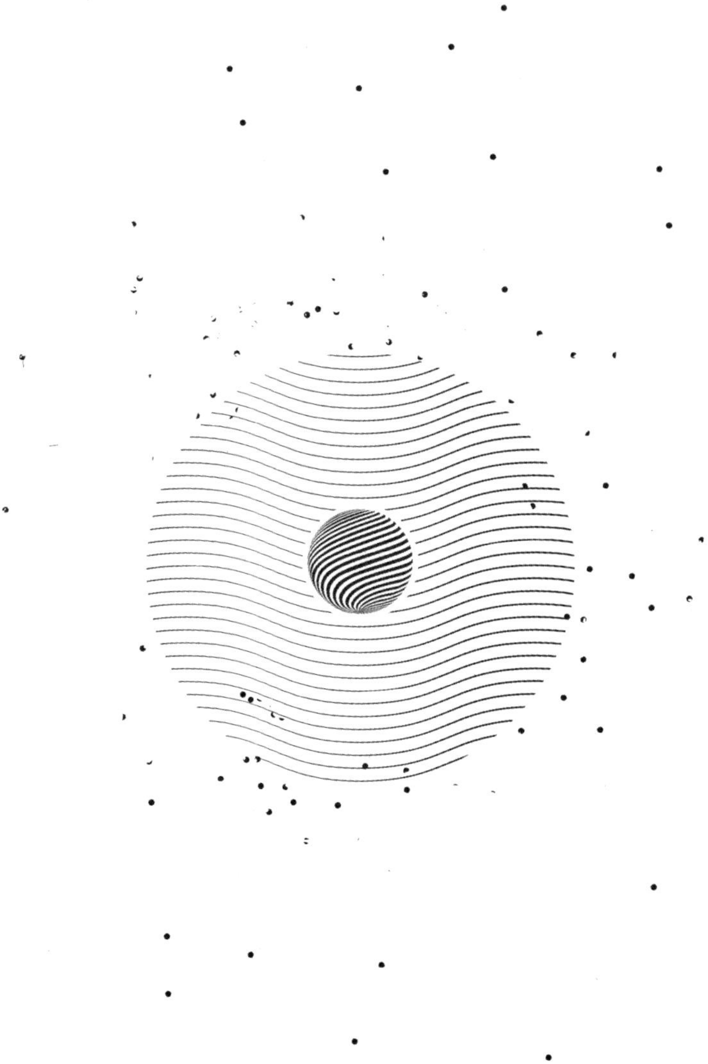

第十七章　人类学

克里斯走上几步台阶迎向父亲，可然后又在他面前双膝跪下，抱着他的腿。

父亲将手搭在他的双肩，他们就这样静止不动。

烟雾逐渐笼罩了冰封的池塘、房子前的庭院，还有房子本身。

一切仿佛如在雾中，但很快就清楚了，这已既不是烟也不是雾，而是浓厚的白云，确切地说，是大地上空飞驰的零散的云团。

响起了巴赫的F小调众赞歌前奏曲《主啊，我向你呼告》，以及克里斯的声音。

他喃喃自语地重复着《路加福音》中的句子："于是起

来，往他父亲那里去。相离还远，他父亲看见，就动了慈心，跑去抱着他的颈项，连连与他亲嘴。儿子说：'父亲！我得罪了天，又得罪了你，从今以后，我不配称为你的儿子。'"

父亲抚摸着儿子的头，流着泪，因为他在儿子面前是有罪的，因为他多半知道，他的许多错误是儿子不幸的根源。然而多少年过去了，什么都无法改变了，时光不能倒流。

可惜他的忏悔迟到了。

他们就这样站在房子前面。

接在车载发电器上的扬声器里传来的F小调众赞歌前奏曲《主啊，我向你呼告》声音越来越大了，它绑在转播车上，车身上用白漆画着工人和集体农庄女庄员，写着"莫斯科电影制片厂"字样。

最后响起了命令："停！"巴赫的音乐换成了背景的杂音：说话声，无线电的电流声，场工的喧闹声，笑声，喊叫声，锤子敲击声。开始拆制景了。

后来，在距兹韦尼哥罗德不远的地方拍完《索拉里斯》的最后一个镜头之后，木头房子被拆掉，运往莫斯科。

几个小时以前父子见面的地方，现在只躺着照明设备绞合光缆的黑色轴盘，照明设备扔在地上，还有轨道，孩子们在上面滑着摄影师的轨道车来来回回。

安德烈坐在导演椅上，翻阅着一本波斯[1]与勃鲁盖尔[2]的复制品画册。这本纽约阿弗内尔出版社（Avenel Books）出版的画册莫明其妙地出现在拍摄现场，似乎是哪一个助理带来的，然后在忙乱中落下了。在《通往蒙难之路》的复制品下面，有一行《马太福音》里的话："狐狸有洞，天空的飞鸟有窝，人子却没有枕头的地方。"[3]

安德烈合上画册，他想，这个主题总是用一种无法解释的方式如影随形——严厉的父亲和精疲力竭、累得要死的儿子，或者相反，善良的父亲和发怒的儿子。结果，一个人看起来就好像是另一个人的影子（而且从字面意思来看也是如此，父子之间有人类学意义上的相似之处）。一个不由自主地模仿另一个的动作和行为，甚至他自己都不愿那么做，但就是下意识地这么去做，并因此而苦恼，恨自己这样。

据了解，在安德烈准备《索拉里斯》的电影剧本时，认

---

① 尼德兰画家。

② 尼德兰画家。

③ 《新约·马太福音》8∶20。

识了一个谜一般的人，他的一个叫弗里德里希的同岁人。关于弗里德里希人们当时只知道他是被镇压，并于一九三七年被枪决的政治经济学家瑙姆·伊萨耶维奇·戈连施泰因教授的儿子，他从小在孤儿院受教育，一九六四年他在《青春》杂志上发表了一部中篇小说《带塔楼的房子》，轰动了莫斯科。

男孩入睡片刻，他什么都没有梦见，他醒来时，依旧是夜间，母亲依旧仰面睡着。他支肘而卧，然后坐起，他感到浑身在发抖，光着脚在冰凉的地板上走到她的床铺边，就这么久久站立着，等着母亲的动静。她终于动了动，抬起膝盖，深深地，然而平静地呼了口气。

于是他回到自己的床铺，看着天花板下的黑暗，想着他们会怎么回自己的家，回自己的城市，会怎么回想起这一切的。旁边的老人开始辗转并发出呻吟声，为了不被呻吟打扰遐想，男孩用被子蒙住头。这一夜他又起来了好几次，走到母亲床前等她发出动静。然后又躺下，时睡时醒。当他最后一次醒来时，天花板已经变成灰色了，窗外在下雪。他开心起来，因为夜终于过去了。他用胳膊肘支起身体，看着母亲，又开心起来，因为她动了动，甚至身体往上抬了抬，说了句什么。

安德烈反复读戈连施泰因的这段话（作者写他的母亲，在奥伦堡附近在他眼前死在疏散列车上的事情）并考虑如何将它搬上银幕，因为他在《带塔楼的房子》中看到了自己，他心里知道所有的小说里关于自己和这个男孩的一切。

安德烈·康查洛夫斯基回忆："我第一次见到他是在莫斯科电影制片厂电影联合会的编辑部里。弗里德里希给我留下了奇怪的印象：他穿得像一根玉米，有好多层——夹克里面是毛衣，毛衣里面是法兰绒方格衬衣。他那生动的犹太乡镇方言和时常的害羞的微笑让人一下子就记住了。他声音尖细，说话的时候看向一边，不看对话的人。塔可夫斯基好像也在，我们三个人一起聊了聊他刚刚刊登在《青春》杂志上的小说。在苏联杂志上刊登这样的作品（在那个年代！）是令人震惊的事件。弗里德里希则因我们刊登在《电影艺术》杂志上的《安德烈·鲁布廖夫》剧本兴奋不已，它当时也算是个轰动事件。"

顺便提一句，这个实在是很卡夫卡式的人物还有另外一面。作家、评论家弗拉基米尔·古格宁写道："与戈连施泰因这个名字相关的最典型的传说之一，向我们展现了一个傲慢的外省人，他通过口音和荒诞的外表刻意放大了自己的乡镇出身。在这个层面上这位大师就成了与诸如瓦西里·阿克肖诺夫[①]这样精致的首都西化派完全相反的类型。然而矛盾的是，他的文学创作在美学上远远超过莫斯科花花公子们的作品。令人不解的是，他为何刻意'丑化'自己本来就有点古怪的形象？当听爵士和跳摇摆舞已经成为属于'自己人'的成文标志的时候，他为什么既不爵士也不摇滚？难道他是想刻意地在自己和各位文学工作者之间树立起一道墙，无论他们是西方派还是根基派？"

问题没有答案。但是"花花公子"塔可夫斯基正是想和这个谜一般的人合作，后者在《索拉里斯》上映四年之后写了长篇小说《地点》，是关于自己父亲的。弗里德里希也并不十分了解自己的父亲，但是不能不感觉到他投射在自己身上那种热切的、询问的、来自彼岸的目光（他

① 苏联曾经红极一时的作家，代表作有《带星星的火车票》(1961)，被西方认为是苏联"迷惘的一代"代表。

自己告诉安德烈的)。每逢这些时刻,他环顾四周时,旁边却没有出现任何人,他逐渐对此感到既惊悚又惊喜,因为毕竟有人真的对他做的事感兴趣。

在这方面,弗里德里希和安德烈很相似……

弗朗茨·卡夫卡在给父亲的信中写道:“你完全凭自己的本事干成了一番事业,因此,你无比相信自己的看法。这种情形我小时候就有所感觉,但没有我长大成人后感觉到的那么突出。现在你是坐在躺椅里主宰世界。你的观点正确,任何别的观点都是荒谬、偏激、疯癫、不正常的。你如此自信,根本不必前后一致,总是有理。有时,你对某件事毫无看法,因此,对这件事的任何看法必定都是错误的。”

在电影行当,对“无比相信自己的看法”的体验竟是职业不可分割的一部分,导演在现场和剪辑室的正确正是来自这种记忆:父亲的见解永远是惟一正确的,跟他争辩是无意义的,只会带来很大的不愉快。

跟塔可夫斯基一起工作的人都认为,在拍电影过程中,安德烈·阿尔谢尼耶维奇非常严厉,不好接近,和技术人员以及演员的冲突时有发生。大家都知道这一点,但是就像疯了一样要和《伊万的童年》《安德烈·鲁布廖夫》的创造者合作。安德烈·塔可夫斯基在《雕刻时光》中写道："工作中我不得不与有些演员发生冲突，他们到最后都无法完全信任我的构想。不知为何，他们总是致力于自己导演自己的角色，游离于电影的语境。我觉得这样的演员是不够职业的。我认为，真正的电影演员，在任何情况下，都能够轻松、自然而又内在地，不管怎么说，毫不费力地融入任何要他做到的表演规则，能够在任何即兴场合直率地保持自己的**个体**反应……在这个意义上，阿纳托利·索洛尼岑[1]是何等耀眼的演员！拍《镜子》的玛格丽塔·捷列霍娃，最后也明白了我对她的要求，于是演得轻松自如，完全信任导演的构想。有这种属性的演员如同孩子一样信任导演，他们这种相信的能力非同一般地鼓舞了我……

很遗憾，我当年没能和多纳塔斯·巴尼奥尼斯(《索拉里斯》的男主角)建立起创作上的互动关系。他属于那种分析型演员，如果不事先**理解**'为什么'和'为了什么'，是无法进入工作状态的……一个分析型、头脑型的演员会认为自己知道这部未来的电影是什么样子的，或

① 苏联演员，《安德烈·鲁布廖夫》和《潜行者》的男主角。

者说，无论如何，在研究了剧本后，他都会痛苦地努力设想自己最后在电影里的那个样子……布尔利亚耶夫——是一个非常散漫的、装饰性的、肤浅的演员。他特别矫情……而扮演基里尔的伊万·拉皮科夫，在我看来显然也破坏了整部影片中演员表演的调性。他很戏剧化：亦即他表演的是理念，是自己对角色的态度，是一个形象。”

我们可以看到，塔可夫斯基核心的观点就是演员要会完全地、不加顾虑地信任导演，会当一个信任父母（在这个版本中是父亲）的完美孩子，毫不怀疑，这就是惟一正确的方法，他无须考虑后果，导演已经为他考虑周全了。而且处在这种孩童的快乐中就是一种幸福，会带来亲切的安宁。

当然，读到安德烈的这段话，不得不再次想起他给阿尔谢尼的信中所写的，说他想毕生在他身边，完全信任他，感到被父亲需要，甚至成为他的朋友。

然而这个梦想注定不会成为现实……

没有完全得到的爱，失望，以及与此同时自己臆想的关于“魅力”的神话，很大程度上决定了导演在拍摄现场的行为已不仅仅是我行我素：演员不可能和他平等，演员和导演不可能成为朋友，因为有时候是一个人命令、另一个执行的关系，有时候是一个人羞辱（自然是为了艺术和导演构思）、另一个欣然接受羞辱的关系。

关于这一点，陀思妥耶夫斯基在《地下室手记》中讲得非常透彻：

> 我告诉你们：这种快乐正是由于太清楚地意识到自己的屈辱。是由于你自己也感到走投无路；感觉到这很卑劣，但是又别无他法；你已经没有了出路，永远成不了另一种人；哪怕还剩下点时间和剩下点信心可以转变成另一种人，可能你自己也不愿意变了；即使愿意，大概也做不了什么，因为实际上可能也改变不了什么。而主要和归根结底的一点是，这一切是按照强化的意识的通常而又基本的规律，以及由这些规律直接产生的惯性发生的，所以你不仅改变不了，而且简直无法可想。比如强化的意识的结果：当一个混蛋自己感觉到他真的是一个混蛋的时候，这对他来说似乎便成了一种安慰。但是够了……唉，废话说了一大堆，可是又说清楚了什么呢……怎么解释这种快感呢？但是我偏要解释！我就是要刨根问底！因此我才提起了笔……

比方说我吧，我死要面子。我就像个驼背或侏儒似的多疑，爱生气，但是，说真的，也发生过这样的情况，如果有人给我一记耳光，我甚至会因此有一种快感呢。说真的：大概我能在这里找到一种特殊的快感，自然，是绝望的快感，但是在绝望中也常有一种最强烈的快感，尤其是当你非常强烈地意识到你已经走投无路的时候。

当你孤家寡人、谁都不来帮你的时候，在山穷水尽、走投无路中有着一种快感。

比如，就像当年在奥尔洛夫-达维多夫巷的儿童结核病医院里那样。在气化治疗过后，安德烈被送回病房，睡着了。每次他都梦见父亲在祷告："我们在天上的父！愿人都尊你的名为圣。愿你的国降临。愿你的旨意行在地上，如同行在天上。我们日用的饮食，今日赐给我们。免我们的债，如同我们免了人的债。不叫我们遇见试探，救我们脱离凶恶。因为国度、权柄、荣耀，全是你的，直到永远。阿门。"①他大声而顽强地读着，仿

① 《新约·马太福音》6：9-13。

佛在向自己祈祷的那位要求马上给予回应和急救：饮食，宽恕，免于魔鬼诱惑。

安德烈觉得，父亲好像因为神的迟钝、甚至残酷而生气，但与此同时他不懂，这怎么可能呢——对造物主，所有人的父生气？再说了，如果父亲可以这么做，那么他也可以。

这么想着，安德烈入睡了。

他用身体健康的一侧，侧卧在枯树下，父亲站在一旁，大声朗诵着诗歌。

比方说，这一首：

我不希求高高在上的权柄，
也不希求飞黄腾达，显赫的功勋。
就让我凝结，好比松树的松香，
然而我不是王，我来自别的家庭。
你们也注定要喝我的毒芹酒，
抿一口耳聋和喑哑。
我的脊梁不适合奴隶的破衣烂衫，
我并非单枪匹马，但我们还有未来。
我的肉身来自你的肉身，

所有大地的山高与海深。
世界犹如充盈满溢的贝壳
在奥林匹斯山的虚空中喧嚣。

所以说，这根本不是安德烈在治疗后梦见的主祷文《我们在天上的父》，而是父亲写的一首诗，名叫《苏格拉底》。

在七十年代初期，阿尔谢尼·亚历山德罗维奇·塔可夫斯基实际上搬去了佩列杰尔金诺的作家创作之家。有几个原因，最重要的一个或许是家庭中复杂的关系：机场街的房子如今与其说是离群索居的创作之地，不如说更像一个"纠纷的金苹果"。塔季扬娜·阿列克谢耶夫娜长大成人的儿子，阿列克谢·斯图杰涅茨基（出生于1940年）觊觎一部分住宅面积，这是可想而知的。这种觊觎通常伴随着各种无助于诗歌创作的风波，关于拆分房子的对话消耗了太多的情感和精力。家庭房产分配纠纷给老塔可夫斯基带来很大压力，佩列杰尔金诺是他躲避的场所，也没有其他退路了，也没有力气斗了。

因娜·利沃夫娜·利斯尼扬斯卡娅在其"回忆录小说"《独立的人》中写道："七十年代初的时候，佩列杰尔金诺的创作之家由三座住宅小楼的和一座主体的楼宇组成,那是一九五五年落成的斯大林帝国式建筑。每一层都有两个公共浴室和盥洗室(分男女),有单人间和双人间(如果作家带眷属来的话)。单人间像一个文具盒,高高的天花板加强了这种印象,让房间看起来更为狭窄。文具盒里,窗边放着张书桌,一张大号单人床,一个床头柜,一个衣橱,还有一张可供休息的圈椅。圈椅很大,包着长毛绒,像家里的那样舒服,还有两把椅子。假如努努力,在沙发和衣橱之间还能塞下一张折叠床,或者一张小小的土耳其式沙发,我就这么干过。两面包着人造革的门边,是一个盥洗盆,上面是双柄龙头,再往上是一面镜子。我的天,不是所有来创作之家的人都喜欢夜里去盥洗室的,我每次住进去,盥洗盆常会有一股尿味久久不散。记不得是谁,是阿尔谢尼·亚历山德罗维奇还是我,这样形容我们住对门的两个房间了,但无论我们三个人从什么地方一起回来——开车的当然是他的塔季扬娜了——塔可夫斯基总是带着忧伤的讪笑说:‘我们要回文具盒故乡啦。’住在二楼最舒服,因为没有出租车开关门的吵闹(当时有私家车的人还不多),尘土也少,窗外的绿色也多。当塔可夫斯基还有力气在巨大的大理石楼梯上爬上爬下的时候,他会选择二楼。大理石楼梯下面是一个隔间,有一张沙发、两把圈椅和一个茶几。按照悠久的传统,那里是烟鬼甚至'棋迷'聚集的地方,尽管在六十年代末,这栋好像公馆的房子又加建了一座庞大的附加建筑物:玻璃的走廊通往玻璃餐厅前的玻璃大厅,还通向一座很陡的楼梯。楼梯通往电影放映厅、台球室、阅览室和小卖部。"

正是在老楼这里,一九八〇年,安德烈带着儿子阿尔谢尼、摄影师格奥尔吉·平哈索夫来给父亲拍照。还带来磁带录音机给他录音留念。照片就是在因娜·利斯尼扬斯卡娅所描述的如同文具盒一般的单人间里拍的。用的是"基辅 80"相机,"感光 250"胶卷。这里的光线不足,所以让阿尔谢尼·亚历山德罗维奇直接坐在窗边(自然光总是最好的)。这扇窗子比写字台高很多,写字台上有一台南斯拉夫产的 UNIS 牌打字机。显然正是因此,父亲坐在书桌旁工作的时候,视线总是朝上的(拍照时他的视线也是朝上的),这里面有某种自己的特殊意义——超越障碍,超越各种寻常意义,超越树木和电线,超越带有俄语字母的打字机键盘。当时安德烈觉得这是一间半地下室,因为只有如此才能解释,为什么惟一的窗子高得都快到天花板了。闷热的感觉来自庞大的、几乎占了一整面墙的暖气管道,它撑起了沉重的、有如墓石一般的大理石窗台,还来自不知为何永远不关的台灯,哪怕阳光照进房间,照亮地下室时也如此。一切都是下意识,但不可避免地重复:希波克的住房里,楼梯上的廊灯和厨房里的“值日灯”永远不关。

然后他们出去,父亲抽烟,在佩列杰尔金诺公园狭窄的沥青小道上礼节性地跟见到的文学家们打招呼。

安德烈·比托夫的回忆录中写道:

> 他沿着创作之家刷了白漆,但色泽暗淡的疗养走廊走着,有时拄拐杖,有时用木头假肢。
>
> 无论他怎么走——他都是在飞!
>
> 一个没有腿的人(而且那么严重,塔可夫斯基在前线失去了很长的一截腿),他在飞。他拄着双拐,就好像那是他的一双翅膀。它们不被当作难看的助行器或人工构照:就好像鸟儿鸣叫而过,拍动着强健的、中空的、燕子一般骨骼狭长的翅膀!
>
> 尽管这翅膀是木头的,是用活动节和夹钳连在一起的。它好像是自制的。就像他儿子电影里的庄

稼汉格拉兹科夫的翅膀。

总的说来，人们都说，这个诗人的面容里有某种鸟的特征……我还要说，他很消瘦，有一种稍稍竖起羽毛的、惊人的美。

他本人在曼德尔施塔姆身上注意到这些……

我们的关系是非常温暖友好的——而且谁也不欠谁的情。我是在佩列杰尔金诺认识他的。在这之前跟他的儿子安德烈认识了很长一段时间。

我喜欢研究这样的人类学：观察着，试着在脑海中将他与阿尔谢尼·亚历山德罗维奇的面容重合起来，——安德烈的脸，是不对称的。儿子的整张脸是一种优雅的不对称，颧骨在一侧，下巴又在另一侧，有点不协调……

而旁边，父亲的脸是某种理想中的美。

作为另一代人，塔可夫斯基吸引我的既有自己对父亲的思念，也有外表的魅力，完全是青少年的甚至是孩子的症候。

还有，塔可夫斯基的眼睛有一种令人惊异的美。胡桃金色的眼睛和他那不寻常的……不，这不是矜持。

他恰恰全然不是个矜持的人，与此同时不在任何多余的事情上浪费时间。

我当时是被禁的。但文学基金会的伙伴们还是帮了我，我至今感激他们。所以我去了佩列杰尔金诺……我宁愿住在小楼里，因为我不喜欢人群。那里还可以通过走后门搞到一个靠近凉台、靠近树木的房间。

塔可夫斯基通常住在大楼里，那里至少去食堂近些。可台球室就在楼上，于是他就来找我了……

但总的来说他更多是沉默着。但我认为这是一种令人赞赏的沉默。不过他在交往中正是沉默的。

你自己滔滔不绝。而他没有任何不耐烦。然后你突然就感到，自己已经聊得很尽兴了。

这种感觉，就好比压根儿没有提文学，但聊天的实质都是文学。

事情就是这样，阿尔谢尼只聊文学，安德烈只聊电影。他们要听得见对方还是挺复杂的。

安德烈·塔可夫斯基在《雕刻时光》中写道："文学和电影的相似和亲缘在哪里？是什么让它们结合？最接近

的答案是，一种无可比拟的自由——艺术家能用它来处理现实提供的素材，并将它们组织在时间之中。这样的界定看起来过于宽泛，但是我认为，它完全涵盖了电影和文学的相似之处。余下的便是因银幕影像和语言这两者间的原则性差异而造成的不容妥协的分歧。”

相似性和不容妥协的分歧，亲缘性和南辕北辙，内在联系和因此造成的不自由——这些对立的清单可以继续下去。

你继续审视镜子中自己的映像，并在其中寻找父亲的轮廓。或儿子的（相应地）。

第十八章　玩偶之家

安德烈打开录音机，一个声音从塑料机器里面的某个地方传来。

安德烈听着这个声音，回忆起佩列杰尔金诺。回想起他们父子在公园里散步，父亲指给他看一个木屋，那是一九四三年，他受伤之前，从前线回到玛鲁夏、玛丽娜和安德烈住的这个地方。然后他们送他去火车站。当时父亲抱着玛丽娜，而安德烈在哭。

父亲的声音时断时续，忽而持续，忽而停住，仿佛在录音机深处迷路了似的，就像他之前在作家创作之家的二层楼里那样。

父亲读起他写的诗《欧律狄克》：

人都有一个肉身，
它孤零零的。
灵魂极为厌恶
这个实心的皮囊。
它有五戈比大小的
眼睛和耳朵，
还有皮肤——伤疤摞着伤疤
挂在骨架上。

安德烈关上录音机，他在设想，这声音在电影胶片上会怎样出现。

或许，应当有一条两岸长着白柳，正逐渐变成沼泽的林中小河，河水纹丝不动，更像是一个泥沼湖。

突然，出人意料地，低垂在河边的树木被一阵狂风吹得左摇右摆，高高的、茂密的草地像是风暴前的海浪一般起伏不定。

地面上滚动着几个玻璃杯和一盏煤油灯。

父亲的声音应当此时此刻响起，仿佛从天而降，伴随着滚滚的雷声。

不过，不要！

只是回荡在空荡荡的房间里。

原来森林和泥沼池水的黑暗竟是挂在老木头房子走廊里那面镜子的倒映。

穿堂风将窗帘吹起。

桌子上有一罐牛奶。

安德烈在这个房子里度过童年。

这可以是扎夫拉日耶或图奇科沃，尤里耶韦茨或小雅罗斯拉韦茨。

“本不必去尤里耶韦茨！就让它作为童年美好、幸福的国度和故乡保留在我的记忆中。心里空荡荡的！多么忧伤难过！这下我又失去了一个幻象。或许，是保存内心安宁的最重要的一个幻象。”一九七三年，安德烈·塔可夫斯基写道。

再说了，这时候讲内心的安宁是不合适的。

安德烈和伊尔玛·劳什（给他生了儿子阿尔谢尼）离婚三年，和拉里莎·基济洛娃（给他生了儿子安德烈）也结婚三年了。

与父母之间本来就不省心的关系，根本没办法和新的家庭调和。安德烈·塔可夫斯基在日记中写道：“你

(指玛丽娜——作者注)和妈妈总是对我有所期待,你们认为,我比你们强,可我实际上是这个家里最弱的人,可你们不明白这一点。"还有,"真奇怪……我开始了新的、不一样的生活了,可他们做出一副根本没发现的样子。甚至到现在,安德留沙出生了还是这样……某种陀思妥耶夫斯基式的心理……"

于是,直到一九七二年,到了四十岁的时候,安德烈才第一次邀请母亲和父亲到拉里莎·帕夫洛夫娜的家。它在奥尔洛夫-达维多夫巷,怪异的巧合是,它与儿童结核病医院比邻,一九四七至一九四八年,十六岁的安德烈·塔可夫斯基是那里的病号。

参加一九七二年四月四日①庆祝的有:亚历山大·阿尔谢尼耶维奇·塔可夫斯基和妻子塔季扬娜·阿列克谢耶夫娜,玛丽亚·伊万诺夫娜·维亚什尼科娃,拉里莎的母亲——安娜·谢苗诺夫娜和她的女儿奥莉迦。

据聚会参加者回忆,当天安德烈处于一种极端亢奋的状态。奥尔洛夫-达维多夫巷的这个聚会与玛丽亚·伊万诺夫娜·维什尼亚科娃最爱的作家在《白痴》中描绘

---

① 安德烈·塔可夫斯基四十岁生日。

的一幕很像,梅诗金公爵在其中感叹道:

> 哦,假如我能够幸福,我的痛苦和不幸又是什么呢?知道吗,我不明白,在路过一棵树,看到它的时候,怎会不幸福呢?跟你所爱的人说话,爱着她的时候,怎会不幸福呢!哦,我只是不擅言辞……每一步都有多少的美好事物,即便是最失意的人,都能发现那美好?看看孩子,看看上帝的朝霞,看看青草如何生长,看着注视着你的、爱着你的双眼……

然后,众所周知,公爵犯了癫痫,因为他无法道出更多关于幸福的事情,倒在了地上。

安德烈同样难堪忍受折磨,因为他非常清楚,他在尝试把无法结合的东西结合起来,按照自己童年的梦想导演某种理想化的、神话般的家庭,或许,因此塔可夫斯基才告诉亲戚(首先是父亲)自己要拍一部关于童年、家庭、亲人们住过的房子的电影。

大家对此反应是不一样的。

例如,拉里莎·帕夫洛夫娜赞叹地听着丈夫的话,用一个早就进入其日常用语(用在安德烈头上)的修饰词

“天才”来评价他的话。阿尔谢尼·亚历山德罗维奇刚好相反，他不明白，为什么要把家里的事（何况并不是最理想的家庭）拍给大众看，而玛丽亚·伊万诺夫娜很伤心：“天哪，安德烈，这是多么不谦虚……你先让我们安静地死去吧。”

几年过去了，《镜子》已经完成，父亲对这个构思的看法，还有对电影本身的看法都没有改变。例如，阿尔谢尼·亚历山德罗维奇不明白，为什么要让“某些”演员来扮演他和玛鲁夏。

也就是说，老塔可夫斯基在银幕上看到了自己在儿子心目中的形象。结果是致命的不符，或者说是致命的失望。

诗人、翻译家亚历山大·米哈伊洛维奇·列维奇这样说起当时的阿尔谢尼·亚历山德罗维奇：“他与这可怕的一生中不幸丢失的那些源头有着强大的联结。他孤独，他潦倒，他彷徨，因为他有了孩子。在家里他无能为力，因为他是一个儿子，而不是父亲。这就是他的本性——一个儿子，而不是一个父亲。”

但是儿子安德烈希望（这是自然而然的）在他身上看到的正是父亲的样子（电影中由奥列格·扬科夫斯基

〔1944–2009〕扮演)，对他与“源头的联结”首先应当理解为不止息的、得到阿尔谢尼·亚历山德罗维奇关注的渴望。很能说明问题的是，安德烈四十岁生日的时候，首先正是向他抛出了呼告，他希望建立起和父亲的对话后，便能在奥尔洛夫–达维多夫巷这个易卜生的“玩偶之家”建立起相互的关联。

如前所述，和父亲的对话没有建立起来(阿尔谢尼·亚历山德罗维奇反对“家庭”电影的想法)，然后“雪球”滚下去，扫清一路——拉里莎·帕夫洛夫娜与塔季扬娜·奥泽尔斯卡娅发生了争吵(因为房子的事情)，在《镜子》开机前，安德烈与摄像师，他从一开始合作的伙伴，并被他视为老师的瓦季姆·尤索夫分道扬镳。

安德烈·塔可夫斯基在《雕刻时光》中写道：“读过《镜子》的剧本之后，尤索夫拒绝拍摄。他拒绝的原因是，从伦理的观点来看，他不能接受这个剧本赤裸裸的自传性。剧本叙事的抒情语调，还有作者只想讲自己这一点令他感到困窘和愤怒……尤索夫的所作所为当然是诚实而坦率的——显而易见，他确实认为我的立场是骄傲的。诚然，后来，当电影换成另外一个摄像师格奥尔吉·雷贝格掌镜完成之后(雷贝格与塔可夫斯基的关系很僵——作者注)，他对我承认:‘无论这么说有多么令我悲哀,安德烈,可是这是你拍得最好的一部电影。’我希望,这赞美也是由衷的。或许,是因为我早就认识瓦季姆·尤索夫,我本当对他狡猾一点:一开始就不告诉他我全部的构思,而是每次只给他剧本的片段……我不知道……我不能违背良心。我不能对朋友要外交手段。”

的确,使用外交手腕的本事和作者完全自然的叙述自己的愿望(当然是在理性范围内)恐怕是不能相提并论的。

很难想象神经质的、容易冲动的安德烈·塔可夫斯基会把感情深埋并等待时机,妥协让步,瞻前顾后。玛丽娜·阿尔谢尼耶夫娜·塔可夫斯卡娅描述过哥哥冲动的性格,他很小的时候就表现出来了。他无论在家里还是在院子里踢球都桀骜不驯,把不听妈妈的话当作自由,或更准确地说,他所谓自由的一种自然实现。而如今安德烈是具有世界声誉的导演,要让他圆滑地回避作答,要花招迎合某些“有用”的人是完全不可思议的。

更何况,他旁边有个人崇拜他的每一步,每一个手势,每一个行为,每一句话,就像石墙一样紧紧跟着安德烈·塔可夫斯基。这就是他的妻子——拉里莎·帕夫洛夫娜·基济洛娃。

拉里莎·帕夫洛夫娜来自梁赞州的阿夫多季因卡村的一个富裕的农民家庭。甚至她的外表都迥异于塔可夫斯基,确切地说,迥异于他圈子里的人们。她是那种豪爽的、库斯托季耶夫[①]式的女人——高调,雷厉风行,伶牙俐齿。

电影学者奥莉迦·苏尔科娃这样描写拉里莎·帕夫洛夫娜:"拉里莎很爱干净,她的穿着总是带有商人式的蓬蓬松、毛茸茸甚至有点可爱的那种。基本上她就是《镜子》里妈妈领着儿子去卖耳环那家的主妇。饥馑童年的梦想基本实现了,化作宽敞舒适的房子里光滑照人的木地板、明亮的房间、可口的饭菜……在乡下,特别是待客的时候,拉里莎·帕夫洛夫娜就非常自在,就是那个她演得还不赖的电影中的主妇:一切都更像是主妇,就像是农奴中间倨傲的女主人……我记得她那高傲的气派和回头的姿势:'科利亚叔叔,您那儿的鸡蛋怎么样啊,给一点吧?童子鸡不准备杀一只吗?'我觉得要回答她的这种语调,就得大出一口气跳起来,微微鞠个躬作答:'说啥呢,说啥呢……为您效劳……请拿好……'"

自从他们拍《安德烈·鲁布廖夫》(拉里莎·基济洛娃

---

① 二十世纪初俄罗斯画家,以描绘商人阶层富有的、丰满的女性著称。

是导演助理）结识起，安德烈就成了她生活的意义。有时候她的关注和关心是纠缠的，甚至是粗鲁的，很多人都这么认为，然而，安德烈完全依赖着这些（关注和关心），他很平静，乐在其中，他在其中找到了自然的、对的感觉。后来安德烈指出："我很难想象女性的内心世界，但我觉得，它应当是与男性的世界关联在一起的。如果女性的世界与男性分开，那么就意味着他们之间没有任何共同点。"

回想一下塔可夫斯基所说的，他是家里最弱的人，以及母亲和妹妹不理解他，可以猜测为什么现在他需要女性的依附。或许正可以解释为母亲隐藏的自责，我们可以在《镜子》中听到这个声音，她责怪自己没能够留下父亲，不想为了支持丈夫的事业而牺牲自己，致使孩子们（儿子）没有父亲。

在拉里莎·帕夫洛夫娜身上安德烈直接看到了反面：她随时准备好打理一切，保障他的日常生活，真诚地（塔可夫斯基这么觉得）作出牺牲，这是他总是赞叹而自己缺乏的品质。

然而必须明白，女人性格的体现，取决于对她的态度，因为她们对生活状况和日常生活条件的把握要比男人机灵、干练得多。她会对柔情回报以柔情，以粗鲁回报粗鲁，以隐性的对抗回报压迫，女性自我保护的本能要远远深于男性，因为她是母亲。在心理学上这个模式是很有名的：在你压迫别人时，自己却陷入了依赖。

正是在这个心理和精神的断口上安德烈·塔可夫斯基开始了《镜子》的拍摄。

玛丽娜·塔可夫斯卡娅在《镜子的碎片》一书中写道："……（安德烈的心灵）持续遭受着折磨，因为在不对等的斗争后他背叛了亲人的珍贵圈子。在遇到未来的妻子之后，他开始单独面对另一个世界——完全是陀思妥耶夫斯基式的迷人的精神决斗和暗黑的欲望的世界。在这场不平等的决斗中没有任何人能够帮助他，就好像一九四七年在类似情形下没有任何人能帮助爸爸。不过安德烈也不会接受任何帮助的。他只相信自己的经验，结果又重复了爸爸的老路。他与必然性和解了，或许还爱上了这个必然性，于是他相信了家庭幸福的可能性，并建起了一个被他命运的狂风吹塌的家。"

和父亲的相似是显而易见的，可想而知安德烈自己也知道这一点。这令他沮丧，因为如前所述，他毕生都致力于摆脱自己身上阿尔谢尼·亚历山德罗维奇的某些品质，结果却刚好相反，他越是否定它们，就越是牢固地沾染了他的风格,他的生活方式,他的世界观。

如今有拉里莎·帕夫洛夫娜日常照顾他,为他蹚平一切,这让他自己有了做儿子的感觉(虽然他是两个男孩的父亲),这就像他的爸爸被塔季扬娜·阿列克谢耶夫娜·奥泽尔斯卡娅专横地、毫不妥协地照顾着。他就像自己的父亲,离开了妻子寸步难行,并且,真的就是字面上的这个意思。例如,假如拉里莎离开拍摄场地,那么拍摄就暂停(拍《镜子》时就是这样)。安德烈会感到非常沮丧,感到自己全然无助,并为这种薄弱的意志,这种致命的依赖而鄙视自己,但是他却对此束手无策。

或者是他不想吧……

已是在他离开苏联后,当美国记者问他"您从哪里汲取精神力量,您的根在哪里"的时候,塔可夫斯基回答:"我的根在于,我不爱自己,我非常不喜欢自己。"

现在我们可以理解,这里面没有任何装腔作势,尽管大家都知道导演的野心和自负。在这一点上他有别于父亲,在某种意义上成了对这位受折磨的孤独诗人的一种戏仿,诗人只能忍气吞声地翻译阿塞拜疆诗人拉苏尔·易卜拉欣诺格雷·尔扎耶夫的长诗《列宁》,或者在儿子从威尼斯凯旋,所有可能的影坛冠冕都已经应有尽有的时候,不安地等待着自己第一本诗集的出版。

可想而知,不喜欢自己也有相反的一面。即:在寻找精神力量、灵感、根的时候(如采访提问所说的),艺术家试图将自己的不完善汲取彻底,同时以一种矛盾的形式,从这种对自己而言病态、侮辱性的自我分析中获得一种满足感。不过最重要的是,在这种创作的驱魔中,是没有对周围人的爱的位置的。病态的感受产生了傲慢、冷淡、尖刻以及将痛苦制成标本的意图,以期观众凝视这口无底的深井(例如,《伊万的童年》中的那口井)后,能捕捉到艺术家要表达的某些内容,或者,更有可能,乖乖地为自己的愚笨和不完善而感到恐怖。

其他和观众、演员、编剧和摄影师的对话方式塔可夫斯基完全不感兴趣。

例如,一九八二年,在阿纳托利·索洛尼岑去世后,塔可夫斯基出人意料地说:“索洛尼岑所过的一生是不尊重自己才华的。生活中他扮演着某个傻子的角色。过着这么一种不负责任的生活方式。艺术家不能这样!必须认识到自己的使命。”

这说的是一个将他敬为导演和艺术家中的上帝的人,导演本人也将其称为自己最喜爱的演员。

也就是说,除了使命,除了为之可以牺牲一切的天职(多年前类似的牺牲的仪式阿尔谢尼·亚历山德罗维奇·塔可夫斯基也完成过),别的什么都没有。

于是,个人的弥赛亚感就是惟一的可能性:只倾听自己,自己的才华,而不是去听从别的某处,从艺术委员会这个地狱传出来的声音。

例如,下面这些。

马尔连·胡齐耶夫:“他狂妄。他用电影给自己打广告。他高傲。他拍的东西对苏联人民都没什么好处。他靠超验拍片。他完全是低能的。所以他拍的东西都特别浮夸,装腔作势。一切都是阴影,没有任何性格。他强迫演员说一些华而不实的、演讲一般的台词和宣言。这是伪哲学。那些相信他的人本应该让他正常点,守规矩。”

一片静默。

大家都在等着看塔可夫斯基如何回应。

他慢慢起身。

他脸色苍白。

“我完全没有理解今天的谈话,除了一点,那就是根本没人看懂这部电影里最宝贵的东西。”

是的，他们如今难得见面。

只是在梦里："我们轮流绕着一棵大树读诗，一会儿是我，一会儿是他。我们藏在树后，然后又出现。"

安德烈不再听录音机，因为他已经把父亲的话背熟了，再听一遍不会发现任何新意。

他什么都知道。

他记得父亲所有那些重复了没有上千次也有上百次的讲述。

他已经不是很确定，这事儿是发生在谁身上的——是父亲还是他自己，已经如此深刻地成为他的意识（潜意识?）的一部分。

他知道父亲生病，并不是因为常给他打电话或是登门拜访，而是因为他自己生病。

安德烈自己用拍摄《镜子》时极为繁重的工作来解释这种朦胧状态（后来拍《潜行者》时更累）。而且无论是在拍摄阶段还是在剪辑阶段。

摄像师格奥尔吉·伊万诺维奇·雷贝格（1932-1999）回忆："这部影片（指《镜子》——作者注）重点是要拍出主人公对世界的主观视角，表达出他的感受，他在童年、少年时期，不久之前以及现在的所见……我们——也就是我和塔可夫斯基——必须将我们的视角合二为一，让它成为一个统一的、主观的作者视角。这个任务是艰巨的。因此越往后工作越艰难：我们越来越不开心。我们必须准确拍出感受完全相等的影像，要表达得非常俭省，没有感伤……假如将塔可夫斯基与我之前合作过的导演作比较，我觉得他更严肃，无论是对问题的态度，还是从作品的思想到实现思想的最细微细节。”

有时候，这场寻找似乎走入了死胡同，导演也承认自己迷了路，不知道下一步该怎么办——重写剧本，重新拍摄场景，重新剪辑已经完成的素材，更换演员。

阿拉·杰米多娃确认，所有塔可夫斯基的演员都应该在某种程度上扮演他自己，但因为导演“总是神经兮兮，从来到最后又什么也不解释”，做起来就非常难，有时简直就是不可能完成的。

那么，安德烈本人是否能解释，他到底是发生了什么状况呢？

在创建“造物匠神自我感受的幻想”（塔可夫斯基语）的过程中，导演先验地认为，**幻想**高于现实，由艺术家的创作想象所营造的世界是艺术的基本对象。从另一个方面说，艺术是没法标准化的，是没有办法掰手指讲清楚潜意识和神秘内容的，因此，问题就是关于（演员、摄像、编剧、观众）是否能够领悟其中的腔调，无法捕捉的流动。

在拍《潜行者》的时候，塔可夫斯基已经断定：不能。

完全不能领悟、考虑、理解。

一九七〇年代末，塔可夫斯基经常思考彼岸的问题，思考超越经验认知的问题，思考被使徒圣保罗的学生亚略巴古的丢尼修称作否定神学的问题，即否定所有可为易朽凡人所知的对神性的定义。神——是不可触及、不可思考、不可亲见、没有罪孽、没有死亡、没有终结的。

然而同时他并不认为自己是个信徒，甚至倾向于各种越轨的无神论思想，因为他只晓得一个造物主——他自己。

他在莫斯科电影制片厂的剪辑室里待到深夜，甚至凌晨，一遍又一遍剪接着《潜行者》的片段，觉得剪出来的成品不错，随后又觉得只是合格，最后又发现它并不合格。他寻找片段之间、剪接之间、景别之间的逻辑。但与此同时，他又间或会确信，寻找逻辑是与这部影片的立意相悖的，影片应当在潜意识的层面产生，因为如果只是遵循各种提纲与原则之间原始的算术规则，如果只是遵循剧本的字面意思，那要描绘感性是不可能的。

于是一切又全部散架了。

于是不得不一切从头开始，在数千米的胶片中寻找那个出发点，那个只有他能听到的第一声节拍。

然而，并非如此。

有一个人（安德烈不顾一切地相信有这么个人）能听到这个节拍。

他就是父亲。

现在他正坐着，半梦半醒，膝盖上放着一本书，扉页上写着：赫尔曼·约瑟夫·克莱因，《天文学夜话》。

父亲很累。

他总是一再说，被自己搞得很累。

他间或睁开眼睛，看得出他在倾听什么，他微微一笑，当然这是因为他识别出了电唱机里蹒跚的歌声，那是托尔查·埃文斯唱的《马德里的姑娘》，他当年在希波克听过上百次了。

一九八八年。

亚历山大·克里沃马佐夫的回忆：

我去了马特维耶夫斯克耶。看门人认出我来，说:“阿尔谢尼·亚历山德罗维奇正在公园的长椅上……”

我到了公园,发现他坐在洒满不热的秋日阳光的蓝色长椅上。他看上去非常孤独,没人照料。他周围的椅子是空的,而远处的椅子都坐满了人。电影老职工之家的人三三两两地坐在那里……看得出来,他们害怕跟他交流,认为他行将就木……或许,他们只是不敢直视他的眼睛?……他穿着灰色的风衣,戴着蓝色的贝雷帽,拐杖放在一边,他湿漉漉的眼睛眼神冷漠而涣散。(女服务员把他领过来,安顿好,就离开了……他只是枯坐,什么也没看见……)

“我找您有点……自己的事情……很简单的……请您务必帮忙……”

“您这是说什么话呀,阿尔谢尼·亚历山德罗维奇?能做到的我一定帮忙!”

“我如今随时都可能会死……萨沙……这真的很难……萨申卡……我得跟您说……这对我来说非常重要……您得明白……我们是朋友!……您还如此年轻……请以后去去我的墓地,萨什卡!……哪怕偶尔去,但是要去去,请别忘记……我现在是一个不幸的、多病的、孤独的老人……我觉得……我耽搁住了……我不知道为什么……我将会——立一块墓碑……您一定要来造访，摸一摸它，亲吻它——我会因此而深感轻松的。在任何一个严寒的日子……我的墓碑……对我的朋友来说……都是温暖的……假如在您死后您变成一只鸟儿——您飞过来……啄一下墓碑……我会懂得您的意思的！您一定要答应。"

"我答应，阿尔谢尼·亚历山德罗维奇。我一定会去的……会飞过去的……我会抚摸、亲吻您的墓碑……只要我活着——您就将一直在我心里，一直活着，我会一直热爱、怀念您……我们是真正的朋友——我们会永远在一起……"

我坐在他身旁，握着他的手……几个胆大的老人坐到附近，时不时警惕地看着我们。他没有抽回手，严肃地皱着眉头，看着前方，想着自己的事儿……他现在看到了什么？装死尸的大车？死神白色的盲眼？自己的葬礼？自己的墓碑和我们的会面？自己的一生？自己的诗歌？茨维塔耶娃？扎博洛茨基？阿赫玛托娃？躺在病床上的塔季扬娜·阿列克谢耶夫娜？自己的天才儿子？女儿？孙子们？自己的某个敌人？战争？他被夺走的藏书和唱片？自己敬爱的母亲？自己的父亲？乌克兰？土库曼斯坦？格鲁吉亚？达吉斯坦？自己的初恋？第一个妻子？安德烈的电影？自己的诗人旧友？某个我不认识的人？他出生并度过童年的城市？自己的不幸？自己的孤独？

只是，安德烈从来也没喜欢过托尔查·埃文斯这种轻浮的作品。

他的家里响起的总是另一种音乐。

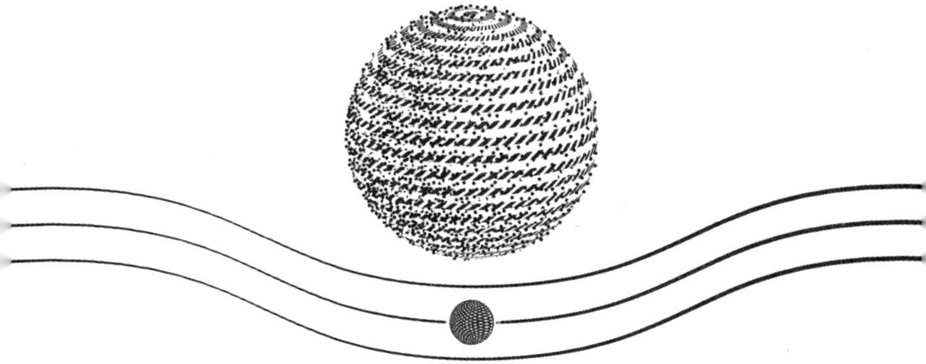

尾　声

手术后，小男孩好几天都得噤声。

起初他想说话，但后来打消了这个念头，他体验到一种神秘的感受，词语在他的头脑中产生，并停留在脑海，与此同时还充满了各种新的意义。

男孩和父亲在林中漫步。

父亲在跟他讲述着自己，他的童年和父母。

男孩听着。

讲述的内容有的他已经听过了，有的是第一次。他马上就按照自己的方式改写了这些内容，但父亲永远不会知道这一些，因为他的儿子沉默着。

然后他们在一棵大树下的草地上坐着，父亲拿出叙利亚的圣伊萨克的格言集《论上帝的奥秘和精神生活》。

这本书是他去年的阿陀斯[①]之旅带回来的。

父亲翻着书，对儿子说：

“听好了。”

儿子点点头。“人离真理的认知越近，感情对他的作用就越少，行为恒常趋向于理智的沉默。他越接近于现世的生活方式，在他的服事中就会有更多的冲动和感情激昂。日常的方式和现世生活的行为会促进感情活动，而来世的方式会促进精神活动。一个人无论何时能获得这种认知，他的肢体便会突然失去力量，缄默和寂静便会降临于他；因为在新生活的行为中会停止使用感情。因为即便在现世中，感情也无法承受与这种奥秘的相遇——虽然，仿佛是在某个梦中，在忏悔的那一刻它们会停止活动，即便不是它们与奥秘相遇，而是人的内心世界——愿神会赐你认知将来时代的力量，而你在当下就已停止所有对现世生活的参与。”

他合上书本，将它放在身边的草地上。

从“日常的方式和现世生活的行为会促进感情活动”开始，男孩就绕着树在草地上爬。这不是因为疲厌，而是

---

① 位于希腊境内的教会自治领土，为东正教圣山，山上共有数百座隶属各国东正教会的修道院。

这些话对他来说充满了新的意义,产生了完全出人意料的新联想和视觉。他倾听着风的声音,听它摇曳树枝,在荞麦田里鸣响,他可以看透那无序的栅栏,而搭成这栅栏的粗糙树干仿佛都在狂风下活了起来。

安德烈·塔可夫斯基在《雕刻时光》中写道:"房舍前有一片田野。我记得,在房子和通往邻村的小路中间,是一片荞麦地。开花的时候非常漂亮。那些白色的花朵让荞麦田看起来就像覆盖着白雪一样,作为我童年记忆中有特色的、极为重要的细节,一直留在我的脑海里。"

奶奶告诉小男孩,荞麦要在阿库琳娜荞麦节①那一天播种,要用荞麦塞满一个辟邪的人偶(大腹便便,面孔模糊,因此十分可怕),还可以把烤热的荞麦放在袜子里,然后去捂热发炎的鼻孔,至少,这样治好了父亲的鼻窦炎。

这时,专注于读书的父亲没有注意到,儿子早就没有在听他了。他放下书本,闭上眼睛,喃喃自语:

> 撒迦利亚对天使说:"我凭着什么可知道这事呢?我已经老了,我的妻子也年纪老迈了。"天使回

① 俄罗斯民间节日,一般是6月26日,为了纪念利基亚的殉道者阿桂利纳而设。阿库琳娜是阿桂利纳这个名字在俄语中的音变形式。

答说："我是站在神面前的加百列，奉差而来对你说话，将这好信息报给你。到了时候，这话必然应验。只因你不信，你必哑巴，不能说话，直到这事成就的日子。"①

当然，父亲也时不时地惩罚儿子：责骂他，不准他玩，有时候揍他屁股，但过后就和解了。和解就是父亲给儿子解释他为什么会这么对他。儿子听着，先是恶狠狠地生气，但是火气很快就过去了。

"是的，我发现了，我的朋友，你没有在听我说话。"父亲看向四周，儿子正躺在草地上，已经离他们刚开始坐的那棵树很远了。

儿子面朝天躺着，两手垫在脑后，他在想，多么好啊，他可以不说话。

风突然停下来了。

"万一我忘记说话了，会怎样？"男孩子因为这个想法很不自在，他警觉地起身，四处看着。

刚才父亲坐的树下，什么人都没有。

---

① 《新约·路加福音》1：18-20。

电影《镜子》里，“我能说话了”这场戏：

房间里有两个人——医生和病人。

医生提问，病人尽他所能回答。

“你的姓名、父称？”

“我叫……”病人开始结巴了，含糊地嘟哝着什么，“……亚历山德罗维奇。”

“请说说你是哪里人？”

“我……哈……哈尔科夫。”

“你在哪里读书？”

“我……在……技……技工学校。”

医生走近病人：

“尤拉，我们来进行一次治疗，但请你只看着我！直视我的眼睛！看眼睛！你把注意力集中在我的手上，你将会感觉到，我的手在把你拉回去。把手展开。集中注意力。就从这儿，”医生用手触摸尤拉两边的太阳穴，“一切压力集中到手上。你的手在用力。再来！再来！所有的意志，所有胜利的热望你现在都集中到你的手上！双手正在用力！越来越用力！尤拉，看着你的手，看着自己的手指头，手指头越来越用力。现在我数到三，你的手就不会动了。注意：一，二，三，手不会动了。你的手动不了了。你想微微动一下，你的手却动不了。你的手难以做细微的动作。你的手一动也不能动。现在我来解除这种状态，你就能说话了。只是你要大声说，清晰地说，自如而轻松地说，不要怕自己的声音和话语。如果你现在说得出来，你这一生就说得出来。大声说，清楚地说！注意，看着我，数到三，我就将你的紧张从你的手和语言中解除。一，二，三！大声地，清楚地说——我可以说话了！开始！"

"我能说话了。"

大家立刻就开始交谈了。

他们的声音听起来有点不协调，第一眼看上去它们之间没有任何关系。

格里戈里·柯静采夫[①]：我被可恶的烦恼恐吓。我尝试将它赶跑，可是它又爬回来。近期又要重启拍摄——由于制片厂的混乱，我们被耽搁了两个星期。痛苦在于，近

① 苏联著名导演。

些年来我的批评能力不可思议地增长了，并且惊人地确信，一切都不会像本来应该拍成的那个样子。糟糕的是，我都是在夜里忙这部片子，这时间本来应该睡觉的。怎么办，我们的事业就这样。

瓦季姆·尤索夫：我打心眼里不接受《明亮的一天》（即《镜子》）的剧本。我不喜欢的一点是，尽管这显然是关于安德烈·塔可夫斯基本人的，但实际上生活里并不是那样的：我认识他的父亲，还有妈妈……《镜子》的崇拜者很可能会反对我，说艺术形象是不应该跟现实完全吻合的，这一点我理解并赞同，确实不应该。但我看到的是其他东西：令我难以理解和让我不舒服的是他意欲站到一双小号厚底靴上去的倾向。[①] ——这些地方我也和安德烈不一致。我跟他说过关于这个的感受，我觉得这回他不会接受我的修改建议，这样我也会很难，变成了他的阻碍……顺便说一句，我给安德烈提意见的那些地方，很多后来没有拍进电影，或者柔和了很多，但这已经是我不在的时候发生的事儿了。

---

① 厚底靴是古希腊罗马悲剧演员的演出道具，因此“站上厚底靴”指的是表演悲剧，或刻意夸大悲剧色彩。

克日什托夫·扎努西[①]：电影的诞生，不正是为了用西部片的语言讲述文化融合，以及征服新大陆的业绩吗？不正是用科幻的形式，讲述通往宇宙和星际的道路吗？电影夺取了描述我们的样貌和行为的资格，展现我们的隐秘生活，破除几百年以来的道德禁忌。电影的本性从一开始就是迎合大众趣味的，伴随着这些大众，电影发展了将近一百年。如果说语言的意义和它要表达的意义一样多，那么电影语言的意义在于在大众文化的层面传播流行神话。这些神话都是从对物质现实的绝对性的信仰中生长的，并在为物质丰富而晕头转向的人们面前赞美物质。

玛丽娜·塔可夫斯卡娅：外婆的雕花餐柜里面，有一块蛋糕摆在盘子上。“拿破仑”蛋糕奶油鸡蛋混合的香味向我们袭来，让我们眼睛发花、嗅觉失灵，认为值得踩着凳子，打开玻璃柜门。

我们围着餐柜忙碌着，三下两下就把柜门打开了，就为了看一下这块三角形的多层蛋糕。最后安德烈把持不

---

① 波兰著名导演。

住了。"我们把它吃掉吧，"他说，"反正妈妈回来时也会允许的。"

我们将蛋糕一分为二，因为我们知道，妈妈和外婆多半会为我们放弃自己那份。

妈妈很快回来了。她做了点家务，然后说："得去一趟娜杰日达·伊万诺夫娜家，她生病了，没上早班。我拿了她的那一块蛋糕。现在就带去。"

说着，她打开餐柜门，看见盘子空空如也，蛋糕了无痕迹。

"妈妈，我们把蛋糕吃掉了。"安德烈害怕地嗫嚅着。

我大哭起来，我们的妈妈没有面粉和奶油做一块新的拿破仑蛋糕，她说："算了，不过别哭了。这怪我没提前说这是给别人的。让我们想想带点别的什么给娜杰日达·伊万诺夫娜。"

让-保罗·萨特：我们没有足够能将我们置身于宏大的架构中的功德和运气。我们经常与恶相遇。但是从来不会在善之中和真正的恶相遇——当它和善本身战斗的时候。

维·弗·伊万诺夫：人和人类文化的特点在于实现

各种潜能及其彼此组合关系的整个光谱。艺术原则上是大脑右半球的,它能吸收很多大脑左半球构造的特点,这一点在先锋主义美术和音乐中看得出来。只有在此意义上可以谈论左半球特点——即各种艺术形式和在文学语言中实现的各种理性逻辑体系间的关联性。这个问题的提出也是与时间和记忆相关的。对于塔可夫斯基的概念,以及对于他诸如《镜子》《索拉里斯》这样的电影而言,观众记忆是尤为重要的。显然,和观众记忆相关的功能首先是和右半球联系在一起的。

安德烈·比托夫:关于安德烈·塔可夫斯基的思绪总是会带到遥远的童年。在认识他十年之前。战后,街上出现了第一批汽车,那是缴获的外国车。我相信,有一回我看到了打开车盖的车(要知道它内部明明是有风扇的),这辆千疮百孔的“斯蒂贝克”[①]就靠着螺旋桨往前开。还靠排气管。

……看上去,这是种儿童的预感,儿童的恐惧:一台内燃机可以用任何方法发动,但绝不是这种骇人听闻的

① 美国卡车品牌。

方法！

然而内燃发动机是内在的，“斯蒂贝克”如此，诗人亦如此。

但外表看上去——机翼，螺旋桨。机尾。并且——还要沿着官方大楼的走廊划一道线，勾去这次飞行。

格里戈里·柯静采夫：亲爱的安德烈！今天我见了德·德·肖斯塔科维奇，告诉他很多关于《安德烈·鲁布廖夫》的事。我感觉，给他看看这部影片是有意义的。如果您同意这个想法，那就给他打一个电话——他会很乐意看的；我告诉过德米特里·德米特利耶维奇，会给您写信，给您他的电话号码……此致敬礼，祝好。

玛丽娜·塔可夫斯卡娅：诗人的生活是惊人的、不可思议的。他就仿佛得生活在两个维度中：现实的生活和“彼岸的”、诗的生活。所有的戏剧，有时索性是悲剧，就在于这种分裂，在于无法连接这两个世界，在于无法只留在其中一个世界。沉迷于创作是渴望的，是必需的，能让他生机勃勃。从创作状态、生命中的“乌有之乡”通往现实生活的出口是戏剧化的、痛苦的，因为现实生活有自己的要求——

操心，事业，与周围人往来。我想，在安德烈四岁、我两岁之后，我们的家庭不再完整，这也是一个重要原因。

……而暂时——妈妈："五月五号，星期四，白天。昨天德里尔卡满月了。他的小脸变化很大，不再像小老鼠，而是更像爸爸阿霞了。外公说，他一点都不随我，完全随爸爸……"

六月二日爸爸去莫斯科处理工作的事了，他得挣钱养家。他没能再回扎夫拉日耶（爸妈是秋天在莫斯科会面的），纸也不会带来了。因此《德里尔卡日记》就中断了。最后一则是一九三二年六月二十一日妈妈写的。

阿尔谢尼·塔可夫斯基：

最后一批树叶的热气用彻底的自焚
向天空飞扬，而在你的路上，
整个这片森林在同样的愤恨中生长，
正如这几年我和你的生活。
道路倒映在朦胧的泪眼中，
犹如河滩黄昏灌木丛的倒影。
别挑刺，别恐吓，别动手，

不要冒犯森林潮了的寂静。
你能听到往昔日子的呼吸：
粘滑的蘑菇在潮湿的草地上生长，
蛞蝓一直蛀到了它们的心，
表皮依然因为濡湿的渴望发痒。
我们的全部过往就好比一个恫吓——
走着瞧，我马上回来，你等着，马上揍你一顿！
天空腼腆地握着一棵枫树，就像拿着一朵玫瑰花。
让燃烧更猛烈吧——几乎就在眼前。

弗朗茨·卡夫卡：要小心，不要把面包屑掉到地上。明明你脚下掉的面包屑最多。吃饭时不准做别的事——你却修指甲、削铅笔、用牙签掏耳朵。父亲，请你正确地理解我，这本都是些鸡毛蒜皮的小事，它们之所以使我感到压抑，只是因为你，我心中衡量万物的尺度，自己并不遵守为我立的许多戒律……我始终感到耻辱：要么服从你的命令，这是耻辱，因为只有我必须遵守它们；要么执拗，这也是耻辱，因为我怎么可以在你面前执拗！

安德烈·康查洛夫斯基：狂热爱戴和崇拜的根源就是拉里莎——安德烈的第二任妻子。其实就是她害得我们闹翻的。安德烈被她完全控制了，而她说："康查洛夫斯基嫉妒你……""嫉妒"是什么意思？我们曾是朋友、伙伴！……艺术家之间是免不了竞争的。但我们不是拳击手，竞争带来的是我们电影的对话：我们通过电影讨论。塔可夫斯基认为应当表达自我，而我认为自我表达应当让别人看懂。于是那时我便写了一篇论母牛的文章，它同样表达自我，但谁也听不懂它的哞哞声。

伊尔玛·劳什：就逻辑来说《牺牲》是一个很奇怪的，很多地方自相矛盾的故事。它既直白又隐晦。宣告第三次世界大战爆发，启示录，一开始观众以为说的是客观现实。但后来发现这是亚历山大的梦境或病态的妖术。梦和现实互相渗透，一时间难分彼此。然后你会明白，根本不用区分。它们组成了一个整体——作者的实际状况。如果跟着作者思路的深层动向来看，亚历山大先生的行为是有逻辑的。面临人人都要灭亡的情境，不信教的亚历山大将上帝当作最后的希望，他的祈祷和诅咒，还有他关于牺牲的誓言都是可以理解的。

瓦季姆·尤索夫：所以，他实际上从来不看摄影机，除非我特别要求。我知道后来这一点他变了，但我们在一起工作的时候就是这样。另外，我不记得他有过对拍摄素材失望的时候，他对拍摄内容的评价通常高于我自己，或者纯粹就事论事：在剪辑的时候这样看起来将会不错。而要知道，你可不能把他归为那种容易兴奋的人。

费奥多尔·陀思妥耶夫斯基：风帽雨衣的主人是一个年轻人，也是有二十六七岁，个头中等偏上些，很白，头发浓密，面颊深陷，留着轻浅的、尖尖的、几乎完全是白色的胡子。他那大大的蓝眼睛非常有神；目光中有一种安宁的，然而深沉的元素，充满了某种奇怪的表情，有些人根据这种表情一眼就能猜测到这个人患有癫痫。不过，年轻人的脸是讨人喜欢的，清瘦而秀气，但是没有血色，现在甚至冻得发青。他的手中晃动着一个用褪色旧花布裹起来的小包袱，大概，其中便是他的全部行装了。他的脚上是一双带鞋罩的厚底鞋。这一切都不是俄罗斯的装束。[1]

安德烈·康查洛夫斯基：我们觉得自己比别人更有才华，我们自我感觉知道别人不知道的东西：比如拍电影，因为我们看过很多其他导演一知半解的电影。在艺术层面上我们跟五个天才学习：日本导演黑泽明，法国导演布列松，瑞典导演伯格曼，意大利导演费里尼，西班牙导演布努埃尔。塔可夫斯基当然也被打上了天才的印记，但我不认为他是个天才。他对伯格曼和布列松亦步亦趋。我认为他最好的电影是还没有成为"塔可夫斯基"的时候拍的。那时候他刚开始寻找并找到了自己的风格，这种风格有如梦境，是独一无二的，他丢失了真诚，开始造作，拍"塔可夫斯基电影"。那时伯格曼就说过，塔可夫斯基开始重复自己了。我觉得，必须断绝和过去一切的联系，真正的天才是不会自我重复的。

尼古拉·果戈理：在彼得堡，对于所有每年挣四百卢布官俸或将近这个数目的人，有一个强大的敌人。这个

---

① 陀思头耶夫斯基《白痴》第一章对梅诗金公爵外表的描述。

敌人不是别人,就是我们北方的严寒,虽然也有人说它对健康是有益的。早晨一过了八点钟,正是满街泛滥着上部里去的人的时候,它开始不分青红皂白,对准所有的鼻子狠命地、刺一样地钻起来,简直叫那些可怜的官员们不知道把鼻子往哪儿搁才好。在这连大人先生都冻得脑门发疼、眼泪汪汪的时候,可怜的九品文官们有时简直是毫无防御的。惟一解救的办法,就是穿着单薄的外套尽快地越过五六条街,然后在门房里使劲地跺脚,直跺到把所有的在路上冻僵了的执行职务的能力和才干融解开来为止。①

玛丽娜·塔可夫斯卡娅:《裸体的艺术前提》——好像有本又大又厚的书是叫这么个名字,在某个美好的日子里出现在我们家。这本书可能是世纪初出版的,它令安德烈大为惊叹,他是从某人那里借来的。一个人的时候,他很可能都在全神贯注地研究它。我也看过。不知道为什么,在一大堆应有尽有的、从古老的黏土小人到立体主义用圆形和三角形堆砌的女人体中(顺便说一句,我

---

① 《外套》,满涛译文。载《彼得堡故事》(人民文学出版社,2008),页139-140。

的天！有米洛的维纳斯，有达纳厄，有裸体的玛哈，还有雷诺阿和马奈的女人体），我对一幅中世纪德国铜版画情有独钟。上面画的是女澡堂，那些摆着各种典型“澡堂”姿态的女人让我想起我们斯特罗切诺夫[1]街上的澡堂子。

英格玛·伯格曼：发现塔可夫斯基最早的那些电影对我来说是一个奇迹。我意想不到地来到了自己一直梦想进入，却久久没有找到钥匙的那扇门口，而塔可夫斯基却已经自如地在里面活动了。我找到了一个可以将我一直想表达却不知如何表达的内容呈现出来的人。这令我激动、鼓舞。

各种声音混杂的合唱在增加。

它们经常互相打断。

那时，站在树旁的小男孩，大声地喊道：

“我能说话了！”

但是，正是在此时此刻，他又开始明白，其实不完全明白自己要说什么。讲讲放学后，他和朋友们去伏尔加

① 莫斯科市中心的两条街。

河的码头，去看停泊在那里的、满载伤员的船上野战医院？或者，讲讲他和母亲、妹妹在佩列杰尔金诺的生活？抑或关于结核病医院的回忆，走廊里是一个个小盆，里面接着从天花板滴落的水……无论如何也不能忘记希波克的足球！但是这一切已经表达过了，已经没有力量再表达一次同样的内容。为此他头疼得难以忍受。

现在他走进林子寻找父亲，要知道他刚才还在这里，突然就消失了。男孩的脚步渐渐加快，直到奔跑起来。他跑着，跳过覆盖着五颜六色苔藓的大石头，越过黑色死水的沟壑，被飓风连根拔起的树干，挤过灌木丛，小树枝抽打着他的面颊。

在各种折腾之后，男孩终于见到了父亲，看见他慢慢地在荞麦田边走着，艰难地拄着拐杖。不，他完全不理解怎么会这样，为什么父亲走得这么远，而要赶上他的希望变得越来越渺茫。儿子用尽最后的力气试图从裹缠着他的密林中突围，然而就像在梦里常有的那样，这个念头没有带来任何结果。最后他精疲力尽地面朝地倒在草地上，这时父亲正在穿过荞麦田，他那灰白的头发几乎已和荞麦花难分彼此。

一九八六年。

十二月。

莫斯科。

阿尔谢尼·塔可夫斯基在沙发上和衣而卧。

几个小时以前他得知,自己的儿子安德烈去世了。

他试着想起他的样子,但不知为何想起的是它的父亲亚历山大·卡尔洛维奇的面庞,他那高高的、苏格拉底式的额头,修剪得整整齐齐的唇髭,船长式的络腮胡,敏锐如炬的目光。

“你今天背会了莱蒙托夫的哪首诗呢?”父亲问。

“《先知》,爸爸。”

“太好了。背吧。”

……当时还没跟德国人打仗[1],
一三年还是在年中,
家里人莫名其妙地生病,如同命中注定,
如同沙漠中三棵棕榈树的渴望。
母亲散发着酒精灯和紫罗兰的味道,

---

① 此为阿尔谢尼·塔可夫斯基自己的诗作,其中有关于莱蒙托夫《三棵棕榈树》的指涉。

散发着橱里衣架上紫色披肩的味道；
我的整个童年，以一种幸福的可怜，
在燃烧的酒精灯和帕尔马紫罗兰中度过。
可是父亲的味道，就好像西伯利亚的流放者，
披着加里波第毯，胳膊下夹着本赫尔岑。
从漫尘的城市吹来香草的气息，
从郊区——一股马汗和沥青的味儿。
仿佛这个家的主人们
会一直在自己战前的欧洲。
没有过，也不会发生萨拉热窝事件，
那些马祖尔湖[①]的泥潭，它们在哪里？……

“对不起，我的朋友，但我不知道米哈伊尔·尤里耶维奇[②]写过这首诗，”父亲从圈椅上起身，走到窗户前，双手别在身后，久久地沉默着，看着房顶和树冠，先闭上，然后又睁开眼睛。最后，他没有从窗前走开，微笑着说：

“阿尔谢尼，我请求你更礼貌地对待我的要求，因为我非常爱你。”

---

① 指第一次世界大战中的马祖尔湖战役，被称作“绞肉机”之战。
② 即莱蒙托夫。